故事会

校园版

第30辑

合订本

上海故事会文化传媒有限公司

上海文化出版社

图书在版编目（ＣＩＰ）数据

故事会：校园版：合订本. 第30辑 /《故事会》
编辑部编. -- 上海：上海文化出版社，2023.4
ISBN 978-7-5535-2718-5

Ⅰ. ①故… Ⅱ. ①故… Ⅲ. ①故事-作品集-中国-
当代 Ⅳ. ①I247.81

中国国家版本馆CIP数据核字(2023)第052902号

主　　编：夏一鸣
副 主 编：高　健
责任编辑：蔡美凤
发稿编辑：胡　捷 吴　艳 杨怡君 高　健
装帧设计：孙　娷
责任督印：张　凯

故事会校园版合订本. 第30辑

出　　版：上海文化出版社
出　　品：上海故事会文化传媒有限公司
　　　　　（201101 上海市闵行区号景路159弄A座3楼 www.storychina.cn）
发　　行：上海文艺出版社发行中心
　　　　　（上海市闵行区号景路159弄A座2楼206室）
印　　刷：上海四维数字图文有限公司
开　　本：787×1092毫米 1/32
印　　张：9
版　　次：2023年4月第1版
印　　次：2023年4月第1次印刷
ISBN：978-7-5535-2718-5/I · 1047
定　　价：25.00元

上海故事会文化传媒有限公司 出品（01125）

想看更多精彩故事？
扫码下载故事会APP

上海故事会文化传媒有限公司所有图书可办理邮购，免收邮费（挂号除外）
汇款地址：上海市闵行区号景路159弄A座2楼206室（201101）
收 款 人：上海故事会文化传媒有限公司出版发行部
联系电话：021-53204159
如发现本书有质量问题，请与印刷厂质量科联系 Tel:021-37212897

爱的征程

@ 蔡美凤

周末在家看一部纪录片，探险家和明星爬雪山、过草地、重走长征路。夹金山海拔4000米，地势陡峭，山顶苦寒，当年衣着单薄的红军是怎么翻过去的？据说，制胜法宝是一碗秘制辣椒汤。藏民们用干海椒煮水，捧到面前，战士们干了这碗辣椒汤，胸中热气腾腾，就此踏上征程，一路向北，十四年后，建立起一个全新的中国。

刚刚成立的中华人民共和国，依旧走过一段缺衣少食的年代。我妈记忆中过年印象最深刻的画面是除夕前赶早在肉铺门口排队买肉。人们为了抢到油水最多的那块肥肉，争得不可开交，当年还是瘦小少女的她在人群中高举着手中的肉票，穿着棉袄还得得肋骨疼。如果买不到肉，回家就要面对母亲的责骂和两个妹妹失望的眼神。她暗自咬紧了牙关：必须抢到那块肉！

我们吃下去的不仅是美味，还有满满的爱。2021年岁末，一位记者来到一个叫作二郎庙的地方采访。这里有一所乡村小学，孩子多是留守儿童。8岁的张笑笑在学校吃午餐时，经常会留下盘子里的虾。记者问："为什么不吃虾啊？"她笑笑，说："留给俺妈。"因为她的妈妈刚做过手术。学会感恩与爱，正是《故事会》想要传递给读者的理念之一。

2021年即将过去，回望过去的时光，不论是喝下辣椒汤的红军战士，还是想给家人在春节买一块肥肉的我妈，以及舍不得吃虾的张笑笑，食物的背后都是满满的爱，让人充满力量，一路温暖走下去。

新的一年即将来临，我们想通过这本杂志，把爱传递给您，一起完成这爱的征程。

88

CONTENTS

故事会 —STORIES—

2021 STORIES DIGEST
12月号校园版

欢迎登录故事会官方网站：www.storychina.cn

社 长、主 编：夏一鸣

副社长：张 凯

副主编：高 健

本期责任编辑：蔡美凤

发稿编辑：高 健 胡 捷
　　　　　杨怡君 吴 艳

美术编辑：孙 娌

责编电话：021-53204042

邮编：201101

地 址：上海市闵行区号景路159弄
　　　　A座3楼

主管：上海文艺出版总社

主办：上海文艺出版总社

出版单位：《故事会》编辑部

发行范围：公开

出版、发行电话：021-53204159

发行业务：021-53204165

发行经理：钮 颖

媒介合作：021-53204090

广告业务：021-53204161

新媒体广告：021-53204191

国外发行：中国图书贸易总公司

印刷：上海四维数字图文有限公司

发行：上海邮政报刊发行局

邮发代号：4—900

国外代号：MO9178

定价：6.00元

故事会公众号　　故事会 App 下载二维码

故事会校园版欢迎投稿

稿件要求：来自最新的报刊、图书或网络，故事性强，文字明快，主题健康，视野开放，纪实或虚构均可，体现"新、知、情、巧、趣、智"的特点，同时欢迎第一手的翻译作品。推荐作品须注明原文出处、原作者姓名，确保转载不存在侵害版权的行为，并请留下推荐者真实姓名及通信地址。作品一经采用，即致推荐者 50 至 200 元推荐费，并向作品著作权人支付稿酬。

故事会校园版 投稿信

wenzhaiban@126.com

故事中国网：www.storychina.cn

本刊所付作者的稿酬，已包括以纸质形态出版的故事会校园版、汇编出版、音像制品及相关内容数字化传播的费用。

部分作者因各种原因未能联系到，本刊已按法律规定将稿酬交由中国文字著作权协会转付，敬请作者与该协会联系领取。地址：北京市西城区珠市口西大街 120 号 1 号楼 太丰惠中大厦 1027–1036，邮编：100050，电话：010–65978917，传真：010–65978926，E-mail：wenzhuxie@126.com。

本刊未署名图片均由视觉中国提供

丸子的朋友圈

哲学系二师兄

我亲眼见过人类利用核聚变放出的高能量子流通过天文单位级别的距离，用强大火力直接覆盖击杀了数以万计的虫族！

> 丸子：那是什么？
> 哲学系二师兄回复丸子：晒被子。

金融小王子刘思聪

以前，杀手都会选在凌晨两三点杀人，被害人睡觉以后好下手，现在就不会了。

> 郭美眉：为什么这么说？
> 金融小王子刘思聪回复郭美眉：现在，凌晨两三点，杀手来到目标家里，会发现目标还在熬夜玩手机。

郭美眉

我的兴趣爱好可分为静态和动态两种。

> 王大脸真的不是女汉子：静态是啥？
> 郭美眉回复王大脸真的不是女汉子：静态就是等快递。
> 丸子：那动态呢？
> 郭美眉回复丸子：动态就是拆快递。

快递员小马

我有很深的制服情结。

> 哲学系二师兄：具体有什么表现？
> 快递员小马回复哲学系二师兄：一见制服就热血沸腾，心神不宁。

金融小王子刘思聪：这是从什么时候开始的呢？

快递员小马回复金融小王子刘思聪：从摆地摊那年开始。

丸子

人生中遇见的每一样东西，出场顺序真的很重要。

哲学系二师兄：怎么说？

丸子回复哲学系二师兄：抹完护手霜，打不开润唇膏了。

王大脸真的不是女汉子

上周拔了一颗下面的智齿，居然疼了 10 天都没有要停的意思，还连带着同一边的耳朵像被堵住似的疼，听力也受到了影响。

为什么下面的智齿一个人最多长两颗，为什么这两颗是左边一颗右边一颗，我这回算是明白了……

丸子：可怜的大脸……

快递员小马：为什么？

王大脸真的不是女汉子回复快递员小马：再多耳朵就不够用了。

大老板张富贵

我昨天看到广告，有一款笔记本电脑很轻薄，只有 2.2 公斤，就买了一台，可拿回家后称怎么是 2.23 公斤呢？商家这是欺诈行为，我要去投诉。

金融小王子刘思聪：老板，您的机器是不是回去装了很多软件？

大老板张富贵回复金融小王子刘思聪：是啊！这台机器是我用来工作的，自然装了很多软件。

金融小王子刘思聪：那就对了，那 0.03 公斤，就是装了软件后增加的。

快递员小马

昨天开电瓶车送快递，经过一个小村庄时，把一只鸡给轧死了。

王大脸真的不是女汉子：那你把鸡买回去炖汤了吗？

快递员小马回复王大脸真的不是女汉子：我倒是想买啊，我捡起这只不幸的小鸡，问一个路过的小男孩："这只鸡是你家的吗？"结果男孩说："不，我家的鸡跟它的颜色、模样虽然一样，但它没有这么扁。"

牛大姐家乐事多

主要人物：牛大姐（妈妈）　牛大哥（爸爸）　牛小美（女儿）　牛小宝（儿子）
钱多多（牛小美的男朋友）　刘姥姥（牛小美的外婆）

※ 牛大姐给牛大哥发了条微信说："亲爱的老公虎年快乐！"

牛大哥回复说："亲爱的母老虎过年好！"

※ 牛大姐和牛大哥因为琐事吵得不可开交。牛大姐威胁道："你快给我闭嘴！否则我就到山里住去，你们谁都找不到我！"

牛大哥听后，愣了一下道："找你干啥？你以为你是人参啊！"

※ 牛小美向钱多多抱怨工作辛苦想辞职。

钱多多："我养你。"

牛小美："你那点钱怎么养我？"

钱多多："嗯……不保证养活。"

※ 牛小宝问牛大哥："《西游记》里玉皇大帝只有十万天兵天将，天蓬元帅有八十万天河水军，天蓬元帅为什么不造反，自己做皇帝呢？"

牛小美插嘴说："因为八十万是水军啊。"

※ 家里停电，是保险丝烧断了，牛大哥爬梯子上去修，牛小美在下面问："爸，保险断了没？"

牛大哥："没，受益人是你妈，你就别指望了！"

※ 牛小美的表坏了："我的表不走了，我想拿到钟表店去修一下。"

钱多多自告奋勇："不用去店里修，给我吧。"

第二天，牛小美找钱多多要表，他却找不着了，牛小美火了："我的表呢？"

"它……它走了。"

※ 刘姥姥对牛大姐说："小宝都这么大了，已经懂事了，你别动不动就揍他。"

牛大姐一脸真诚地狡辩："我没有揍过他。"

刘姥姥说："孩子都对我说了：'姥姥你拍蚊子的声音，和我妈揍我屁股的声音一样响。'"

※ 牛小美跟钱多多说，她小时候经常和牛小宝一起偷牛大哥的私房钱，她拿一块两块，分给弟弟一毛两毛，小宝笑嘻嘻很开心。那天偷了二十多，想想弟弟总吃亏，就把那张二十块的给了牛小宝，结果这货思想斗争了两天，哭着上交爸妈了！她挨打后骂他，他说面额太大，揣兜里吃不下饭也睡不着觉！钱多多听完后哈哈大笑。

牛小美叹了口气幽幽道："现在知道我为啥不敢给你大票了吧！男人心理素质都不过硬，有钱遭罪啊！"

※ 牛大哥昨晚打麻将，一直打到深夜快12点，赢了七百多。打完后又去喝酒，满嘴酒气地回到家，对牛大姐说："你让我亲一口我给你三万！"

牛大姐强按怒火，闭上眼睛，就被牛大哥亲了一口，然后手里被塞了一只麻将。

※ 牛大姐带全家去饭店吃饭，点了许多菜，中间又加了一个猪蹄，等服务员把切好的猪蹄端过来时，大家都吃不下了。牛小宝闲着没事干开始拼猪蹄，最后发现少了一块。牛大姐就去找大堂经理理论，大吵了一架。

大堂经理默默看着牛大姐全家免单离去的背影，低声说道："唉，爱玩拼图的惹不起呀！"

一碗红烧肉

@ 戴华娥

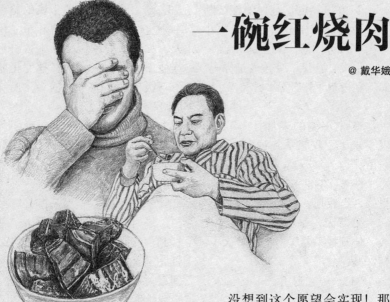

小时候他爱吃肉，他家对面就是一家包子铺。在他的记忆中，每到中午，肉包子的香味便氤氲飘出来。那时候他很想做一只小狗，摇摇尾巴跑进去。可他不是一只小狗，只好闭紧嘴巴，怕嘴里的口水哗哗流出来。

许多个夜里，他趴在土炕上，用手使劲按住肚子，前肚皮都贴到后肚皮了，肚子里还是不停地咕咕乱叫。能吃一顿饱肉，该是一件多么幸福的事啊！

没想到这个愿望会实现！那个秋天，父亲带回一个好消息：镇上收购橡子。父亲说：把捡一秋天的橡子卖了，就可以吃一顿饱肉。

那个秋天全村的人都在捡橡子。他更像只小猴子，不顾一切地爬上高树，在橡子还很青涩的时候，就把它们捋进筐里。

秋天过去的时候，父亲将半个猪头搬回了家。

那一天他们家比过年更像过年。他不停地帮忙搬柴火，看着红色的火焰欢快地舔着锅底。锅盖掀开，一股浓浓的香味飘出来，这香味带来的幸福几乎能将他击倒。这时候外面有人喊父亲，父亲出去了。

他小心翼翼将猪头捞出，放进大盆，端到桌上，不顾一切地吃起来。天黑的时候父亲才回来。父亲呆住了，他也呆住了，他居然在不知不觉中将半个猪头全部吃光！他满心愧疚地看着父亲。父亲摸摸他的头，叹了口气。

那天夜里，他的肚子被搅动似的狂痛。他捂着肚子在土炕上打滚，狼一样嚎叫。父亲在旁边手足无措，陪着流了一宿眼泪。

第二天清晨，他拉完肚子，肚子不疼了。从此，他闻不得一点肉味，他们家的饭桌上，也不再有肉。

肉不再对他构成诱惑，他所有的感觉只剩下一个字：饿——"饿"也仿佛成了他与父亲相依为命的理由。他更小的时候就没了母亲。许多人给父亲说亲，父亲总是说，等孩子长大些再说吧。他一天天长大了的时候，一个女人走进家门。女人低眉顺眼，对他与父亲都很和气。可有一次他得了肺炎，父亲东借西借，借了一小瓢白面回来，让女人为他烙个饼。饼做好了，端给他的时候

却只有碗口大小。父亲看着女人嘴边的面渣，说了声：你走吧！他与父亲又恢复了以往的生活。

这些经历常常在他梦里重现。梦里，他泪湿枕头。那时候他已经成为城里人了，开着大货车，往全国各地跑。他把小时候的经历讲给一个女孩听，女孩落了泪。她说：你什么时候都要对父亲好。因为这句话，他娶了那女孩。

结婚后他把父亲接回家。一年中他有两三个月的时间不出车，他在家时，她总是很高兴，做他喜欢吃的饭菜。她问父亲：您喜欢吃什么？父亲说：他喜欢吃的，我都喜欢。

他出车的时候，她照顾父亲。可是有一天，她上班后，父亲因为怕浪费，将一碗馊了的米饭吃了。结果当天父亲就拉了肚子，住进医院。他在外地听到这个消息，二话不说，当天夜里就赶回来。一向和气的他，第一次跟她吵了架，急得父亲一个劲儿地对他摆手：不关她的事，真的不关她的事。

再出车时，他开始放心不下。他请教专家，老年人应该怎样生活才会更好？他得到的答案不外乎两样：适量运动，科学饮

食。他要求父亲每天出去散散步，父亲也答应了，父亲在家待闷了，就在外多溜达一会儿。至于科学饮食，他查阅了众多资料，亲自动手，为父亲制定了一张菜谱。

他把这张低脂肪、高营养的菜谱念给父亲听，征求父亲的意见，父亲答非所问，自言自语似的说：听说猪肉涨价了。但他有些不耐烦：猪肉？那东西不好吃，你的血脂高，要吃就吃点羊肉吧。

有时车开在半路，他会停下来，给家里打个电话，问父亲：今天怎么样？午饭吃什么？父亲所回答的，跟他限定的，总是八九不离十。他舒出一口气，末了，父亲嘱咐他：你要安心开车别分神，不要老是惦记我，我很好，都照你说的做了，你还有什么不放心的？父亲的话让他嘿嘿笑出了声。他想父亲真的老了，孩子似的听话。这样想着，眼前便有些模糊。

虽然他用心地照顾，但父亲还是像秋天橡树上的橡子，渐渐要落进尘埃。父亲最后一次住院，

医生告诉他：给老人家吃点他想吃的东西吧。他木鸡一样呆立半天，慢慢走到父亲床头，强作笑容，问：您想吃点什么？父亲想了想，有些羞怯地说：我想吃一碗红烧肉。

红烧肉？他有些意外，但还是点点头。满满一碗红烧肉做好了，香味溢满了房间。他嗅了嗅，恍惚间，仿佛又

> " 我一生有两个愿望，一是你长大成人，开开心心地过日子；二是痛痛快快地吃一碗红烧肉。

回到小时候，一个人对着半个猪头大吃。他有些担心，父亲的牙齿，是否还嚼得动红烧肉？

父亲把一块红烧肉含在嘴里，左右咀嚼半天，艰难地咽下去，混浊的眼里滚出一滴老泪。父亲将碗还给他，安慰似的说：我一生有两个愿望，一是你长大成人，开开心心地过日子；二是痛痛快快地吃一碗红烧肉。现在，这两个愿望都达到了。我这辈子，有福了。

他诧异地听着，雷击般怔住。慢慢地，胃里如二十多年前一样，翻江倒海地搅动。他仰起脸，拼命忍住奔涌欲出的泪水。

小林摘自《把自己当成一粒种子》

煤炭工业出版社　图：陈明贵

煎饼馃子就是北漂滋味

@ 西门媚

要说北京什么最好吃，我肯定会想到煎饼馃子。

1995 年的时候，忽然得到一个机会，去一个大媒体。关键是，地点在日思夜想的北京。

得到消息的时候，我马上收拾行李，连最后一月的工资都等不及领，就飞去了北京。

下飞机，坐大巴，下到复兴门，又打车。我拖着行李箱，下到一个有军人站岗的大门。

门岗打电话进去，等了一刻来钟，出来个女孩。女孩说她叫小鑫，来接我去编辑部。

在大院里走了很久，到了后院的一幢小楼。进到楼里，看见

了这家媒体的牌子。牌子和办公室都不大，但是口气很大，叫"世界××年鉴"。

总编姓周，是个邋遢的中年男人，头发上是油垢，牙齿和手指上是烟垢。他一副摸不着头脑的样子，似乎真是不知道我要来工作。

我着急了，说，是陈主任叫我来的，然后说了一串名字。这些名字，就是介绍我的朋友和朋友的朋友，转弯抹角的关系。

周总编听了这一堆名字后，似乎明白过来了，说："小陈出差还没回来，你等几天吧。"

熬到下班时间，小鑫过来对我说，她老公正好出差了，让我

住她家。我像看救星一样看着她，跟她回了家。

上班的时候，总编老周拿了一堆企业名单，让我抄到信封上。信封里装进广告，宣传这年鉴如何有影响力，进入了有什么好处。

几天以后，陈主任出差回来了。所谓出差，也就是去到"下面"跑了一圈，拉广告。北京之外，皆为"下面"。陈主任告诉我窍门，他拿着主管单位的介绍信，先是对接省里建立联系，然后再下去，就比较好办。我明白，他们是一级级地拉大旗做虎皮。我也就知道，这介绍工作的误会是从何而来的了。

明白这点我就急了。这样拉广告的事情我做不来，也不愿做。他们有男生宿舍，却没有女生住的地方。小鑫的老公出差已回，她家里再住不下。

我搬到办公室住下。办公室有一张破旧的沙发，半夜暖气一烤，沙发背上、暖气片上，会爬出许多小蟑螂。我平素最怕这些虫子，但这些天，形势所迫，居然也能睡着。

我开始积极联系工作，差不多每天都向老周请假出门。老周既不为难我，也不赶我走。有一晚某醉汉来推我办公室的门，吓得我一晚不敢睡，第二天我告诉了老周，老周还去门岗帮我打了招呼，从此相安无事。

那时，每天早上，我出了大院的门，就到路边，去买一只煎饼馃子。小贩照例问一声，要不要辣？要！我答。

当然要辣椒啦，在北京吃得没有滋味的时候，煎饼馃子的辣椒酱也能解解乡愁。

鸡蛋也给人安慰。如果是中饭的时候，吃煎饼馃子，就要求多加一个鸡蛋，顿时觉得自己很会照顾自己，吃得很有营养。

大半个月跑下来，很有成效。先是找到了一份不错的工作，在某大报当夜班编辑；接着又找好房。都解决好了，可以去上班了，才跟老周辞职。

老周一点儿没为难我，甚至还给我结算了这半月的工资。这让我有些意外。

我到了新的单位后，再没去见过老周。过了几年，听小鑫讲，老周已患癌症去世，他去世前，公司已远不如我见到的时候。

我又一次想起了老周。

心香一瓣摘自《食光机：食物中的当代小史》

天津人民出版社　图：黄煜博

"抢生意"的馒头

@马海霞

那年，我妈在村里开了一家小卖部。我们村方圆十里没有大超市，小卖部却有四家，我家的位置最偏。大家都从一条批发街赶货，连馒头都是镇上王二馒头房送的，商品价格透明度太高，我家小卖部并不占优势。

馒头赚钱少，1斤才赚5分钱，但需求量大，我妈从馒头里发现了商机。王二送馒头时早时晚，经常耽误买卖；一天只早上送一次，到了中午馒头就凉了。我妈决定换一家馒头房，但货比几家，发现还是王二家馒头最好，于是我妈决定不用王二送，自己蹬着三轮车去载。

我妈赚钱的原则是：金银不怕碎，见菜就得挖筐里。我妈一天两次蹬着三轮车去载馒头，全村就我家早上、中午都有热腾腾的馒头卖。有时买馒头的人多了，我妈一天就跑几趟。

后来，邻村老吕家也开了家馒头房。老吕老来得女，女儿身体不好，找了个外省小伙子当上门女婿。老吕就开了馒头房，帮扶女儿一家。老吕家馒头卖相好，味道佳，一天早上、中午送两趟，准点准时，村里小卖部皆抛弃王二，给老吕家卖馒头。

但很快四家小卖部都烦了老吕。因为他给小卖部送馒头时，还顺带零售，两斤馒头比小卖部便宜5分钱，而且他送馒头时占据小卖部门口卖馒头，截了小卖部的客，让店主们很恼火。我妈说，零售商和批发商搞价格竞争肯定输，只能眼看着老吕卖得热火朝天。

其余三家小卖部都果断拒绝再卖老吕家馒头，还摆出了他再来门前卖馒头就拿扫帚轰走的架势。我妈也反感老吕的做法，几次想说，但都张不开口。生意大家做，老吕卖得便宜，村里人买他的也正常。再说老吕也可怜，一把年纪了，为了女儿，还推着馒头车送馒头，若不是生活所迫，谁愿意出这力气？

老吕见我妈好说话，我家小卖部门口就成了他的固定馒头摊，害得我家馒头一天卖不了几斤。

但不久，我妈发现我家馒头虽不咋卖了，但小卖部营业额却上来了。这还得感谢老吕，他的馒头好吃又便宜，吸引了很多村民来买，走到我家小卖部门口了，顺便也买些生活所需的用品。

后来，连锁超市入驻小镇，小卖部生意大不如从前，正好我妈要看孙子，便关门大吉了。而老吕家馒头房却生意越来越红火，成了小镇品牌。

老吕女婿买了车，开车给各大超市送馒头，还在镇上买了门面房。逢年过节，老吕都会送我家一大袋馒头，感谢我妈当年没将他的馒头车"扫"走。我妈说，她该感谢老吕才对。

这话不知老吕听懂了没，反正我家少卖的那些馒头，老吕一年一年又给我们扛家里了。

摘自《解放日报》 图：佐夫

【编者的话】民以食为天，对于中国人来说，吃饭不仅是为了果腹，更是一种爱的表达方式。不管是一碗特殊年代的红烧肉，还是加辣加鸡蛋的煎饼馃子、好吃又便宜的馒头，吃食的背后，洋溢着浓浓的人情味。无论是亲人、邻里乃至陌生人，人与人之间，多一分理解，多一点关爱，这世界会更美好！新的一年，大家都要吃好喝好过个好年！

第19届中国微型小说年度奖获奖作品

你是那个给我树苗的人吗

@ 刘国芳

　　有人开车经过一个叫黄坊的村子，那人口渴了，下车找水喝。路边就有人家，门口坐了一个四十岁左右的女人。那人跟女人说："口渴了，想在你这喝点水，井水也可以。"女人说："井水怎么行，我这有开水。"

　　女人说着，进去倒水给那人喝，但过了好一会儿，才把水端出来。把水递给那人时，女人说："刚好有亲戚送了我一袋茶叶，我泡了茶给你喝，也不知道好坏。"那人端过茶喝了一口，便说："不错，挺好的茶。"

　　那人就在女人家门口慢慢喝茶，喝过，还从车上拿来杯子装了一杯。走时，那人又说："谢谢啊。真的谢谢！"

　　那人就上车了，但随即又下车了，那人跟女人说："我车上装了很多柚子树苗，我给你两棵吧。我这树种好，结出的柚子特别甜。"

　　说着，那人从车上拿了两棵树苗给女人，走的时候，那人说："你一定要栽啊，这柚子确实很好。"

　　女人说："谢谢！我一定栽。"

　　女人没有辜负那人，真的把树苗栽在自己的山坡上。一年过去了，两年过去了，三年过去了。第四年，树上结了柚子。秋天的时候，柚子熟了，女人打了一个下来，尝了尝，眼睛都亮了。她随后打了好多下来，送给村里人吃。村里人吃过，也都眼睛发亮，都问她："你哪里弄到这么好的种呀？"女人说："一个开车从我家门口过的人给的。"

黄坊村是从抚州到金溪必须经过的地方，村里有很多古建筑，经常有人来玩。过路的人或者来玩的人有时候会坐在女人家门口，女人这时候会拿柚子给人家吃，所有吃过柚子的人都说："这柚子真好吃。"又说，"是你们这里栽的吗？"

女人说："是我栽的，树苗是一个开车从我家门口过的人给的。"说过这话，女人又说，"你是那个给我树苗的人吗？"

人家摇头。

这两句话女人后来经常说，有人坐在女人家门口，女人便拿柚子给人家吃，在人家说她柚子好时，女人总说："是个开车从我家门口过的人给的树苗。"女人又说，"你是那个给我树苗的人吗？"人家每次都摇头。

女人的柚子好吃，后来村里几乎所有的人家都互相剪枝嫁接。秋天的时候，村前村后满山遍野都是柚子树，柚子熟了，到处是黄灿灿的一片，有人站在远处的山上往黄坊村看，像有一片霞光落在村里。柚子确实好吃，很多人慕名而来，这样，黄坊村就出名了，有人提到黄坊，就会说那里的柚子好吃。不仅金溪的人这样说，抚州的人也这样说。很多人都会开车来买，女人的家就在路边，有人买柚子，先把车停在女人门口，然后问："哪儿有柚子卖？"女人说："我家就有。"

就有人坐在女人家门口，女人还和以前一样，先破柚子给人家吃，吃过，有人说："这柚子真好吃。"又有人说："你们村怎么栽得出这样好的柚子？"

女人说："这是一个开车从我家门口过的人给的树苗。"

就这样，女人一直卖着她的柚子，把自己卖成了老婆婆。

这天，老婆婆坐在堂屋的椅子上打盹，太阳晒在身上有点微醺，恍惚中屋外有人"笃笃笃"轻叩了三下门，紧接着低声问道："口渴了，想在你这喝点水，井水也可以。"她略显混浊的眼睛一下亮了。

摘自《金山》

图：杨宏富

扫码看第19届中国微型小说年度奖获奖作品！

你们小时候被爸妈喂过的最敷衍的食物是什么

@谷 雨 等

原材料的"灵活配比"

@谷雨：小学的时候，我爸每天早上都起来给我熬粥。

最开始我喝粥的时候觉得有点奇怪，里面真的是一点米都没有。我就问我爸是怎么做的。

他顿时眉飞色舞："为了把粥熬成这样，我每天4点钟就起来熬了，差不多三个小时才有这效果。"

我当时感动得稀里哗啦，后来经过多方求证，发现所谓的粥是前一天剩下的米汤。

还有粽子。

当时听说端午节都要吃粽子，我就让我爸也包粽子，他面露不悦："都是米煮的，能有什么不同，懒得包。"最后在我多次恳求之下，他终于同意了。

那天中午我一回去就看见桌子上有一堆粽子，还冒着热气。

我迫不及待地拆了一个尝鲜，果然没什么好吃的，这和普通的米饭有什么区别？

后来经过多方求证，原来那就是米饭，我爸将煮熟的饭包进了粽叶里……

还有就是饺子了。

我爸将肉剁碎搓成肉丸，然后和饺子皮一起放进锅里。

煮熟后，他骄傲地说："单吃饺子皮就是面疙瘩，单吃肉那就是肉丸，合在一起吃就是饺子，厉不厉害？"

@ 砚一：我的童年，是被当成猪喂的。

有段时间我爸沉迷欧美电影，我跟我爸一起看，对电影里外国人吃的麦片很感兴趣。

但说来奇怪，那个时候，居然到处都买不到这种东西。于是我纠缠了我爸整整两个星期。

这天，我爸扛着一个没有标志的麻袋回来了。

他一边搓着被磨红的脖子，一边对我说："麦片给你搞回来了，这一麻袋你要是吃不完，以后这个袋子就是你的新家。"

谁能想到那是噩梦的开始……

没有味道，粗糙，神奇的糊糊口感，这玩意和零食有什么关系吗？

后来的日子里，我向爸爸认错，爸爸抓起一把就塞我嘴里。

我和爸爸说饿，爸爸抓起一把就塞我嘴里。

我看着电影里的……爸爸抓起一把就……

住手啊爸爸！这玩意有多胀有多饱腹你知道吗？这玩意多么促进消化你知道吗？

效果好到什么程度呢？

一个马桶都不够我拉的！

如果不是后来我妈妈回来得早，我的人生可能就只剩下童年了。

她指着我爸的鼻子大骂："有你这么当爹的？扛一袋子喂猪的麸皮回来喂儿子？"

那是我和爸爸最漫长的一次冷战，没有之一。

多年以后，爸爸因为应酬逐渐突出了将军肚。四肢不胖，但内脏脂肪堆积……我掐指一算，这是糖尿病的先兆，再结合他年纪大了经常便秘……

于是我，孝心起了。

调味食品的"丰富运用"

@ 玄绿：圆葱炒肉。

被我和父亲吐槽了 N 次诡异厨艺的母亲有些沮丧，所以她不打算研发新的菜品了，打算老老实实照着美食大全上的菜谱做一道朴实无华的圆葱炒肉。

圆葱是正经圆葱，肉也是正经火腿肠，毫无创新之处。

在那个平凡的周末，我和父亲用筷子同时夹起了一坨圆葱肉……味道有些难以下咽，但还是秉承着不浪费的原则一筷子又一筷子地吃着。

突然眼前一黑，醒来，我和我爹在医院里打点滴……

后来我才知道，我母亲大人把家里的水仙花当成圆葱炒给我们吃了！于是我跟我爹集体食物中毒！

我问她原因是什么？

她说，因为她思考的过程是：圆葱长这样，水仙花花谢了之后长这样，也许水仙花就是能开花的圆葱，那水仙花是圆葱的别称，就像香菜又名香荽一个道理。

服了！

甜食点心的"融会贯通"

@玄绿：当时刚过完月饼节，母亲正苦恼着那么多剩下的月饼该如何处理，机智如她突然心生一计：

麻辣烫里放煎鸡蛋挺好吃的，尤其是蛋黄格外入味，而双黄月饼的"黄"也是蛋黄；麻辣烫里的年糕美滋滋，那莲蓉馅儿也差不多口感，会跟年糕一样吧？

麻辣烫麻辣烫，主要的原材料显而易见：花椒加辣椒酱加开水加酱油（大道至简），于是，就这样，那天中午我获得了一大坨……

哦不是，一大碗创新大道至简麻辣配方的月饼麻辣烫。

但我确信的是，不知什么原因这个"麻辣烫"有股浓郁催吐的香甜番茄味。

询问过后才发现我母亲大人没注意，把番茄酱当辣酱倒了大半瓶子。

虽然我们小时候都吃过各种奇奇怪怪的食物，但我相信大家也不会计较到底好不好吃。

那都是我们再也回不去的童年时光，或许有些"敷衍"，但永远值得怀念。

随着时间慢慢流逝，我们现在已经没那么年轻了，但这种家庭的回忆，充满美好的味道。

写到这，我觉得饱腹感十足，今晚的夜宵应该可以省了。

离萧天摘自微信公众号知乎日报

图：小黑孩

我在北京南站买了盒茶叶

@林特特

每年四五月，我从北京南站出发，总带着好心情。

我有一个秘密。

我在人群中挪移，拖着拉杆箱，亦步亦趋，人群一般会在某个节点渐渐分流，分向不同的检票口，这时，我便加快脚步，如脱缰野马，偶尔跨栏，直奔我的目的地。

目的地是一家老字号茶叶店，在北京，它有上百家分店。我是无意间发现，这家老字号的A绿茶，便宜、好喝、味道足的；只是，在城里，不是每个老字号的分店A绿茶都能供货充足。

一个春日午后，我在南站等车，四处闲逛时，看见老字号的南站店。店的一角，绿色八角筒码成堆，整整齐齐地站着。

南站店的大姐，边扫我的付款码，边露出"自己人""识货"的笑，她说："嘿！我们这儿客流量大，公司仓储、物流都紧着我们发货！所以，A绿茶，我们如果没有，全北京都没有！"我醍醐灌顶，打开行李箱，将茶叶筒挤进行李中，带着欣喜，带着雀跃，咽下秘密。

同样的感受，还发生在我必须化妆出席一些活动时。

签售定在八月的第三个周日下午，我周六乘高铁前往，已经订好酒店，我要做的不过是在网上搜索离酒店最近、好评最多的照相馆，搜索关键词"最美证件照"。

好，找到了，我迅速下单。第二天上午十点，我按订单所约时间，从酒店出发，步行至照相馆，十点半，我化完妆，不到十一点半拍完照，让店员记得把修完的照片发到我的邮箱中，而后，我带走满脸的妆，赶赴书城。

几个小时后，签售完，邮箱显示收到照片。正好，对于刚进行的活动，有媒体报道，发稿需要我最新的照片，我直接将邮件转发，齐活。

这也是源于一次无意间的发现。那天，我在一个打着"最美证件照"旗号的照相馆拍照，忽然意识到，照相馆提供的化妆服务能应付我参加的所有活动。

我忍不住和朋友们分享我的秘密。

当同事王变成前同事王，每年四五月，她自北京南站出发，光顾老字号，抢购A绿茶，会给我发一张她和绿色八角筒的自拍。

前不久，小孙换了微信新头像，她在女朋友们的群中，展示了和头像一致的写真照，大家赞美之余，她美滋滋宣布："就是采用了特特的方案，单位五一晚会，我主持，顺便去照相馆拍了照，蹭了妆。"

秘密从共享到交换。

通过同事王，我知道北京哪家的羊汤最正宗。通过小孙，我知道合肥哪个高校的兰州牛肉面是真正的兰州师傅出手。通过小严，我知道去哈尔滨，在哪座桥上，吹风、看落日，最浪漫。通过小葛，我知道在火车站，直接去停车场打网约车比排队坐出租车更方便。通过小张，我知道哪个不知名景区的湖，是"秋色连波，波上寒烟翠"的现实版……

喝羊汤时，吃牛肉面时，在桥上吹风时，满眼寒烟翠时，停车场等网约车时，我会想起和我交换秘密的人。

有一件事，只有我、我们知道，成了我于一地鸡毛的生活中，汲取快乐的方式，不用刻意经营，已满口袋社交货币，不假思索，便随时能列出一张写满开心的节目单。

扬灵摘自作者微信公众号

图：豆薇

祝福

@周海亮

临睡前我接到一个电话。他说他现在正在医院，父亲还躺在手术室里没有出来，他很害怕，问我能不能陪他说几句话。

我说当然可以，然后委婉地提醒他打错了电话，因为我并不认识他。

他说："我知道你不认识我。

其实我不过胡乱地拨了个号码，恰好打给了你而已。"然后在我的惊愕中，他给我讲了他的故事。

他说很小的时候他就离开了老家，被寄养在亲戚那里。大学毕业后，他到现在的城市工作，后来又在这里开了公司。本来他还有一个弟弟，却被突发的黄疸肝炎夺去生命，这样他的老家，就只剩下父亲。于是他把父亲接到身边，并给他买了一栋房子。

也许父亲太想念自己死去的儿子，竟整天把自己关在屋子里，哪儿也不去。父亲总是问他："你弟弟怎么不回家？"他对父亲说："弟弟几年前就不在了，还是你在医院把他送走的，你怎么不记得了呢？"说了几次后，父亲就不再问了。不再问的父亲，又坚持要他跟自己回老家。父亲以为小儿子在老家等着自己。可是他怎么能够回老家呢？这个城市里，他的事业正蒸蒸日上。他开始和父亲争吵，拒绝听父亲的任何理由。终于，父亲不再和他说话。不再和他说话的父亲，衰老得很快。今天早晨，父亲摔倒在洗手间，昏迷过去。他把父亲送进医院，而大夫，则把父亲推进了手术室。

"可是我能帮你什么呢？"我耐着性子听完他的倾诉，说。

"一会儿当我父亲被人从手术室里推出来，你能不能对着电话，叫他一声爸爸？"他恳求我说，"我费了很大的劲儿，才查到老家的电话区号。我想，父亲在昏迷中听到乡音，会以为那是他的小儿子在叫他，他就会醒来……"

我想了一下，说可以。

"你能不能，再加上两句祝福？"他说。

我说当然可以。

过了一会儿，我听到他说："现在可以开始了……"

一分钟后，我听到他在那边说："谢谢你。"夹着哽咽之声。然后电话挂断了。

想不到三年后，我竟再一次接到他的电话。在弄清我的住址后，他说要马上来登门致谢。

他坐在我的对面，穿着质料考究的西装，举止彬彬有礼。他说："谢谢你，如果不是你，我都不知道我现在是什么样子，更不会回到老家。现在我不仅回来了，还用了三年的时间，在这里开创了新的事业。"

我说你不用客气，我没帮上什么忙。

他说："怎么没帮上忙呢？如果不是你的帮助和祝福……"

事到如今，我只好实话实说。我说："其实当你把电话靠近你父亲的时候，我什么也没有说。"看到他愣了一下，我接着说，"我在思考该说些什么才好的时候，你已经把电话拿开了，并且挂断……你给我的时间太短了。好在你的父亲没事，他身体还好吗？"我问。

"父亲走了。"他低下头。

我的心被重重击了一下。我想，假如是因为我的失语，从而导致他父亲的离去，那么，我会内疚一辈子的。

他仿佛猜中了我的心思。他说："你不用这样。其实父亲早就不在了，六年前就不在了。

"那次我跟你所说的一切，都是真的。只不过，我把时间，向后推了三年而已。事实上父亲六

年前就不在了，因为想家，因为想弟弟，因为和我吵架，因为他看到我的事业存在很多隐患而我根本听不进任何劝告……

"总之因为很多事，他病倒了，没有抢救过来，就去世了。直到他去世，他也没能回一次老家。

"我记得父亲临终前拉住我的手，他说，假如你混不下去了，就回老家，那里还有我的老战友和老同事，他们肯定会帮你。

"我想父亲早就猜到了我的公司早晚会出大事。果然，在他去世后三年，我的事业几乎遭受到灭顶之灾。于是我想冒一次险，我想窃取别的公司的商业机密。可是你知道，这是最不道德最不理智的冒险，一旦败露的话，迎接我的，必定是牢狱之灾。

"还有另一条路，就是遵照父亲的意思，回到老家，平平稳稳地生活，或者重新开始。

"于是那天我随便拨通了一个老家的电话号码，我想，假如老家的这个陌生人肯听我唠叨超过半小时，那么就证明老家还是好

> **"**
>
> 我的祝福与否，已经不重要了。那时候，并不是我和他的父亲在交流，与他父亲交流的，其实正是他自己。

人多，我就回去，一切重新开始。并且，这也算是听从了父亲的临终嘱咐，莫慰一下他的在天之灵。我想，他活着的时候，我从未听过他的；现在他走了，我总得听他一次。

"可是半小时后，我又改变了主意，我想再加上一个条件。假如这个陌生人肯答应叫我的父亲一声爸爸，并送给他几句祝福的话，那么，我才肯回去。

"事实上，那天后来，我真的把电话靠近了自己的父亲，只不过，是靠近了他的照片。后来怕你听到我的哭声，我就匆匆挂断了电话……"

我想那天幸亏我接了电话，而不是看到陌生的电话号码就无动于衷；那天幸亏我答应了他，而没有拒绝他那个近似于无理的要求。事实上，我的祝福与否，已经不重要了。我想那时候，并不是我和他的父亲在交流，与他父亲交流的，其实正是他自己。

心香一瓣摘自微信公众号周海亮有故事

图：佐夫

村庄很小，仅九户人家。村的前面对着黄泥湖，另三面被大山围了个严严实实。

少年喜欢坐在湖滩上看湖里游来游去的鱼，看湖上面飞来飞去的鸟。

少年没有朋友，没人同他说话，他就同鸟说话，同鱼说话，同湖说话，同山说话。

父亲抚着少年的头说："你没疯吧？今天怎么一直同一只喜鹊说话？"少年摇摇头说："爸，我没疯。同喜鹊说话就疯了？""你能听得懂喜鹊说的话？"少年说：

"我怎么听不懂喜鹊说的话？其实，你们如果用心听，也能听懂喜鹊说的话。"父亲叹了口气，懒得再同少年说话了。

这年突然大旱，湖床干裂成一块块乌龟壳。树叶枯萎了，纷纷飘落。村人再找不到一点吃的了。

这天，少年正坐在湖畔发呆时，一只喜鹊一头栽倒在少年的脚下。少年以为喜鹊饿晕了，忙从口袋里掏出十几粒玉米，一粒粒地塞进喜鹊的嘴里。少年一连喂了喜鹊15粒玉米，这些玉米是

少年与鸟

@陈永林

少年挖田鼠窝时的收获。少年口袋里每天放十几粒玉米，饿得头昏时才在嘴里放一粒。但是喜鹊的眼睛还是闭上了。

邻居看到了少年怀里的喜鹊，眼睛一下绿了，绿色的涎水也淌下来了。他什么话也不说，便来抢喜鹊。少年抱着喜鹊就跑。邻居追了几步路就追不上了，坐在地上大口大口地喘气。

父亲见了少年怀里的喜鹊，脸上笑成了一朵花："许久没吃过肉了。我这就烧水拔毛。""爸，这喜鹊是被毒药毒死的，不能吃。"少年急中生智编了一个理由。

少年在屋后挖了个坑，把喜鹊放进去，盖上土。但是少年刚走开，喜鹊就被一个村人挖出来了。少年喊："这喜鹊是被毒死的，吃不得。"村人丢下喜鹊跑了。

天黑后，少年来到湖滩，前后左右看看，见没人，才蹲下来拿铲子挖了个坑，然后把喜鹊放进坑里，盖上土，来回踩实。

又过了一个月，仍没下雨。村里管事的来到村头的槐树下，敲响了村头的钟。

管事的说："大家还是逃荒去吧，逃荒还有一条生路，待在村里只有等死。"

第二天一早，村人背着铺盖，手里拎根打狗棍出了村。少年也跟在父母的身后往村外走。

村人全走了，村成了空村。

后来，出外逃荒的村人断断续续回村了。村里原来有九户人家，经过这次劫难，现在只剩下五户人家了。

五户人家回村后才发现他们没种子了，都叹着气说，唉！这是天意，命该如此。

这时，少年指着湖滩上的十几株玉米说："那不是种子？"

村人都往湖滩上跑，近了，都欢呼起来，15株玉米长得人一样高，每株玉米穗上都挂着两三个沉甸甸的玉米棒，把玉米穗都压弯了。

"湖滩上怎么长了15株玉米？"有村人问。不少村人都摇头。少年说："是喜鹊的功劳。喜鹊临死前，我给它喂了15粒玉米，喜鹊腐烂后，这15粒玉米发芽了。"

村人举起少年，往空中抛，少年被抛得老高，往下掉时，耳畔的风呼呼地叫。村人震天动地的欢呼声，落在湖面上，湖面上砸起一个个酒杯样的水花。

秦笑贤摘自微信公众号我们都爱短故事

图：恒兰

让你捧腹大笑的搞笑版奥运会

@天方夜谭 Plus

被狗追，丢掉金牌

在 1904 年圣路易斯奥运会上，两个小伙子在比赛中被一条恶狗连追带咬，足足被追了几条街，好在他们实力不俗，跑了两公里终于把狗跑赢了。但悲剧的是，他们慌不择路，跑到岔道上了，自然就与金牌失之交臂了。

乐极生悲

1996 年亚特兰大奥运会上，一位赛艇运动员连续三次夺得奖牌，他兴奋地把奖牌抛向空中，结果奖牌掉到了湖里。后来工作人员捞了半天没捞着，只好仿制了一块！

白剃了个光头

某届奥运会的举重决赛开赛前，一位运动员称重时发现超重了。为了减重，他剃光了头发和体毛，还搓澡搓掉一层皮，结果还是不行。最后发现体重秤是坏的！只能光着头去比赛了。

最轻松的金牌

圣路易斯奥运会男子 400 米项目决赛由一名英国运动员和三名美国运动员参与角逐。鸣枪前，一位美国运动员被罚下了，另外

两个美国运动员大吵大闹表示抗议也被罚下，最后英国运动员自己走完了这一圈，轻松获得金牌。

自己买门票进场参加奥运

在第16届奥运会上，有一位黑人运动员在跳高选拔赛上成绩平平，当时教练没有把他放在眼里，甚至开赛前把他忘记了。无奈，他只好作为观众花钱买票才进了场。他化悲愤为力量，竟以2.12米的成绩夺得冠军，并且破了世界纪录。

大黄蜂助攻

在第17届罗马奥运会上，公路自行车比赛进行到最后一圈的时候，一位意大利运动员的左腿竟然被一只大黄蜂狠狠蜇了一下。他担心这记蜇会引起肌肉麻痹，于是玩命地蹬，他的队友紧紧跟着，寸步不离，最终意大利自行车队夺得了冠军。

时间最长的摔跤比赛

在第5届奥运会上的某公斤级男子摔跤比赛中，排名前二的两个小伙子比了八个小时还没决出胜负，裁判都累得两眼发黑了。组委会没有办法，只好判两人并列第二。

水云间摘自《哲思2.0》 图：小栗子

外婆的飞机梦

@周小凡

中秋佳节，圆月高悬，一大家子人坐在大舅和别人合资的酒店包厢里，大舅喝得满面红光，二舅也有些微醺。这时外婆忽然提高了音调，对着自己一把屎一把尿拉扯大的四个儿女说："我想坐飞机！"

大舅"扑哧"一声笑了："妈，你这是开哪门子玩笑呢？你都九十岁了，还有心脏病，万一飞机上出点问题咋办？"

"能有啥问题？对面楼的小张不就是女儿陪着坐的飞机吗？"外婆理直气壮地反驳。

"妈！"小姨笑着说，"张大爷才六十五岁，您可都九十了。七十岁以上的老人家坐飞机，就得医院开健康证明才成。"

大舅妈扯着嗓门说："就是啊，上次芳芳（我小姨）她那当医生的男人不也说了嘛，你心脏不太好，少吃油盐，不要给心脏增加负担。我说妈，您还是少琢磨那些摸不着边的事儿，好好地想着怎么长命百岁，怎么享福就行了！"

可外婆依旧有些委屈地说："哎，我这辈子最大的愿望，就是死前能坐一次飞机了。"

一盘油亮鲜红的鲍鱼烧肉被端上桌，外婆的话语淹没在筷子们演奏的交响乐里。岁月渐长，谁都希望家里的老人长命百岁，老人在年岁里已活成了一棵树，只愿它枝繁叶茂长青不老，却没人会去仔细听听风拂过树叶时树的声音。

可这一次，谁都低估了外婆的决心。

那是一个周日的中午，一大家子人又相聚庆祝二舅荣升处长。各家人分批前往酒店，小姨夫驾车在小区外接外婆赴宴。外婆等到保姆锁好门，搀扶着自己坐电梯走到一楼的时候突然说："小翠啊，我的假牙没戴。"

保姆慌了，她独自回屋去找假牙，而外婆一小步一小步地走到小区门口，和靠在车上昏昏欲睡的小姨夫擦身而过，自己又打了一辆出租车扬长而去。出租车马达轰鸣着驶过中心广场，驶过三环路高架，驶过机场高速，最后停在机场。外婆掏出一张皱巴巴的五十块人民币塞进师傅手里，摆摆手说："不要找了。"然后颤颤巍巍地下了车。

司机哭笑不得："老人家，表上面打了七十五呢，您这钱不够啊！"

外婆压根没听见司机在说什么，此刻她的耳朵里回荡着飞机起飞时的轰鸣声。似乎是回到了年轻时那个战火纷飞的年代，外婆像一辆破损的战车，虽然缓慢但是笔直坚定地前行着，穿越过重重人流，接受了无数目光的洗礼，她终于走到了安检口。

安检口前排着长长的队伍，外婆绕过长龙慢慢走到检票处，路上有人提醒她说："老人家，要排队啊！"

站在队首一个四十多岁的大叔好心地让出了位置："来，您排我前面吧！"

检票的姑娘对外婆说："老人家，请出示您的身份证和登机牌。"外婆说："我要坐飞机。"

姑娘一愣，接着又说了一遍："您坐飞机得有身份证和登机牌才可以。"

外婆提高了声音说："我要坐飞机！"

安保人员好不容易把外婆劝到了休息室，然后在外婆的上衣口袋里找到了一张名片，上面有我们家所有人的电话号码。

家人正着急上火准备报案的时候，小姨接到了机场工作人员打来的电话，于是一大家子开着五辆车排成一长列，浩浩荡荡驶过中心广场，驶过三环路高架，驶过机场高速，最后一群人冲进了机场，在休息室里找到了被工作人员陪着的外婆。

谁也没想到的是，外婆忽然间号啕大哭，外婆边哭边说："我这辈子没别的愿望，就是想坐一次飞机，你们都不让我坐。我要是再不坐一次飞机，死了就没机会坐了。"

后来我妈跟我说，多少年了她从没见外婆这样哭过，就连外公去世的时候，外婆也只是躲在房间里偷偷地抹眼泪。

我妈还说，外公和外婆年轻的时候，日本鬼子的轰炸机飞过他们头顶，外婆躲在防空洞里对外公说："你说坐飞机到底是啥感觉呀？"

外公说："等日本鬼子被打跑了，我带你去坐飞机。"

两天后，小姨和小姨夫带着外婆去医院做了一个全身检查，最后得出的结果是：由于外婆有中耳炎和心脏等问题，不适合乘坐飞机。

看着外婆回到家难过的样子，大舅妈赶紧上去安慰她："妈，没关系，医院不让你坐飞机，我们带你坐。"

大舅和大舅妈带着外婆来到了上海，三个人一起登上了东方明珠塔的观光走廊。大舅妈好不容易成功劝说外婆站到了全透明的观光走廊上。外婆惊奇地打量着四周的景色，大舅妈对外婆说：

"妈，坐飞机就是这种感觉。"

大舅妈的儿子，我的大表哥从国外飞回来的时候，用手机录了一段视频，回到家里反复地放给外婆看。外婆捧着手机里的蓝天白云爱不释手，就连吃饭都舍不得放下来。

小姨夫从网上下了一个模拟战斗机的游戏，高高兴兴地装在笔记本里玩给外婆看。外婆看到小姨夫操控着战斗机在空中和敌人盘旋交战，她认认真真地问："你这打的是日本鬼子吗？"

小表弟把自己最喜欢的一个飞机模型送给外婆，他说要放在外婆家里最显眼的地方，让外婆每天都能看到。

外婆说："唉，我还是想坐一次飞机。"

外婆又说："唉，没坐过就没坐过吧，反正我那走了的老头子也没坐过飞机。"

朱权利摘自《美文》

图：陈明贵

飞机梦、火车梦、青岛梦，长辈们一个一个梦飞出了天窗，让人想一次一次穿梭旧时光，陪他们回到梦开始的地方。

一个一生都被父亲的光芒掩盖的男人

@佘 宸

曹丕从小就受到曹操的良好教育，自幼博览群书，而且不到十岁就能骑射，算是文武双全，但是曹操对这个儿子一直喜欢不起来。

我们小时候都听说过曹冲称象的故事，也都知道这是个神童，可是曹冲很小就去世了，这让曹操非常伤心。当时曹丕试图安慰

自己的父亲，可曹操却说出这样一句话："你弟弟死了，这是你的幸运。"

曹冲死于公元208年，对曹丕而言，这一年还发生了另一件重要的事。三公之一的司徒赵温要举荐曹丕做官，没想到曹操竟然怒了，公开放话，我这儿子什么本事都没有，你竟然举荐他，这分明是要拍我马屁，你这个三公做得不称职，应该免官！就这样把赵温赶回了家，连带着把曹丕的仕途也给生生掐断了。

214年，曹操亲率大军东征孙权，此时他已经建立了魏国，正是需要正式确立太子的时候，他选择了让曹植留守大本营邺城。古时候君王出征，让储君留守是常规操作，曹操这就等于宣示，我要立曹植了。

然而不等有人出来给曹植捧场，尚书崔琰就先跳出来为曹丕站台并表示，嫡长子继承是个好制度，我要用生命来守护这个制

度。这把曹操给恶心坏了，后来甚至找了个由头，逼得崔琰自杀了。

另一个掌管选官的大佬、尚书仆射毛玠也给曹操上疏，说袁绍废长立幼，下场你也看到了，你可千万别乱来啊。结果他被罢免了。

216年年底，曹操再次东征孙权，出征的时候带上了曹丕，再次让曹植留守，也就是再次宣示：曹植是我选定的接班人。

就在曹丕争储的希望日益渺茫的时候，曹植做了一件超级作大死的事，他有天晚上喝大了，硬闯了王宫的司马门。这件事使得曹操不得不暂时打消了让曹植接班的念头，立了曹丕做太子。

可即便如此，曹丕的太子之位还是没有坐稳。

219年，关羽北伐，围曹仁于樊城。曹操又做出一个惊人的决定，他让曹植统领大军去救曹仁。当然，曹植从来就没有展现过军事才能，曹操如果真觉得凭他能击败关羽而不是送人头的话，那只能说曹操的颅内积水要比樊城外的水位还高了，所以曹操肯定给曹植配了最得力的副手，曹植显然只是挂名。史书上并没有说曹操配的副手是谁，因为曹植根本就没能出发，这家伙在出征前又喝得大醉，以至于到第二天都没法去领受曹操的命令。

曹操只好把气撒在曹丕头上，又找了个由头，把曹丕的重要支持者钟繇给罢免了。

220年年初，曹操在洛阳收到了孙权送来的关羽首级，外部的危机彻底解除，然而他自己也一病不起了。当时曹丕在邺城留守，看上去即将顺利接班，然而事情到这都还没完。曹操祭出了他对抗自己亲儿子的后半生中的最后一个骚操作，他派人急召镇守长安、手握兵权的曹彰来洛阳。

根据后来曹彰自己的说法，曹操是想让他带部队来给曹植撑腰，好帮曹植上位。

当然，曹操没能等到曹彰就挂了，曹丕还是有惊无险地继了位。

可是，正如前面所说的那样，曹丕从小努力读书、习武，却长期得不到父亲的喜爱与认可，这样经年累月下来，心态很难不出问题。这位"摘桃之人"后来被记录在史书上的种种阴刻表现，不能不说是他那位"种桃"的父亲亲手种下的恶果。

图：小栗子

野蔷薇

@〔日本〕小川未明 王新禧 译

有一个大国，紧邻着一个比它小的王国。在远离首都的国境线上，两国都仅派遣一名士兵守卫确定国界的石碑。大国派的士兵是位老人，小国则派了一位年轻人。不知何时起，两人竟成了好朋友。

在国境线上，野生着一株蔷薇，无人照料，却生长得十分繁茂。蜜蜂大清早就飞来，聚到花上采蜜。那欢快悦耳的嗡嗡振翅声，直传入尚在梦乡中的两个士兵耳中。

"喂，快起床吧，都飞来这么多蜜蜂了。"两人像商量好似的一道起床，同时来到岩石旁，用石缝中流出的山泉水洗漱，于是就碰面了。

"呀，早上好，今天天气真好。""嗯，天气确实不错。天一晴朗，心情也随之畅快不少。"

年轻的士兵最初对将棋一窍不通，经老人教导后，现在只要中午天气晴朗，两人便会相对而坐，厮杀上几盘。

刚开始时，老人棋艺高过年轻人许多，即使让棋还常常吃光对方的棋子；但下到后来，已是不相上下，老人也会输棋了。

"哎呀，这盘我快输了，老是这样逃逃躲躲，滋味很不好哩。如果是真的战争，还不知会有什么下场呢！"老人边下棋，边张开嘴大笑。

年轻人眼看自己又要赢了，也高兴得笑逐颜开。小鸟在枝头欢快地歌唱，白色的野蔷薇散发出阵阵迷人的芳香。

冬季降临到国境线上。天气转冷了，老人开始想念南方的家乡，那里住着他的儿子和孙子。

"真想请个假，早点回去！"老人说。"可您要是回家乡去，肯定会再来一个陌生人接替您。如果那人和您一样亲切友善也就算了，万一是个敌我分明的人，那就糟了。请您无论如何再多留一段时间吧，春天不久就来了。"年轻人劝道。

很快地，冬尽春来。然而就在此时，两国却为了争夺某一利益，全面开战了。

"喂，现在开始，我们就是敌对关系了。我虽然上了年纪，但好歹是个少佐，你要是提着我的脑袋回去，一定会得到嘉奖，飞黄腾达。你杀了我吧！"老人说。

年轻人听了一脸惊愕。

"您怎么说这种话？我和您为什么要变成敌人呢？我的敌人是其他人。如今战争在遥远的北方进行，我要去那里作战。"年轻人说完，就立即上路了。

国境线上从此只剩下了老人，孤孤单单。野蔷薇开花了，每当太阳升起，蜜蜂就成群飞来，聚在花上，直至日暮。从那日开始，老人便时刻惦念着年轻人的安危，就这样时光飞逝，日复一日。

某天，一位游客经过此地，老人向他打听战争的情况。游客告诉老人，小国吃了败仗，该国参战的士兵全部阵亡了。

老人垂头坐在界碑的基座上，恍惚间，他感到由远而近奔来许多人，定睛一瞧，原来是一支军队，骑在马上指挥士兵的，正是那个年轻人。

军队肃静沉默，没有一点声响。他们列队从老人面前走过，当年轻人经过时，默默地向老人敬礼致意，然后闻了闻野蔷薇的花香。

老人正要开口说话，猛然间就醒了，原来是场梦。此后又过了一个月左右，野蔷薇便枯萎了。这年秋天，老人请假，回了南方。

摘自《红蜡烛与美人鱼》陕西人民出版社

图：豆薇

【作者简介】小川未明（1882—1961），日本童话作家、小说家。他是日本现代童话创作的先驱者，被称为"日本的安徒生"，一生创作了7800篇童话，代表作有《野蔷薇》《牛女》《红蜡烛与美人鱼》等。

第19届中国微型小说年度奖获奖作品

沼泽地

@ 叶征球

入冬后，夜幕落得急。一不留神，天嗖嗖地就黑了，像碰翻了一瓶墨汁。这幢土屋离村子很远，孤零零杵在山岗西侧，如一个弃儿。他敲门进来的时候，老人正拢着炉子烤火。

老人身形瘦弱，佝偻着，身上的棉袄就显得宽大了许多。一只黑魆魆的铝壶坐在火炉上，滋滋滋吐着热气。"大叔，您——您好。"他怯声唤了一句。老人微微一凛，缓慢地欠身，一双枯枝般的瘦手抖抖索索地探寻着。

"您的眼睛？"他问老人，右手捏了捏裤子后兜，硬硬的还在。

"唉，青光眼，瞎两年了。"老人幽叹了一声，"请问客人你是？""我贩、贩山货路过这里，天就黑了。"他轻轻地吁一口气，"想歇个脚。"老人颔首，笑开一脸菊瓣，应道："哦，快来烤火，粗茶淡饭也有的，你莫嫌弃。"

他默默地环视了一圈，房间干净清爽，除了一些简陋的生活器具之外，没有什么亮眼的物件。

几本旧书和一台老拙的木匣式收音机，趴在缺角的桌子上，擦拭得锃亮，在混浊的灯光下，倒有几分古意苍苍。正在播放的是评书《隋唐演义》，单田芳独特的磁性声音，让房间里热闹了一些。年月久了，收音机有些颓，夹着"沙沙沙"的杂音，仿佛病人的喉头里憋着不顺畅的痰。

老人慢慢摸索着，从碗柜里端出两碟剩菜来：土豆丝、腌菜炖小鱼干，菜虽然有点蔫，但尚有余温。他看着，咽了一下口水。随即帮忙撤下水壶，一边架锅热饭，一边问："大叔喜欢看书啊？"

"唉，眼睛瞎了，看不见东西，就每天摸摸书。"老人苦笑一下，眼睛里蒙着一层淡淡的云翳，眸子定定的，一动不动，"当了一辈子民办老师，习惯了闻书的味道。"

饭菜简单地热过，老人让他开吃。他看着墙壁上贴的那些奖状，印在上面的红旗都褪色了，自言自语："以前，我也得过很多奖状！"接着，他陷入回忆中，脸上浮起一些欣喜。

"大叔，这里往西，路好走吧？""往西？"老人若有所思地说，"往西是一片沼泽地，几十里荒无人烟。"屋外风刮得恓惶，窗边的苦楝树摇曳着，仿佛鬼影幢幢。

"沼泽？"他停下了筷子，"我想吃完饭就动身呢。"

"乌茫茫的全部是泥淖，上个月又陷了两个人进去，还是晌午呢，眨眼就灭顶了，根本没得救。走夜路，就更别提了。"老人说着，脸上全是惊悚。歇了一会儿，接着说："哦，我弄点酒给你，暖暖身子。"

老人步履蹇滞地进房间，过了好大一阵，才颤巍巍端着一个旧搪瓷缸出来。顿时，一股醇酽的酒味弥漫开来。

"自家粮食蒸的酒，不值钱，莫嫌弃啊。"老人和蔼地说。

他很久没有闻过这种浓郁扑鼻的酒香了，一瞬间，他心里兵荒马乱，仿佛回到了家，回到了父亲身边。他暗暗地叹一口气，眼眶就湿了。

酒足饭饱之后，两个人围着炉子拉家常。老人说冬夜太长，自己睡眠浅，有时压根就睡不着，得靠安眠药；儿子在城里上班，隔三岔五地才能回来一趟。

他说，他家在山沟里，村里的土皇帝作威作福，一手遮天；他说一位朋友犯了事，总想悔过自新……

"想回头就是好人，俗话说，浪子回头金不换。"老人不住地点头称赞，"人活一辈子不容易，肯定有平路，有山坡，还有沼泽。"

夜渐渐深了，土屋的灯在无边的黑暗中，昏黄如豆。

他感到一阵阵疲乏袭来，眼皮沉重得挑不动，便依着老人安排，进侧屋倒床睡下。

待他鼾声响起，老人悄悄锁了侧屋门。

老人从棉袄里掏出手机，蹑足走到门外，颤抖地拨通了儿子的电话："我中午听见收音机里的协查通告了，你们要抓的人，在咱家里。我看见他左耳那个胎记了，没错。"电话那头，儿子大骇："爸，您没事吧？"

"没事没事，我假装青光眼，他不会伤害一个盲人的。"老人顿了一下，说，"酒里有安眠药，他睡着了。你们赶快来！"

"好的，马上就过来了。"儿子声音急切如催，"爸，您千万注意安全，防止他有凶器。"

"他裤兜里有一把匕首，我已经收起来了。他也是苦孩子，尽量算他一个投案自首吧，帮帮他，别让他在沼泽里陷得太深。"

摘自《山西文学》

遇人不淑

@王小柔

一个朋友在家闲待着，抱着iPad看电影超过二十四小时了，我打电话的时候，人家愣不知道几点。我多了句嘴，说"你要实在腻味，就找我来吧，我带你闲逛去"。

朋友很实在，痛快地答应，早晨八点半已经敲我们家门了。

我打猫眼儿往外看，她用手指头把"镜头"给按死了，在那儿催："别看了，没坏人。赶紧开门吧。"

这位远道而来的朋友进门就开始蹭鞋。左脚踹右脚，右脚蹬左脚。我立在旁边实在看不下去了，不得不说："你就不能解一下鞋带儿啊！"她说："来不及了。"我一听，认定她要去厕所，所以蹲下就把她右脚上的鞋给揪掉了，还带下来半只袜子。

她急急忙忙脱鞋并没有去厕所，而是一屁股坐在了餐桌旁，拍着桌子问："你们家有早点吗？我还没吃饭呢。"然后她就呼噜呼噜把锅喝见了底儿。

要出门的刹那，她说："给我来张名片。"我问："你不是知道我电话吗？"她皱起眉头："我鞋侧面硌脚，得拿硬纸片垫垫。""你这鞋穿一冬天了，怎么就到我这儿想起硌脚了呢？你休想把我名字踩在脚下，给你张别人的吧。"

和她一起迎着阳光在人潮人海中闲逛，突然她说："咱找地儿吃饭吧，都逛饿了。"我尖声质问："你不是刚吃完那顿儿吗？"她喜笑颜开地说："那都是些汤汤水水，不顶时候。"

我怀疑她根本就没在网上看什么电影，种地去了吧，要不然，已经走进新时代的人怎么能饿成这样呢？

我带着她直奔水煮鱼就去了。一落座，这闺女就开始感慨："哎呀，好多年没吃水煮鱼了。"我都快哭了，没联系这些日子，她是不是被人口贩子拐卖，刚送回城市啊？

扣肉、肘子、香酥鸡、水煮鱼，面前没素菜，跟上供似的。

最后还上来一大盆酱油炒饭。我默默地吃饭，她默默地吃肉，时间就这样嘀嗒嘀嗒过去了。我去上了趟厕所，回来就见她满眼放光："这儿扫二维码送辣椒酱呢！"我说："你要那个干吗用啊？"她站起身，抓着手机边走边说："回家，和饭！"我追上去，把我的手机塞进她手里，拍着她的肩膀："姐们儿，多拿一袋，可以多吃一顿！"

在所有盘子盆都见底儿的时候，我小心翼翼地问她是不是吃饱了，她说，这还没发挥好，如果正常发挥的话，连一粒饭粒都不会剩。我安慰着她："你把盘子吃了，饭馆也不给咱奖品。饱了就行了。"

朋友又回到我家，说得歇会儿，直接倒在了沙发里，一边变换舒服的姿势一边说："吃饭晚了，弄得我胃疼，你能给我烧点热水吗？"

我一壶一壶烧着热水的时候，怀揣忐忑地问她，一年能挣多少钱？她说："也就两百万吧。"

天黑，送她走。忽然听见我鞋底下发出金属声，抬脚一看，我那气垫运动鞋底儿上，居然扎着一枚图钉。我拿指甲把它拔下来，再走路，右脚扑哧哧扑哧哧，跟气摅子似的。那位大姐说："你怎么走路跟小混混一样，晃啊？"我说："你知道什么叫深一脚浅一脚吗？一步一米六五一步一米六三，跟我的人生一样。"他人是镜子，我们常常在别人的眼里看清了自己。

—米阳光摘自《世界那么大，纯属撑的》

上海人民出版社　图：小黑孩

只有死亡才能终结的诅咒

@ 咩咩家老王

自杀猫

1953 年的一天，日本熊本县。

居住在南部水俣湾附近的渔民发现，一桩远比僵尸电影还要可怕的诡异事件正在上演。

一只猫应该是病了，或者误食被药杀的老鼠，摇摇晃晃，步态踉跄，像在跳舞。可扭着晃着，很快就歪倒在地，口吐白沫，四肢也不听使唤地剧烈抽搐起来。

就在居民们觉得纳闷，猜测到底发生了什么时，只见那只猫又遽然跳起，扭摆着直奔海边。

谁能相信，它竟然跳海自杀了！

更令人瞠目的是，起初是一只，但接下来的一段日子，或三三两两，或成群结队，大量野猫与家猫争相投水赴死。

看那不受自身控制的样子，像极了僵尸猫！

短短一年，水俣湾畔的水俣镇上，就有超过五万只猫"义无反顾"地跳海自杀。以致海滩与海水里,几乎布满了死猫的尸体,处处弥散着腐败的恶臭。

终于,当地居民害怕了:为什么会这样?莫非,这是神灵降下的诅咒与惩罚?等猫死光,会不会轮到人身上?

僵尸鱼

水俣镇是个好地方。三面环山,一面靠海;风和日丽,渔产丰富。海湾还时常会出现天文异象,千朵火光流布海面。

那光景,美如海市蜃楼。船只一靠近,转瞬即消散无形。故水俣人称之为"不知火海",认为那火光是龙神灯火。

就是在这个胜似仙境的好地方,怪事愈来愈多:不只猫自杀,鱼也开始自杀。密密麻麻、大片大片的"僵尸鱼"群漂浮于海面,任人捕捞,不游不逃;还有信天翁、海鸥、海燕,也似中了邪,飞着飞着突然直坠入水,自溺而死……

水俣镇上,常年生活着四万余居民,周边村庄也有一万多人口。他们世代以水俣湾渔场为生,小日子过得安然而平静。

但如今,接连上演的一桩桩怪事,彻底打破了这份平静。

取而代之的是人心惶惶,是莫名的恐惧。终于,居民们所担心的事情发生了——

水俣病人

1956年,一个名叫田中静子的女孩出现了与"自杀猫"一样的症状。

最初,田中静子走路开始摇摆不稳,即便走在平地也时常踩空,摔得鼻青脸肿;渐渐地,问题越发严重,从手指到四肢,开始不听使唤,不受控制,没多久便蔓延至整个身体;接着,舌头也失去功能,变得口齿不清。

家人慌了,急忙将女儿送医院救治。但很不幸,尽管医生组织会诊,做各项检查,结果却对此病一无所知,一筹莫展。他们能做的,只是眼睁睁地看着这个可怜的女孩,从身体失控到面部痴呆,从手足变形到双目失明,最终精神失常,痉挛扭曲着沉入死亡。然而,不幸仍在继续:田中静子的妹妹,年仅2岁,也因同样病情被推进了医院抢救室……

田中静子死后,又有一万多人患上这种怪病,且致死率居高不下。

水俣镇，一夜之间，就变成了一座恐怖的"死亡之城"。

没有人知道水俣病的病因是什么，各种各样的可怕谣言，在社会上传得沸沸扬扬。因此事波及甚广，影响巨大，日本政府派出专家组，赶赴水俣进行调查。经采样化验，专家惊愕发现，所有水俣病患者的脑中枢神经及末梢神经均已坏死！

> "
> 水俣病会伴随整个家族一代接着一代，永远无法消除。只有死亡，才能终结这场诅咒。

罪魁祸首

就在关键当口，政府派下的专家组却打道回府，从此没了动静。好在医院院长汇总发现，绝大多数病患从事渔业，怀疑怪病与海水有关，遂委托熊本大学进行调查研究。

果不其然，随着调查深入，越来越多的线索指向日本窒素工厂。

原来，1908年，水俣镇招商引资，以生产肥料和火药为主打项目的日本窒素公司高调入驻；1925年，窒素公司的电解设备生产量排名世界第一，硫铵生产排名世界第三；1949年，窒素公司

拓展经营项目，开始生产氯乙烯（C_2H_3Cl），年产量不断提高。

该项目，须启用水银催化剂。

据当地渔民回忆，从那时起，只要渔船驶过工厂排污口，依附船身的扇贝就会纷纷死掉。但没有人意识到有啥不对劲，渔民反而都挺高兴的："清理这些小玩意，实在是件麻烦事。"

1958年，熊本大学发布报告：窒素公司向海湾所排放的废水中，含有大量水银。水生物食用后，会转化成甲基汞（CH_3Hg）。此种剧毒物质只需要挖耳勺的一半大小，即可送人归西回老家。

致死人命的罪魁祸首，原来是汞！

水俣病的可怕危害：第一，水俣病人无法彻底痊愈，重症患者，只有默默等待死亡；第二，水俣病具有极强的遗传性，也就是说，水俣病会伴随整个家族一代接着一代，永远无法消除。

只有死亡，才能终结这场诅咒。

小祺摘自微信公众号咩咩爱历史

图：恒兰

一句话小说，最短，却耐品（7）

@ 谢乐怡 等

> 生活中，那些充满想象的故事，那些难以言尽的情感，那些难以传达的哲思，却被微型小说作家一语道破。

@ 谢乐怡："为啥买意外险？""儿子要买房结婚。"

@ 李俊华：从前他每年都送花。如今她每年都献花。

@ 博雅轩：兄弟，待我回家，代我回家，带我回家。

@ 伍岳：你的每一套校服我都记得，却错过了穿婚纱的你。

@ 李永斌：杀了自己唯一儿子的他患有不育症。

@ 黄超鹏：杀人偿命！机器人瞄准了刚杀死自己同伴的主人。

@ 殷贤华："青蛙几条腿？""三条。""答对四分之三，赞！"

@ 黎洪文："李师傅早！""小王早！""王科长早！""老李早。"

@ 张中杰：土星报讯：偷渡者云集，看来地球比人类寿命还短。

@ 明光暗影：公司实行末位淘汰，就三人：老板、老板娘和我。

@ 谢世明：想写一个关于健忘症的故事，但我忘记了。

@ 哲嫡：儿媳打开一张空白纸读道："爸妈，我在部队很好……"

@ 亢留柱：她搂着三个孩子，对着洪水喊："妈妈对不起你！"

....

《故事会》校园版征集一句话小说，要求不超过20字，有人物，有故事，有韵味，题材不限。

收稿邮箱：wenzhaiban@126.com，投稿请在主题栏注明"一句话小说"。

为了睡个好觉，古人有多拼

@耿耿

天时

我国古代将一天划分为十二个时辰，一天的最后一个时辰，对应现在的晚上九到十一点，叫作"人定"，意思是夜很深了，人们都已经歇息了。

《孔雀东南飞》里写刘兰芝被迫嫁给太守的儿子，当晚决定自杀，选的时间是"寂寂人定初"，

刘兰芝能在这个时候"举身赴清池"，可见这时大家都已经睡着了，没有人会阻碍她的行动。

当然古代晚睡的也不在少数。"昼短苦夜长，何不秉烛游"——这是白天没嗨够，晚上点着蜡烛继续玩；"夜饮东坡醒复醉，归来仿佛三更"——这是喝酒喝得忘了时间，连家门都进不去了；"有约不来过夜半，闲敲棋子落灯花"——这是被朋友放了鸽子，只好自己下棋自娱自乐；"低声问：向谁行宿？城上已三更"——这是和情人约会舍不得分开；"出师一表通今古，夜半挑灯更细看"——这是对爱豆崇拜到无以复加，激动得不愿睡觉大半夜研读爱豆的作品……

不过"夜半挑灯更细看"的陆游大大自己并不提倡熬夜读书，他认为晚上读书最晚不应超过"二鼓尽"，二鼓也就是二更，同样对应晚上九到十一点。

像李贺那样为了写诗呕心沥血，费尽心思寻章摘句，一直写到晓月当帘，熬了个通宵，就更不可取了。难怪他二十六岁就去世了。

地利

长沙马王堆一号汉墓出土的绣枕，出土时内填中草药佩兰，是迄今所见最早的保健药枕。

陆游非常推崇菊花枕。二十岁时他写诗记录自己采集菊花做枕头，六十多岁时又写了一首诗："采得黄花作枕囊，曲屏深幌闷幽香。唤回四十三年梦，灯暗无人说断肠。"可见对菊花枕是真爱啊。

古时各大医家都对药枕的功效给予了充分的肯定。三国时期华佗首先提出了"闻香祛病"的原理，明代李时珍《本草纲目》记载"绿豆甘寒无毒，作枕明目，治头风头痛"，清代汪灏《广群芳谱》中记载"决明子，作枕治头风，明目，胜黑豆"。

人和

苏东坡有一回跟朋友详细地分享了他的入睡法则，最后还叮嘱一句"慎无以语人"——千万不要告诉别人。

"苏门入睡法则"第一步是安置四体，躺在床上以后一定要让身体感觉到放松安稳；第二步，闭上眼睛听自己的呼吸，直到呼吸变得均匀平直，这时候要体察自己的内心，去除种种杂念。

在这个过程中，最重要的还是要去除杂念。说到底，睡不着其实是你自己根本不想睡着，沉溺于白日的种种不能自拔，期待的吃喝玩乐得不到，讨厌的考试加班扔不掉，烦恼充斥着黑夜，焦虑像一座大山压在心头。

这个时候不得不羡慕宋代"睡仙"陈抟，他在华山顶上放开肚皮酣睡，电闪雷鸣也惊不醒。

现在很多年轻人为失眠而苦恼，但这种苦恼早就被古人经历过了，失眠代代无穷已。你失掉的眠，你耽溺的夜，曾有千千万万的人经历过同样的痛苦，你不是一个人，这就是时间和历史带来的安慰。

对抗失眠，不如试着调整自己的作息时间？或是换个更加舒服的枕头？最最重要的是：保持放松的心态。

预祝今夜安眠，一宵好梦。

梁衍军摘自微信公众号博物馆 | 看展览

图：小栗子

@ 挂挂釉

有排面的家长，
都懂得把作业带到游乐园去

　　我前段时间带孩子去北京环球影城玩了玩。

　　我去的那天天气很不好，在排队入园时就遭遇到了几近暴雨的洗礼。我正在琢磨这样的天气条件下游乐园该怎么玩，身边排队的一位家长给我指点了迷津。

　　我听到她说："玩屁啊玩！"

　　我回头一看，一位母亲正在跟孩子抱怨今天的雨。她："我就问问你，今天怎么玩？你看着吧，全都开不了！白来！你见过有下这么大雨开过山车的吗？大老远跑这洗澡来了！"孩子终于回了一句："我也不知道今天下雨。"

　　玩游乐园赶上下雨固然令人烦躁，但绝不至于赖在孩子身上。显然，是孩子们控制了天气。所以，想立威的家长们要珍惜可以发挥的天气，冷热温凉，雨雪风雷，都是大自然的馈赠。

　　我在游乐园的十几小时里，

至少有六七个小时在排队，我在队列中听到很多对话，长了不少见识。

一位具有国际视野的家长跟孩子说："趁现在有时间，咱们巩固一遍单词。"孩子说："我不用巩固。"家长："没有人不需要巩固。"孩子："单词背了也得忘，下次还要重新背。"家长："那咱们复习复习语法，语法就像开车，学会了就忘不了。"孩子："你也有驾照，你那天还说你都不会开车了。"

还有一些结伴而来的家长们对教育政策颇有研究。

在排队期间，他们就最近热门的双减政策以及双减后教改走向、今后三年考试改革、未来五年升学政策等方面进行了彻底而详尽的探讨，对各自孩子当前学习情况进行了亲切交流，在互通有无的基础上就上述问题进行了发展方向和策略的研究，从世界观真正落实到了方法论。

当然，这种交流绝不会仅仅停留在家长之间，不然就成了纸上谈兵，务实的家长一定会叫上当事人一起添堵研究——一切不拉着孩子聊学习的行为，都是要流氓。

聊什么哈利·波特普通巫师等级考试分六级，交流中考语数英物政体六门才是正经事，什么蛇院、狮院、鹰院、獾院，都不如上中科院。

家长这种交流十分奏效，可以迅速瓦解少年儿童之间虚妄的友谊，小伙伴们瞬间从"自己的朋友"变成了"别人家的孩子"，大家都面目可憎起来。

照这么看，玩游乐园其实是一项性价比极高的活动，排队越长就越好，学习一小时，玩乐一分钟。我建议家长可以多带孩子去游乐园，进步会很快。

在过山车的队伍里，一位母亲跟孩子说："你还不发朋友圈？"

孩子发完母亲拿过手机看了看说："你瞧你这朋友圈写的什么东西？写半天就这么两句话，这要是我都不好意思发。平时让你看书就不好好看，真到写作文的时候写不出来了，发个朋友圈也发成这样，今后工作了你也这么写东西吗？"

在吃的方面也有发挥的舞台。

众所周知，当代最优秀的家长必须是美食家、食品安全监督员和营养学家，舌尖上的爹妈。

在卖甜品的摊位上，一位家

长对着兴高采烈舔着冰激凌的孩子说："少吃点，给我吃一口。"孩子说："不给，你自己买一个去！""你以为我爱吃啊？我尝尝什么味儿。我不买，也就是给你买，这东西就卖个样子。你看这颜色，你见过什么能吃进嘴里的正经东西是这个颜色的？都是色素。这东西放别处我都不敢吃，齁甜齁甜的，全香精调出来的吧？"

孩子被说得呛了一口，咳嗽起来。"我说什么来的？齁着了吧，你也少吃吧你！"

在一纪念品店里，一个孩子拿了一枚徽章。"这东西出了游乐园就一点用也没有了，你什么时候戴啊？有什么用啊？"

孩子想了想转身回去拿了一杯子。"这么大一杯子你能真拿来喝水吗？买回去就成摆设。放回去慢着点，别给摔了！"

孩子站在原地说："我什么也不买了。"

我在此诚挚建议环球影城考虑推出一套"有大用"系列纪念品，包括但不限于《环球小状元》试题集、小黄人第八套广播体操光盘、赛博坦数理化公式盲盒、阿宝带你读《唐诗三百首》、跟擎天柱一起学物理、哈利·波特化学实验大礼包、乘法口诀咒语书、清华北大分院帽、英语点读魔杖、哪科不会补哪科，妈妈再也不用担心我的学习。

这些纪念品绝对可以卖到爆，我宣布以上商品全部版权归我所有，盗者必究。

到了大概晚上八点多钟的时候，游乐项目都已经关闭，人们开始撤退至大门处，园子里人很快就减少下来，周围变得安静，天也开始转晴。

此时我终于可以得空看看园景，欣赏温柔的灯光和晚风的搭配，领略奇幻的景观和夜色的组合。

坦率地讲，我以前只在国外玩时见过这样的景儿，此时在家门口，又是因疫情隔了那么久，整个人竟然有些恍惚起来，忘记了自己身在何方。

正当我心里觉得缺了点什么时，忽然身后传来一声怒吼："都几点了还不走！"

我回头一看，一位父亲正在冲着儿子嚷嚷："玩玩玩，玩一天了还玩！都大半夜了，你看谁还在这儿瞎溜达？！"

完美。

扬灵摘自微信公众号露脚脖儿　图：小黑孩

音乐的力量

@陈灵犀

　　一座古老的小屋静静矗立在盎然的春光里。窗外，阳光明媚，绿草如茵，百花争艳，时不时飞来几只小鸟，叽叽喳喳叫几声，小鹿站在柔软的草地上，悠然自得地吃着嫩草……

　　小屋里住着一个音乐之家。妈妈教哥哥弹钢琴，爸爸教弟弟吹笛子。每天，优美的琴声和笛声缭绕在小屋内外，诉说着这个家庭的幸福和温馨。但是好景不长，兄弟俩的父母相继因病去世，只留下这座小屋和一架音色极好的钢琴、一把泛着光泽的笛子。虽然生活艰辛，兄弟俩还是一有

空就一起坐在阳光里演奏，因为音乐已经成为他们生命的一部分了。

　　不料灾难再次降临，这一天，弟弟也突然生病了，只能虚弱地躺在床上，郁闷极了。哥哥整天埋头照顾弟弟，琴都没空弹了，厚厚的灰尘逐渐覆盖了那架美丽的钢琴，弟弟的笛子也吹不出悠扬的声音了。

　　无论哥哥多么努力照顾，弟弟的病情还是一天天恶化，希望之光似乎正在这座小屋中慢慢熄灭。直到有一天，弟弟声音低哑地说："哥哥，或许我再也无法走

进阳光里，和你一起享受音乐的美好了吧！"哥哥难过极了，不知道该怎么回答，只能蹲在角落里默默哭泣："真的是这样吗？难道我们真的再也无法回归美好生活了吗？"

正当哥俩极度懊丧的时候，一只可爱的小鸟飞到了窗户上，轻轻地啼叫着，久久不肯离去。哥哥注视着这只小鸟：胖胖的，全身都是黄色的羽毛，眼睛特别闪亮。"它一定是想听音乐了！"哥哥靠近久违的"朋友"，重新打开了钢琴。当他轻轻按下第一个琴键时，钢琴奇迹般地恢复了活力。他的手指在琴键上娴熟地跳跃着，钢琴再次发出了优美动听的声音。

奇迹发生了！在美妙的琴声中，弟弟憔悴的脸庞慢慢泛起了一道血色，他缓缓坐了起来，慢慢挨下床，拿起笛子，吃力地吹了起来。笛声越来越高，和琴声融合得越来越好，小鸟随着音乐的节奏在小屋里翩翩起舞，快乐与希望在小屋里升腾，一切似乎又重新回到了过去……

接下来的一段时间，这只神奇的小鸟每天都准时飞到窗户上，兄弟俩也总是奏起音乐，为小鸟伴奏。一天又一天，一首动听的新乐曲在兄弟俩的演奏中一步步成形了。更为神奇的是，弟弟的病也一点一点好转，最后完全恢复了健康。兄弟俩喜极而泣："我们可以重新走进阳光里弹奏了，像过去一样！"

这时候，那只带给他们生的希望的小鸟突然开口说话了："亲爱的兄弟，我其实是音符的化身。只要保持乐观的心态和战胜困难的勇气，就不会轻易被灾难打倒！音乐带来乐观和勇气，让弟弟重获健康的，正是你们自己！"说完，小鸟就飞走了。

后来，他们谱写的曲子被一位路过的音乐大师听到了。大师十分赞赏，为这支曲子取了个贴切的名字——《音乐的力量》，并邀请兄弟俩到他的音乐会上演奏。全城轰动，兄弟俩出名了，生活困难也得到了解决。他们依然像从前一样，每天一起坐在阳光里弹奏乐曲，虽然那只小鸟再也没有出现过，但他们知道，他们弹奏的每一个音符里，都跳跃着那只小鸟轻盈的舞姿。

作者系上海外国语大学附属外国语小学

四（1）班学生　指导老师：宋丽佳

图：恒兰

21 年 12 月 18 日，北宋政治家、文学家王安石诞生。

为我而活

@ 王奕君

"我听你的"

父亲被查出肺癌后，我一直担心他会不会笼罩在恐惧的阴影中。没想到，父亲竟十分淡定，说他不怕死。与之相比，他更怕我承受不住，所以劝导我说："到时候，你别太难过，多想想我发脾气、不讲理的时候，你就释然了。"

父亲担心在医院里受了好多罪却不免一死，为此，他在寻找解决方案。他跟我说："我安乐死行不行？我写个遗嘱，证明这是我自己的选择，跟你们都没关系……"

我打断他说："你可千万别，我咨询过专家了，有办法……"我知道，父亲未必相信，但他还是拿出最慈祥的态度，顺从地说："好，我听你的。"

从父亲住院到去世，不到四个月的时间。他确实都在听我安排：在各大医院的肿瘤科，在普通病房、抢救室、重症监护室之间，不停地辗转。他听我的，做了让他痛苦万分的胃造瘘手术；他听我的，吃了副作用远大于治愈作用的靶向药……

听我的安排，父亲受了很多罪，吃了很多苦头。这一切，让

我今天回忆起来，充满了心疼和悔恨。

可直到最后，父亲都没有责怪我。我每次去病房，他都笑着伸出手，把我的手紧紧攥住，无数次地夸赞："我闺女真好！"

"我得为我闺女活着"

胃造瘘手术前，在医生告知了各种可能的风险后，在父亲被推进手术室，并把我们全家人隔离在那扇门外时，我的心突然悬了起来。

一小时后，父亲被推了出来，他满头大汗，表情痛苦。他用眼神找到我，轻轻叹一声："唉……"到了病房，几个护士帮忙往床上抬他时，他才缓过劲儿来。

他苦笑着说："这手术，比上次做那气管镜，要难受一万倍！"又说，"我都看见阎王爷了。"

护士逗他说："阎王爷有胡子吗？"

父亲调皮地看着护士回答："有。"

随后，父亲又极认真地说："要不是想到我闺女，我真坚持不住了，真想死了得了！可是不行啊，我得为我闺女活着……"

父亲开始吃靶向药，他的状况并不见好转，而副作用很快就来了。他眼前出现幻觉却总跟我开玩笑："我看见天花板上游来一只大虾，一尺多长，游过去一只，一会儿又游过去一只，排着队似的。"

他又说："我成天吃流食，饿呀，那天我就看见眼前有个大白馒头飘过去，我伸手去抓，却什么也没有，唉！"

过了几天，父亲的幻觉变本加厉，他梦见连夜坐火车到了天津，又说买不着卧铺票，站着到了新疆……终于有一天夜里，他在昏睡中差点拔了导尿管。大夫和护士都吓坏了，给他戴上了束缚手套。

这下父亲也急了，那天，他趁护工给他摘了手套、活动身体的间隙，给我打电话，接通后，他又不说话。一天中，他打了好几次。

我知道，他是用这样的方式告诉我：他有事了，让我赶快去。

我到病房时，他正跟医生吵架，说要投诉，告他们侵犯人权。看见我，他更激动了："他们说，是你同意让他们捆我的？你还是我闺女吗？我那么疼你，可你太让我寒心了……"

"你还想让我活多长时间？"

我四处联系医院，把父亲转到了一个所有人都不知道他有"拔管子"前科的地方。

父亲恢复了往日的开朗。他一边跟护士、大夫开着玩笑，一边偷偷在他们眼皮子底下搞着"小动作"，比如，他让我带好吃的给他，他虽然吞咽困难，可多少也能吃到一点味儿。

我还给他带进去茅台酒、剥好的螃蟹。父亲坐在病床上，支起了折叠小桌，美美地拉开了又吃又喝的架势，连护工都说："看您这小日子过得简直赛过神仙，哪里像病人啊！"

护士来了，他就赶紧把吃的捂在胳膊底下。护士逗他说："别藏了，我都看见了。"

有一天，我没去看他。我用视频跟父亲"请假"，挂断后，没多一会儿，他的视频就原路返了回来。我说："爸，怎么了？"

父亲愣了一会儿说："没怎么，没事儿。"后来，他忽然想到一个话题，就开始喋喋不休，半小时、一小时，不停地说。到最后，还做个总结："我闺女真好，跟我闺女聊天，是享受……"

说完，就又呆在那里，愣愣地看着我。这沉默让我心慌，直到他又说："我还有多长时间？你跟我说实话。"

我回答了，他不相信，所以他又问："你说吧，你还想让我活多长时间？"

"这话问的，我想让你永远活着！"

> 生命中，那个大半辈子为我而活的人，我再也看不见他了。

深夜，我突然明白了父亲的意思。他是想问，他还需要熬多长时间，才能让我做好思想准备，接受失去他这一现实……

那天，守着弥留之际的父亲，我突然想起，他刚查出病时说了那样的话："要是没有你，我肯定不去医院，我不想插管子，不想要各种急救，我不想受那么多罪，最后还是死，我觉得不值。可是，我真要那么做了，你能受得了吗？"

父亲去世后，我常常半夜醒来。生命中，那个大半辈子为我而活的人，我再也看不见他了。

梁衍军摘自《莫愁·智慧女性》

图：陈明贵

让孩子学习上瘾

@戴建业

怎样培养孩子的强烈兴趣？怎样让孩子学习"上瘾"呢？

我的专业是中国古代文学，我儿子在国外学的是数学。我是如何在儿子身上培养出与自己专业完全相反的兴趣的呢？

为了不让后代"输在起跑线上"，还在妈妈肚子里没有长好大脑，还不知道是男是女的时候，我和太太就没有让这个宝贝闲着。胎教，我太太在这方面没少动脑筋，我也让她怀孕时就开始教小孩背唐诗，儿子在她肚子里就已经被胎教整得骨瘦如柴，出生时

那么长的婴儿只有3.1公斤。至于他在妈妈肚里背会了多少唐诗，要么上帝知道，要么魔鬼知道，人类永远不会知道。不过，从儿子1岁之前不会说话这一点判断，太太胎教的成效似乎不佳。

从小学一年级开始，我就教他写作文，还是用魔鬼式训练法，最后弄得他最害怕的就是写作文，小学中学没有写过一篇像样的东西，我对他失望至极，他对我讨厌至极。

记得他在中学历次写游记都是这样开头："天还没有亮，妈妈就起来给我做早餐，吃完早餐，我就出发了。"每篇游记都是这样结尾："这个地方玩够了，我们就坐车回家了。"这样的开头和结尾看多了，太太就暗暗摇头叹气，有一次她委婉地对儿子说："可以考虑换一种写法。"儿子看着妈妈两眼茫然："妈妈，我要是不写回家，那回到哪里去呢？"太太无语。我连摇头的心情也没有了。

有一次他的作文让语文老师十分震怒："你父亲是干什么的？怎么生出你这么个不会写作文的儿子？"儿子老实地告诉语文老师："我父亲是华中师范大学中文系教授。"

语文老师火气更大了："戴伟，你连撒谎也不会，大学教授的儿子会写出这么烂的文章吗？明天叫你爸爸来见我。"

我当然不敢怠慢，第二天匆匆忙忙赶到儿子学校拜见他的语文老师："陈老师，您好。儿子给您添麻烦了。"

陈老师："你是戴伟的爸爸？"

"是，是，是。"

"你是华中师范大学中文系教授？"

"惭愧！惭愧！"

"你还真是应当惭愧！一个教文学的大学教授，居然把儿子的语文教成这个样子！自己的事业诚然重要，但孩子是我们的未来，每天花点时间教育自己的孩子总是可以的吧？"

我无限委屈地对陈老师说："陈老师，我儿子的主要问题，就是我太把儿子放在心上了，对他要求太严了。"

这次轮到陈老师无语了。

幸好天无绝人之路，"失之东隅，收之桑榆"，我们老祖宗这个成语真是道尽了人间的悲喜。我在家天天批评儿子作文的时候，小学那个白发苍苍、教他数学的张老师，天天表扬儿子的数学成绩。于是，随着越来越喜欢数学，他也就越来越讨厌语文。儿子从小学到高中对数学都有点发狂，在中学阶段全国最高级别的数学竞赛中，一次得二等奖，两次得三等奖。高中三年级就开始自学北京大学张筑生教授的三卷本《数学分析新讲》。

现在听明白了吗？这就是我培养儿子数学兴趣的奇妙方法。

小林摘自《你听懂了没有》上海文艺出版社

图：小黑孩

晒暖儿

@袁良才

老北风呼呼地刮着，虽然还没下雪，天气却冻得鬼龇牙。这时候，老人们都喜欢扎堆在村头的"育种室"南墙下面晒暖儿。

这里正对着官道，官道上人来车往，越来越显现出年关将近的热闹了。老人们三个一堆，五个一伙，或站，或蹲，或坐，相互间有一搭没一搭地扯着闲篇，眼睛一律痴巴巴地望向官道，希望有一辆车忽然停下来或是开进村里，但他们一次次地失望了。

这里，那里，不时响起短促的鞭炮声，那是放了寒假的伢子们在玩炮仗，伢子们也在期待着爸爸妈妈早点回家，但伢子们不懂为什么爷爷奶奶们放着家里的电火桶甚至是空调不用，偏偏天

天跑去村口的破墙根下晒暖儿。

像往年一样，这些老人们杀好了年猪，磨好了豆腐，做好了糯米酒和冻米糖。忙完这些后，他们就天天窝在村口晒暖儿。

老奇发，你儿子祥龙今年还不回家过年？谁瓮声瓮气发一句问。

这臭小子，说公司忙，脱不开身，讲抽空接俺去东莞过年哩！

祥龙有出息，是啥董事长了，管着千把号人哩！你咋还和俺们耗在这里？赶紧着去城里呀！俺

这把年纪连县城都没去过哩。

不想老奇发忽然生了气，冲那人吼，俺不去！不稀罕！常言道，长辈在，家就在。他小子不回家过年，让俺去看他，他是俺老子？不去！

一辆三轮车装满了年货，在官道的陡坡上老牛似的吼，喷出的浓烟像胀黑的脸。老头老太太们陆陆续续起了身，走到官道上，散在三轮车后面，老奇发一声喊，大伙儿一齐使劲儿推车屁股，三轮车"突突突"地开走了，老北风捎过来一句"谢谢"，老人们大多耳背，没几个人听清。

大家伙又踅回先前的墙根下，继续晒暖儿。

老牛筋，你家志刚不当老板，不做生意，在省城清清闲闲地坐办公室，过年总该回来吧？这回是老奇发开口问。

老牛筋吧嗒着旱烟袋，默了半天，才答腔，声音里明显透着憋屈和不满——

这浑小子，娶了媳妇忘了爹。还是去海南丈人丈母娘家过年，讲老婆孩子在俺们乡下蹲不惯，还冻得撒泡尿都结冰溜子。说给俺多打钱，谁稀罕他的臭钱？

长根在温州打工，不会不回来吧？老牛筋像跟谁赌气似的，跷着鞋底狠狠地磕烟灰。他问身边一个老太婆。

长根说，从温州回一趟家车票钱要五六百块，一家三口就是两千块哩！快赶上一个月的工钱了，不划算哩。不如寄一千块钱回来，让俺过个"肥"年……

钱钱钱，就晓得钱！真以为钱可通神，包治百病？这帮混账东西！老奇发终于像被点着的冲天雷，发起飙来，给老子装个空调和啥子网络电视有啥用？俺根本不会鼓捣，再说一天到晚憋在屋里有多闷？

早知这样，当初志刚考上大学，就不该拉一屁股债让他混成今天的人模狗样！屙屎把良心屙掉了，这小畜生！白眼狼！老牛筋又恨恨地把鞋底敲得嘭嘭响。

当中有一个老头，是个剃头匠，老伙计们都管他叫"剃头汪"。如今找他剃头的愈来愈少了，他只好每天也夹在人堆里晒暖儿，耷拉着苦瓜脸，闷葫芦似的。

别生闷气了，剃头汪。老奇发撸了撸老牛筋的"光瓢"，上午来了两拨人，说是关爱啥子老人，一拨把老牛筋的长发理成了短发，一拨把短发愣是剃成了光头，他真是要哭不扁嘴哩！俺们老伙计的头只认你——剃头汪！

老牛筋笑得比哭还难看，明天上街买顶"四块瓦"帽子。不是看他们和志刚吃一样的饭，俺烟袋锅子可不是吃素的！还有，老扁这会儿不在俺才说。

说啥？老奇发抢过话头，是叫大家伙别再笑话老扁了吧？他家小翠在城里不学好，让"大老婆"逮着给打回来了。唉唉！其实想想，俺们比老扁更可怜。老扁过年还有"小棉袄"陪着他过，俺们呢？

眼瞅着太阳快落山了，老头老太太们准备回家做饭了。

偏偏这时候，一辆大客车停在了村口，车上下来一个人，低着头匆匆地往村里走。那人穿着皱皱巴巴的羽绒服和同样皱皱巴巴的牛仔裤，一颗光头格外引人注目。

老牛筋叫起来，那不是金虎吗？金虎出来啦？

老奇发兴奋地一拍大腿，可不就是金虎？老牛筋，你一把年纪白活了，会不会说人话？金虎是回来啦！剃头汪，老哥可有言在先，金虎回来就好，可不许骂他！谁还没个犯错的时候？在哪跌倒在哪爬起来，只要自己瞧得起自己，没谁瞧不起他！

你小子有福喽，父子团圆，天伦之乐，千金难买啊！

是啊，是啊。不像俺们，儿孙满堂，却成了啥，那个词叫啥？老牛筋一个劲地吧嗒旱烟袋，满腹的心事如烟雾袅袅不绝。

空巢老人。

剃头汪终于嘀咕出几个字。

鸟儿归巢了，还在这磨蹭个啥？快回去给伢做好吃的。老奇发催促剃头汪，同时招呼大家散了，又补一句，正月初一，俺请金虎和小翠到家吃席，只当臭小子回家陪俺过年。

俺家排初二！老牛筋忙着争抢。

初三到俺家。

初四……

最后，老奇发说，剃头汪，明天让金虎给快递公司打个电话，专门来一辆车，各位老哥老妹子把给伢们回家过年准备的东西都邮寄过去吧！……

说的人、听的人身上都不由得打了一个寒战，心里却是暖暖的。

漫天的大雪开始飘起来。

摘自《芒种》 图：佐夫

卖大米的鱼馆

@徐全庆

有一段时间，我一直矛盾着，不知该如何抉择。我朋友徐卫东说，干脆出去散散心吧。可去哪儿呢？他推荐了一个我从没听过的小地方——东沙古渔镇。徐卫东说：到了那里，别忘了去毛家鱼馆，喝一碗那里的鱼汤。

我辗转到了东沙镇时，天已黑了，就随便找个地方住下。夜晚，躺在床上，我辗转反侧，犹豫着要不要还那笔钱。对方把欠条弄丢了，没人能证明我欠他钱，而我正需要那笔钱呢。

第二天，我在小镇转了半晌，就想起毛家鱼馆来。随便找个人一打听，那人指给我说，要转好几个弯呢，你边走边问吧，镇上的人都知道。于是我更加期待起来，一路打听着找到了毛家鱼馆。

毛家鱼馆的招牌在风中飘扬着，挂在一根高高的竹竿上，颇像古时乡村酒肆的招幌。走进去，却发现根本不是饭馆，而是一家米店。我疑惑着问，这是毛家鱼馆？

店主人微笑着说，是。我迟疑了一下，说，我想喝碗鱼汤。店主人笑了，说，毛家鱼馆早就不卖鱼汤了，从我爷爷开始就改卖米了。我问，可为什么还叫毛家鱼馆呢？

这时，进来一个戴眼镜的顾客说，老板，给我称五斤米，我等会儿来取。说完，先付了钱，就出去了。

店主人一边忙碌，一边对我说，这话说来就长了，等会儿不忙的时候我再详细告诉你。你要是想喝鱼汤，往前走三十米就有两家，都很好。

看店主人一直忙个不停，我没有再等下去，按照店主人指给我的方向去了一家真正的鱼馆。店主人说得不错，那里的鱼汤果然好喝。

回到住的地方，我又想起毛家鱼馆的事，就问服务员，毛家鱼馆的招牌为什么还不换？

因为一个玉镯。服务员的第一句话就吊起了我的胃口。

六十多年前，毛家鱼馆的店主人是现在店主人的爷爷，只是他的鱼汤做得很一般，生意也不好，勉强维持着。

有一天，毛家鱼馆来了一个外地人，要了一碗鱼汤、两个大饼。吃完饭，他从手腕上褪下一个玉镯递给店主人。他说他是坐小船上岛的，船快靠岸时却翻了，他侥幸捡回了一条命，但带的东西、盘缠全丢到海里了。他说，这玉镯还值些钱，我把它押在你这里，能不能借点回家的路费？

店主人虽然不识玉，但还是给了那人二十块钱。那人临走时说，那个玉镯对他有特殊的意义，他快则两个月，慢则三五年，一定会回来赎的。

可那人一直没有回来。

毛家鱼馆的生意实在不好，店主人后来就改行卖米了。既然改行了，招牌当然得改一改，家里人都这样说。但店主人把头重重一摇，说，换了招牌，玉镯的主人就可能找不到咱们了。

几年后，店主人死了。死前，他对儿子说，今后你干什么我不管，但这毛家鱼馆的招牌不能改，咱得等着人家来赎玉镯呢。

就这样，毛家鱼馆的招牌一直挂到今天，不知道还要挂到什么时候。服务员说。

我噙着热泪说，应该永远挂下去。然后，我给徐卫东打电话，你是不是早已知道毛家鱼馆的故事？每个人都应该听听这个故事。徐卫东说。

我默默挂上电话，也做出了一个决定。

摘自《北方文学》 图：杨宏富

等着我

@ 韦如辉

从疫区回来，徐卫东在家隔离十四天。心想，好啊，不用上班，等同于带薪休假。

一个星期过去了，徐卫东的庆幸消失殆尽。他渴望回到队友们身边。

他住在郊区，门前有个湖，站在自家七楼的阳台上，清澈的湖水可以疏解他胸中的郁闷。偶尔，三五只水鸭子在湖面上游弋，也平添了他短暂的笑意。

那是在白天，到了夜晚，徐卫东的笑意便融化到苍茫的暮色中。他在屋里来回游走，像动物园里的老虎。在特训队，队友们都喊他"小老虎"。他有一手好枪法，曾经在全市的气步枪大比武中蝉联四届冠军。

奖杯摆在电视柜的上方，一二三四排列整齐，熠熠生辉。徐卫东的眼睛里闪跳着奖杯，手心由痒变痛，他盯住双手发呆，不自觉地搓起来，越搓越带劲，竟搓掉了一层皮。

窗外的路灯眯着眼，行人与车辆越来越少。徐卫东睡不着，连一丝想睡的念头都没有。

从衣柜里取出那杆枪，他瞄准夜空中眨眼的星星、朦胧的路灯、石楠球的黑影，屏住呼吸，虚拟着"砰、砰、砰"的炸响声。

徐卫东熬过十天，日子在他扳倒的手指下缓慢走过。

第十一天的深夜，徐卫东在

准星里发现了一个啤酒瓶。不知道是谁把它丢到无人的人行道上，像一颗不合时宜的钉子。徐卫东脑海里，转着一个非常严肃的问题，它不该在那里！他闭上一只眼，不由自主地扣动了扳机。

"砰"一声爆炸之后，传来"哎哟"一声惨叫。一辆电动车向前飞奔了十多米，摔倒在路牙石下。一团黑影，蜷曲其后，痛苦地呻吟着。徐卫东的脑袋迅速变大，不好，闯祸了！

闪着急救灯的120车匆忙赶来，又匆忙离去。徐卫东一夜没合眼。

隔离解除之后，徐卫东从物业那里得知，受伤的是一个下晚班的女工，眼瞎了一只。电动车碾碎一只啤酒瓶子，碎瓶渣子蹦到眼睛里，真是倒霉透顶了！

徐卫东摸到住院部303病房时，姑娘眼睛上的绷带盖住半张脸。从露出的半张脸看，白皙的皮肤下面，尖而直的下腭，像雕刻的一样。

徐卫东把康乃馨放到床边，低垂着眼睑说，我是一名爱心志愿者，希望你早日康复！

姑娘另一只眼睛清澈透明，像一滴水在里面滚动。谢谢！谢谢！姑娘连说。

徐卫东不敢面对纱布里面的那只眼睛。看到湖水一样的另一只眼睛，徐卫东的心脏痛得厉害，似乎在悄悄滴血。

徐卫东了解到，姑娘叫向小小，二十四岁，是纺织厂的车工。因为失去一只眼，向小小入院的第三天，男友便蒸发了。

徐卫东开始向向小小示爱。向小小不同意，她捂着自己的瞎眼，摇头再摇头，我不配！

是我不配才对啊！徐卫东攥住向小小的手，在心里无声地呐喊着。

徐卫东预约了一个全国著名的眼科医生，春暖花开时就给向小小做手术。之后，徐卫东选择了投案自首。

知道了真相的向小小，一开始痛恨着徐卫东，慢慢地，脑海里却挥之不去徐卫东的影子。她的心，一点点变得柔软。

向小小的手术很成功，植入的仿真眼球，跟真的没有什么区别。她去监狱探望徐卫东。徐卫东激动得流下眼泪，他盯着向小小的眼睛说，亲爱的小小，等着我！

图：豆薇

人性的光芒

@ 孙新运

《晒暖儿》《卖大米的鱼馆》《等着我》通过三个感人的故事，表现出对人性本质的深刻认识。

面对扑面而来的诱惑和恐惧，他们也曾动摇和惶惑过，最后还是选择了以宽宥接纳缺憾，以真诚拥抱世界，没有淹没在欲望的风暴中，也没有陷入道德的偏狭中。

《等着我》中徐卫东的爱的忏悔与道德回归，《卖大米的鱼馆》中"我"终于做出的道德选择，《晒暖儿》中乡亲对迷失过的金虎的不弃不离、温暖关爱，都表现出人性本质的闪光。

真实是文学创作的生命线，是一切艺术的起点，更是艺术效果最终体现的有力保障。只有真实，才能使故事情节的叙述合情合理，使人物的塑造栩栩如生，鲜明生动。

《卖大米的鱼馆》中的"我"，在借款人欠条丢失后，竟然有不还钱的冲动。但当"我"身处一个荡涤灵魂的有关坚守诺言的故事语境中，再反观自己，终于从灵魂中的龌龊和卑污，走向了人性的敞亮。

《等着我》中的徐卫东年轻浮躁，因为寂寞无聊就违规拿荷枪

实弹的枪支瞄准外部世界，当看到不顺眼的东西时，就不由自主地开了枪。出了事伤了人，还想蒙混过关。但是在一个纯净的灵魂面前，人性本真中的善良还是压制了邪恶。

作者通过心理描写揭示了人物在特定环境中的内心活动，展示了人物激烈的思想斗争，深入到人物的心灵深处，触及了人物内心的奥秘。真实贴切的心理描写把人物写活了，也推进了情节的发展，增强了小说的艺术性。

《晒暖儿》通过对话描写抓住了人物的个性特点，表现出人物或暴躁，或直率，或沉默，或隐忍，或沉闷，或自卑的个性。

特别是剃头汪被多次问话而一句话不说，"只是耷拉个苦瓜脸，闷葫芦似的"。此时无声胜有声，更突出了其沉闷、自卑的性格特点。

在短短的篇幅中，作者通过对话表现人物的内心世界，突出人物的性格特征，塑造出众多鲜明的人物形象，突出其不同的个性，但骨子里都是善良的、宽容的，

他们用宽广的胸怀接纳了浪子。描写有血有肉，真实可信，活灵活现，给读者留下深刻的印象。

这三篇微型小说都是通过生动的故事，讲述了人物在与环境、现实冲突之下的变化或者蜕变，表现出普通人身上的人性光芒。

> "
> 以宽宥接纳缺憾，以真诚拥抱世界。

《等着我》和《卖大米的鱼馆》里都有一个徐卫东，我愿意把前一个徐卫东看作是历经灵魂煎熬终于走出迷途的智者，所以才有了以一种特别的方式给"我"指点迷津的古渔镇之行。我也愿意把这看作是作者和编者颇具意趣的有意安排。

【作家简介】

作者系辽东学院汉语言文学系副教授，近年来发表了多篇文学评论，主持和参研了多项重要课题，著有《孙新运评论集》等多部。

江淮
微型小说三人行

扫码进入中国微型小说学会微信公众号，更多精彩微型小说等您发现。

抽丝剥茧，
谁是凶手

@ 王大蜗蜗牛

一起投毒案件

多年前的一个初夏中午，我们接到派出所的电话，说他们辖区发生一起投毒案件。

民警向我们介绍了案情：

死者六十多岁，是家中的女主人。中毒抢救者，四十岁，是死者的儿子。嫌疑人三十多岁，是死者的女儿。

今天早上嫌疑人带了祭肉到死者家，因为今天是她父亲的忌日，去年她父亲因病去世。

嫌疑人做了早饭（一锅玉米面粥，炒了一点简单的蔬菜，放在一起搅和），还煮了白肉准备中午时到父亲的坟上祭奠。

嫌疑人的母亲和哥哥吃了早饭，没多久她母亲就出现了呕吐症状，继而昏迷。

她哥哥不知所措，就去找同家族的大伯。大伯到他家后，认为他母亲是突发疾病，开着自己家的三轮车带着死者、死者女儿、死者儿子去了村里诊所。

诊所的乡村医生在很短的时间内就判断出这不像疾病而像中毒，需要马上送大医院。

在这个紧要关头，死者的儿

子却倒在三轮车上，也昏迷了。

一家两人中毒昏迷，现在只有女儿能做主了！

女儿却说，母亲和哥哥只是普通的身体不适，回家休息一下就好。

当时大伯和医生都懵了。人命关天，大伯决定必须去大医院。

在大伯和医生送病人去大医院时，死者女儿借故夫家有事走掉了！

乡村医生觉得此事蹊跷，就报了警。

民警立刻去找死者女儿，发现她根本没回夫家，而是在死者家中，若无其事地喂鸡！遂将其带到派出所。

谁的嫌疑最大

到这里，毫无疑问死者女儿的嫌疑最大。

原因有四点。

早饭是女儿做的；只有女儿没吃早饭；发现母亲和哥哥中毒后不愿抢救；女儿与母亲哥哥长期关系恶劣。这第四点需要说明一下。

很多年前，女儿在外打工期间和一个外地男子相恋，两情相悦，马上就到了谈婚论嫁的程度。可是父母不同意。

为什么？

因为儿子还没结婚。在农村，特别是贫穷的农村，男子要想结婚，惯用的办法就是父母收高额

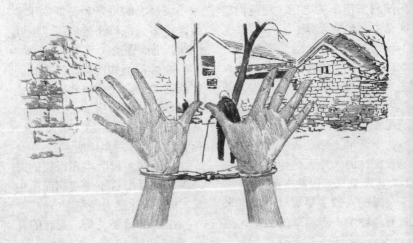

的彩礼把女儿嫁掉，然后用嫁女的钱为子娶妻。于是女儿的母亲谎称女儿的父亲病重，将女儿从外地召回，然后软禁起来，强迫她嫁给了一个比自己大十几岁的男人。原因就是他们收了这个男人的彩礼。

了解案情后，天色已晚，我们分成了两组，一组去医院进一步搜集信息，一组去死者家中。

简单看完了现场，我们发现了新的疑点。

最重要的物证，即死者吃的早饭不见了，并且锅是刷过的，一点剩饭都没有。这就太奇怪了，按照嫌疑人叙述：死者早饭吃到一半时出现中毒症状，马上施救。应该有大量剩饭才对。这时我们想到，派出所民警找到嫌疑人时她正在喂鸡。

喂鸡！鸡呢？

真相水落石出

认真搜索后，我们在一间屋子后面发现了十余只鸡，不过已经全部死掉了。

晚上我们就住在了当地小镇上，派出所的同事们要连夜紧急突审嫌疑人。

次日早晨，我接到了王队的

电话：不出意外的话，案子破了！

我问：嫌疑人招供了？

王队：不是的！是嫌疑人的哥哥救活了。

嫌疑人的哥哥被救醒后，叙述道：两天前他到村镇的街上购物，路过某矿业公司时看到旁边的垃圾堆里有个棕色的瓶子，上面写着某某盐，打开瓶子，里面果然是白花花的细盐，用指头尝了一下，咸的！

他虽然也怀疑盐有问题，可他存在侥幸心理，图小便宜，将这瓶盐倒到自家盐罐，将瓶子丢弃到离家不远的河边。

根据嫌疑人哥哥的叙述我们果然在河边找到了那个棕色的瓶子，瓶上书：亚硝酸盐。

矿业公司随意丢弃剧毒药品，被一个贫穷的半文盲状态的人捡到，他只认识瓶子上那个盐字。拿回家当食盐用，毒死了亲妈，自己也差点丧命！害得妹妹身陷囹圄。

女儿的反常举动

现在很流行一句话叫作：贫穷限制了我的想象力。

作为普通民众的我们无法理解超级土豪的行为，超级土豪也无法理解普通民众的行为。同理，普通民众也无法理解最赤贫者的行为。

女儿做饭但她没吃，是因为无论在丈夫家还是在娘家，她家庭地位卑微，按照习俗只有等到母亲哥哥吃完饭后她才能吃。

得知母亲中毒而不愿去大医院，是因为在她的世界中根本就没有去大医院的选项，有病挺一挺就过去了。

现在母亲哥哥都忽然病了，丈夫是靠不住的，她自己根本没能力，而大伯又坚持送医院，无奈之下她只能逃避。

为什么会清理剩饭喂鸡呢？

常年贫困的人都极为节约，养成物尽其用的习惯，这种习惯刻入骨髓。她虽然知道剩饭可能有毒，但认为人不能吃喂鸡总可以吧，总之不能浪费！没想到鸡也全部死掉了！

救人的乡村医生

案子被传到网上后，网友怀疑不是意外，并列举了很多可能、怀疑了很多人，但有一个人没见过有任何人怀疑。

就是救人并报警的乡村医生。他在一个小小的乡村卫生所，没任何仪器设备，没抽血，没化验，凭什么能在那么短时间就判断是中毒？要知道毒物有成千上万种，中毒后的症状也千差万别，就算把含有毒物的检材送到实验室，也是一种一种毒物排除。连什么毒物中毒都不知道？怎样治疗？除非医生事先知道他们是中毒。

那他就非常可疑了。

不过调查之后我们很快排除了医生的嫌疑。

医生说：管他什么症状，管他什么东西中毒，看那呕吐物……先把胃洗了再说！我竟无言以对！

后来反思，为什么我会觉得医生可疑呢？其实还是思维方式的问题，站的立场不一样。我是法医，关心的是案件，关心的是如何收集证据，要弄清楚毒物是什么？投毒的方式是什么？血液中毒物的含量是否达到致死量？

但是医生思考的是救人。时间就是生命，人救活再说。

特别感谢这位可敬的乡村医生，如果不是他及时把哥哥送医院治疗，哥哥可能真的就死掉了！

而毁掉的就是妹妹的一生！

小祺摘自知乎网　图：黄煜博

冬日里最冷的笑话

@ 林帝浣

大冬天劫匪闯入银行，
刀架在人质脖子上，
人质失声大喊："冷！冷！冷！"

"希望你可以出现在
我家年夜饭桌上……"
"我跟你讲，吃人犯法的啊。"

最近终于脱单了，
开始穿两件了。

天冷了，
脚在被窝里，
每伸向一块新地方，
都像是一场探险。

摘自微信公众号小林

悬崖之上

@ 蔡中锋

一九四一年八月十五那天一早，驻扎在北山的新四军北山支队张队长将我爷爷叫到身边，对他说："你换上这身老百姓的衣服，从这条唯一的通道穿过盘山县城去给南山支队的王队长送个情报。无论如何，你都要在明天天亮之前赶到南山支队将情报送到！"我爷爷伸出手问："需要我送的情报是什么？"张队长说："你不用拿任何东西，只要你见到王队长，就是将情报送到了。"

我爷爷疑惑地从北山出发，很快就来到了离北山通往城里去的那个关卡二三百米的地方。我爷爷看到那天那儿的日本兵和伪军都很多，而想进城的也有很多人正堵在那儿，有几个年轻点的男人还在和日本人的翻译官争吵。我爷爷躲在一块大石头后面仔细观察了好一会儿，才弄明白原来是日本兵和汉奸正在抓人，凡是年轻力壮的男人，都要被抓去做修城墙或碉堡的工人。我爷爷心想，自己还不到三十岁，肯定在被抓之列，而若被抓去做工，明天天亮之前就肯定赶不到南山支队了，但是凭着自己从小在山区打猎的经验和体质，不走这唯一的通道而改为爬野山，明天天亮之前也肯定能走到目的地。于是我爷爷就悄悄地从那条道上退了回去……

但我爷爷在山坡上攀爬了不到十里路，却遇到了五只饥饿的野狼，我爷爷只好拼命地在山上奔跑，跑着跑着，一不小心，就跌下了悬崖……悬崖下面一百多米的地方有一块突出的又大又平的石头，我爷爷往下滚落时，正巧落在了那块石头上，虽然没摔成重伤，但在这个特殊的地方却上也上不去，下也下不来，被困得死死的。时间一分一秒地过去，我爷爷对如何下去一直毫无办法，若冒险跳下去，不但无法完成任务，而且必摔死无疑，若不跳，在这荒山野岭的悬崖之上，也根本不可能会有人救自己，时间长了，不但任务无法完成，自己也必将饿死在这儿！

一直在悬崖之上待了大半天，直到晚上天全黑下来了，爷爷尝试了各种能想得到的办法想下去，但悬崖实在太高太陡，而他的手中又没有任何工具，所以根本无计可施。

正在焦急之时，天空中突然下起了瓢泼大雨，而悬崖下面恰恰是山里地势较低的地方，于是不大一会儿的工夫，悬崖下面的流水便汇集成了滔滔之势，我爷爷见状，立即毫不犹豫地跳下了几百米深的悬崖……

我爷爷顺流而下，第二天天亮之前，准时赶到了南山支队所在的营地，王队长见到我爷爷之后，立即集结南山支队全体队员向盘山县城进发，然后埋伏在县城外面，到了晚上十一点半，配合张队长的北山支队，南北夹击，一起向盘山县城发起了攻击……

直到新中国成立之后，我爷爷才知道，因为当时他们附近的几个支队没有电台等通信设备，为了做好保密工作，当时他们之间需要传递情报时，都在情报员穿着的破外衣上做上了密码。比如一块不同形状的补丁，代表着不同的城市或村庄，补丁上不同的针线和缝法，代表着需要办理的不同事情、时间和地点等。这样，我们传送情报的人员即使被捕，敌人也不可能得到任何线索，因为传送情报的人也根本不清楚自己正在传送的到底是什么内容的情报，而他们身上所穿的满是补丁的旧衣服也一点不会引起敌人的注意……

图：杨宏富

为庆祝中国共产党成立100周年，本刊开设"红色故事"专栏，欢迎投寄相关作品，投稿邮箱wenzhaiban@126.com，投稿时请标注"红色故事"字样。

因为一根"小尾巴"，我住进了美国的直升机景房

@Jonny

那是一个平平无奇的周四，我刚回到家，发现肚子隐隐作痛。症状越来越严重，在老婆的劝说和陪同下，我周六去医院报了到。

这里先介绍一下，美国的医院设置和中国不太一样。

美国分门诊、紧急医疗中心和急诊。美国急诊24小时开门，很多去就诊的都是被救护车、直升机送进去的。效率很高，但同时花费也相当高。

我们去了本市的紧急医疗中心。前台工作人员问了一堆基本问题，比如哪里痛、痛多久了、有没有发烧之类的，最后亲切友好地拒绝了我们——原因是这个小诊所没有相对应的医疗设备。我们只能开车去了另一个郡大一些的紧急医疗中心。

这家医院能接收我，但是因为新冠疫情的原因不让家属陪护。我在医院里待了两个多小时，做了血检，测了核酸。本来还要检查腹部B超的，但是，那位做B超的医生周末不上班，我只能去距离这十多分钟车程的急诊做。

到了急诊，我又做了一次核酸检测，并做了腹部CT检查。很久之后我终于拿到了CT结果，并电话报告给紧急医疗中心的医

生。医生告诉我这是阑尾炎，而且阑尾已经破裂，很危险，要马上去急诊住院做手术，不然可能有生命危险。

急诊接收了我，并让我在准备室做术前准备。我用消毒湿巾擦拭了全身，换上病号服后就躺在准备的床上了。

两个小时后，我心里还没有接受需要做手术这个事实，就被推进了手术室。随着麻醉药物起了作用，我就什么都不知道了。

醒来之后，主刀医生对我说，我的阑尾已经非常肿胀了，他术前都在犹豫到底做微创手术还是开腹，最后还是顺利做了微创的腹腔镜下阑尾切除术。

医生说，我来到急诊时感觉没那么疼了，是因为我的阑尾已经破了，里面的脓液流到了腹腔里，泄掉了一些压力。但要再来晚一点就非常危险了。

因为阑尾破了，所以我还需要住院两天才能回家。病房的设施和服务超好。单人单间，有沙发、电视和独立卫浴，直升机景房（透过窗户可以看到医院停机坪上的直升机），马桶旁和洗澡间都有24小时的紧急呼叫铃。

手术后我看了一眼自己的伤口，一个洞洞正打在肚脐上，活像老太太的瘪嘴，另外两个洞洞在中间和右侧腹部。伤口上还有用来"缝合"的胶水，等伤口恢复，胶水也会随之脱落。

术后恢复就没那么惊心动魄了，三餐也不用担心，医院的餐厅可以点菜，并有专人送到房间里。手术后的第一天，餐厅一开始给我送的病号餐，全是各种流食。后来我感觉食欲恢复了不少，就让他们上了硬菜，好家伙，早餐给我来了一个煎脆的培根。不是说好要吃容易消化的食物吗？

一周之后我就接近满血复活了，除了一个月内不能提15磅（约13.6斤）以上的重物，就没有其他的禁忌。

不久后，我收到了医院的账单。美国的住院费用简直贵到令人发指。我参加的是高自付额保险，超过一定金额自付10%，算下来光是住院费我都要自付2000美元，所有的手术检查费用加在一起将近6000美元。真是让本不富裕的家庭雪上加霜。

好了，阑尾没了，我可以更努力地搬砖了。

心香一瓣摘自微信公众号果壳病人

图：恒兰

炒命

@周
　锐

我爸爸是个踏黄鱼车的，靠给人家送货挣一点儿辛苦钱。

在弄堂口等生意时，他会翘着拇指跟同行们吹吹牛："我是不高兴做股票，我的老同学在证券交易所当经理，我要是做股票，肯定翻几个跟头！"

他那同学长着一张大圆脸，小时候人家都叫他"大饼"。大饼有时在马路上看见我爸爸，他会把轿车开慢一点儿，两人匆匆忙忙聊上几句：

"长脚，最近行情看涨，你不进点儿股票？""算了，大饼，我哪里玩得起这个。你没忘记老同学，我就很高兴了。""那就下次再聊，我先走一步了！"

没想到，大饼突发急病，真的"先走一步"了。爸爸很伤心，踏起车来也没劲。

一天，爸爸刚谈好一笔生意，踏车去送货，看见大饼的老婆背着儿子走出大楼，一问，儿子摔伤了。爸爸二话没说，让母子俩上车，飞快地踏向医院……

当天晚上，爸爸做了个梦。第二天他说给我们听："我梦见大饼了。他在那边还干老本行。"我问爸爸："大饼还劝你买股票吗？""他总是这样。他说那边的股票我应该玩得起了……"

爸爸就去找卖冥币的老太婆，买了一大沓，每张都印着"壹万圆"。买回来就兴冲冲烧了。

又过了一夜，爸爸对我说："行了，他收到钱了，已经替我开了户头。不过他说，两边不一样，我必须同这边反着做。"

于是爸爸第一次走进证券交易所。挤在人群里，看着红绿闪烁的大屏幕，他完全不知所措。他就问别人："哪种股票最好？哪种最差？"

一个胖子告诉他："城隍庙最好！"另一个瘦子说："土地庙最差！"

爸爸记住了，一回家就倒在床上。妈妈问他怎么了，他说："我要睡觉。"妈妈以为他不舒服，哪知道他是要会见大饼，委托买进。

平时爸爸是一沾枕头就打呼噜，今天却是翻来覆去一夜睡不着。天快亮时他才迷糊了一小会儿，一醒来就叫："成交了！我买进土地庙80万股！"

他又去股市看行情。

一进交易大厅，胖子就红光满面地对他说："城隍庙又涨了！"瘦子却是一脸的晦气："土地庙又跌了！"爸爸立刻拍手："哈，跌得好，跌得好！"

晚上，爸爸又进入梦境。

老同学告诉他："你已经赚了，我们将用寿命和你结算。你本来可以活85岁，现在再给你加上一年零两个月。"

"真的？！"爸爸大笑，从梦里笑到梦外，"我赚啦，我赚啦！"

不仅把我和妈妈吵醒，楼下邻居都有提意见："喂，朋友，麻将该收摊啦！"

证券交易所开始冷清起来。胖子脸上不再放红光，他发愁地看着屏幕："现在城隍庙也往下走了。"瘦子说："没办法，大势走低。"但爸爸更加兴高采烈："跌得好，连跌300点才好呢！"

胖子的脸发青了，由他带头，大家把这个口出凶言的丧门星好好修理了一顿。

爸爸回到家里时，身上有鞋印，头上有肿包。妈妈心疼极了，爸爸却喜滋滋地扳着指头："换算下来，我又可以加五年多寿命了。"

这边的熊市就是那边的牛市，

爸爸乐颠颠的天天像过节。

他让我算："85加30等于多少？""啊，"我便祝贺他，"你可以活到115岁啦。"

可是，正当爸爸的寿命向吉尼斯世界纪录发起冲击时，爸爸听见股友在议论："最近有好消息，股市要止跌反弹了……"

几天后，整个股市指数飙升。

胖子又高兴了："城隍庙涨了！"瘦子也高兴："土地庙也涨了！"爸爸的脸色一天比一天难看，每天回来都在嘟囔："我只有101岁了。""还剩94岁。"……

很快，爸爸输掉了赢来的寿命，开始倒赔了。

我看见爸爸醉醺醺地发着呆，吃一惊，他是从不喝酒的呀。我赶紧抓过报纸看股市消息，按照爸爸的办法换算了一下：呀，爸爸还有一年好活了。

"要准备后事了。"爸爸喃喃自语。晚饭时，爸爸悲壮地嘱咐妈妈："一定要让儿子读大学，我的遗体和五脏六腑都能卖钱……"

妈妈生气了："你发什么神经病！"但爸爸不生气，他对妈妈更加体贴，对我更加宠爱。

这样过了些日子，股市重新反转。股票跌了，股民们又在跳脚。但这次爸爸不那么兴高采烈，他冷静多了。胖子和瘦子奇怪地问他："你怎么不拍手啦？"

经过"生死大关"，爸爸好像悟出一点儿什么来了："这样活得太累。"

等到寿命回升到75岁时，爸爸决定果断抽身。他又在梦里见到大饼，对大饼说："股海无边，回头是岸。给我全抛掉！"

爸爸又能轻轻松松做人了。他让我和妈妈坐在他的黄鱼车上，带我们去淀山湖玩。爸爸一边飞快地踏着车，一边发表他的感想："宁愿少活十年，只要活得自在，活得有意思，这就值得。"

我对爸爸说："你玩了这么一圈，真是——"我找了句"深沉"些的，"真是人生如梦。"

妈妈哼一声："他本来就在做梦！"

> 人生如梦，宁愿少活十年，也要活得自在，活得有意思，这就值得。

秦笑贤摘自《不好看的书》大连出版社

图：恒兰

为什么小孩不爱吃蔬菜

@L

现代人吃的蔬菜的祖先，很多都苦不拉几的，通过层层人工培育它们才走到人们的餐桌上。但小孩还是会敏锐地察觉到，西蓝花和青椒全部都是苦的！他们是渐渐长大，适应了苦味，才开始不挑食地主动吃菜的。

厌恶苦味是演化的结果。植物没有运动能力，为了防止身体的营养部位被动物吃掉，于是演化出有毒性的茎叶作为自保的手段。直接将食草动物毒死，就一劳永逸告别危险源了。

人类归根到底，总共有五种味觉，分别是酸、甜、苦、咸、鲜，每一项都与生存相关。而苦味是最发达的味觉。能够识别苦，对人类的生存来说至关重要。

小孩子对苦味的反应更为激烈。拿苦杏仁来说，成人生食40到60粒中毒，而小孩的中毒剂量仅为10到20粒。

几乎所有的哺乳动物都能尝到苦味，这是一种防御机制。但鲸类退化掉了感受苦味的能力，它们得以在滤食中开心地喝下更多又苦又咸的海水，反正水里也没有有毒的植物。

对人类来说，苦味很奇怪，它代表着一种高级的审美。美国普渡大学曾做过一项实验，让64个被试者一天喝三次只含有4%糖的巧克力牛奶，持续一周，并隔一周再来一轮。结果表明，他们觉得苦巧克力奶渐渐没那么苦了，甚至有变好喝的倾向。

喜欢泡澡的日本猕猴也是一样，由于食物匮乏，它们冬天只能吃苦涩的柳树皮，所以它们吃习惯了，也就不大能尝出来树皮的苦味了，甚至为了能更好更香地啃树皮，它们的味蕾还发生了一些突变。

不论是人还是动物，讨厌苦味都是天生的，而迷恋苦味是需要后天学习的。

田宇轩摘自微信公众号好奇心实验室

学术不端的都给我死

@ 南 一 等

@ **南一**：最近被论文折磨得整个人丧丧的，跟男朋友抱怨。他轻轻一笑，从后面环住我，低声道："我联系一下我爸，让他第一作者换成你的名字。"我瞬间一愣，脸马上通红，一个巴掌甩上去："学术不端的都给我死！"

@ **阿莫_Aizen**：我今年23岁，北京三环两套房，几十万的包能摆满墙，可这些都不是我父母给我的，而是通过我自己的努力，做梦梦出来的。

@ **西瓜瓜瓜酱**：曾经被45个男生同时追过，他们都说我好难追，真的好累哦！

那当然了，为了期末长跑考试提前练了两个多月，我能输？

@ **夜泊苏州**：看完米兰时装周，又急匆匆去看纽约时装周，我就觉得商场这电视不能换换节目吗？

@ **鸟鸟**：我跟我妈逛街，我妈去试衣间试衣服。销售员："你姐看起来好年轻噢。"我微笑："谢谢，嘻嘻，你猜她多大？"销售员："可能也就比你大两岁？50？"

@曳影：邻居家小我三岁的男孩长大了，最近每次来我家，都穿西装打领带，红着脸吞吞吐吐地说话，而我每次都笑着把他赶出去。今天，我一开门，又看见他等在门外，手里还提着一袋苹果。我哑然失笑，连忙将他请进来，问他等了多久，怎么不敲门。

他低着头支支吾吾好久，拳头攥紧又松开，终于下定决心，抬起脸坚定地说："姐，这个保险还请您再考虑考虑……"

@keanu's kk酱：当泰坦尼克号出发时，我拼尽全力失声呐喊不要启航，结果没人听我的，还骂我傻，我冷笑一声，你们等着沉船吧……

最后我被电影院几个保安赶了出来……

@咕咕：我妈最近更年期到了，天天和我抱怨。理由也很特别，竟然说北京那套别墅太大了。不过确实也是，好几千平方米是大得有点离谱。最后还说下次不管给多少工资都不去那里做保洁了。

@瓶装桃子：今年因为疫情我就没去马尔代夫潜水，也取消了去瑞士滑雪的计划。往年都是因为没钱。

梁衍军摘自微信公众号每日豆瓣 图：小黑孩

穷爷爷 富爷爷

@ 李林峰

在北京，我有一个穷爷爷，住在北海公园旁，过着你想象不到的穷日子。

我第一次去北京，他一定要让我们住家里，他说北京酒店太贵。可是走进他家我一刻也不想待，灰白龟裂的墙面，褪色的方桌，20英寸的黑白电视永远闪烁着雪花点。

爷爷见到我很高兴，抱我到床上玩。可是他的床是陷阱，走两步床就裂开……爷爷大笑："你踩到竹子了！"

"啊，这是什么机关？"我掀开床单一看，"爷爷，您这是床吗？我给您买张新的吧！"

"不用、不用，可不能乱花钱。"

可这根本就不是床，是用砖头、木板和竹子搭的台子呀！

后来，爷爷生病住院了，医院病房可比爷爷的陋室好太多，豪华的大床，齐全的电器，明亮的客厅，大大的厨房，24小时护士照顾，还有士兵站岗……

我对他说："爷爷您别怕花钱，多住一段时间吧。"

护士姐姐笑着说："李老住这儿不用花钱。"

爷爷立即严肃地说："要早点回去，可

39.1983年12月28日，我国第一台微型电子计算机研制成功。

不能乱花国家的钱。"

爷爷住院期间总是喜欢吹牛。

他说他想建三所小学，我说那需要很多钱。他说他有钱，他的离休金比我爸妈工资高。我不信！因为他身上的衣服都破成那样了，还舍不得穿我妈给他买的新衣服。

他说他很想念昆明，想为云南做点事，我不信。他说他和奶奶帮助过很多云南人，在云师大还有一个以他们个人名义设立的奖学金，我说他骗人！因为他天天嚷嚷要节约，每顿饭只舍得吃两片菜叶，都穷成这样了，哪有能力做这些？

他说在西南联大上学的日子是他最美的记忆。我更不信！因为他没住院时天天给我讲他在联大加入了地下党，斗智斗勇闹革命，那些枪林弹雨的日子，是怎样才熬过来的呀！

……

他说他很想念奶奶，带我去八宝山看奶奶。在墓前他潸然泪下，对奶奶说："我把我们的全部积蓄捐给云师大了……等把我的遗体捐献给北大医院，我就来陪你了，这是我能为祖国做的最后一件事了。"

临终前他卖了房子，把他吹下的牛全都变成了现实，他和联大的爷爷奶奶们一起，为孩子们建了28所希望小学。

我永远忘不了"中国人民抗日战争胜利70周年"阅兵式那天，那时的他已走到了生命的尽头，全身插满管子，无法参加阅兵仪式，却一定要让护士把老兵礼服整齐地盖在身上，双手把纪念章紧紧地贴在胸口，直播开始了，他就一直在流泪，怎么都停不下来。

如今我们缅怀爷爷的方式就是按照他的遗愿，每年春天樱花开放的时候，去云师大帮他浇那棵以他和奶奶名字命名的樱花树。因为那年在西南联大，他和奶奶在樱花树下邂逅，那是他一生最美的记忆。

在我的记忆中，爷爷生活一直很清贫，可是在老师给我们讲党史的过程中，我豁然开朗，原来穷爷爷不穷，他的心怀可装下大海，他的精神无比富有！

作者系云南师范大学附属小学五（3）班学生 指导老师：赖应琴

图：小栗子

故事大课堂

"故事大课堂"开讲啦！
第一堂：时事报告。 近段时间都有哪些热点新闻？我们给你梳理了一份时事简报。"秀才"不出门，天下事尽知。

* 11月1日至2日，《联合国气候变化框架公约》第二十六次缔约方大会世界领导人峰会在英国格拉斯哥举行。

*11月3日，中共中央国务院隆重举行国家科学技术奖励大会，习近平出席大会并为最高奖获得者等颁奖。

*11月4日，第四届中国国际进口博览会在上海盛大开幕并于10日落下帷幕，达成累计意向成交金额707.2亿美元。

*11月8日至11日，中国共产党第十九届中央委员会第六次全体会议在北京举行。

* 截至11月11日24时，京东"双11"累计下单金额突破3491亿元，天猫"双11"总交易额达5403亿元。

*11月15日，定位于服务创新型中小企业发展的北京证券交易所正式开市运营。

*11月16日，国家主席习近平同美国总统拜登举行视频会晤。

*11月18日，中国科学院2021年院士增选名单揭晓，最小年龄45岁。

*11月19日，首届中国网络文明大会在京开幕。

*11月20日，中国为阿富汗援助棉衣毛毯等越冬物资的货运专列从新疆乌西站驶出。

*11月21日，外交部发表声明，宣布决定将中国立陶宛两国外交关系降为代办级。

*11月22日，国家主席习近平在北京以视频方式出席并主持中国－东盟建立对话关系30周年纪念峰会。

（本刊综合人民网、新华网、《半月谈》等媒体消息）

第二堂:**不一样的写作课。**好作品是改出来的。为什么要这样改而不是那样改?
文末附有核心提示。反复揣摩,必有收获。

我的好闺密①

@陈　想

原稿	**修改稿**

国庆节长假,我家搬进了新农村居民楼,也像城里人一样住上了楼房,一家人开心极了。

搬新家那天,爸爸特地买了三盆花,<u>摆在阳台上,</u>②叮嘱我,浇花的任务就交给我了,每天都要定时给花浇水。

那一天客人来来往往,我只顾着跟表弟表妹们玩耍,将爸爸的叮嘱抛到了九霄云外,直到太阳偏西,客人们都离开了,爸爸妈妈下楼送客人去了,家里只剩下我一个人时,我才猛地记起了爸爸交给我的任务,赶紧端了一脸盆水,拿上水瓢,跑到阳台上去浇花。

花盆里的泥土真不吸水,我一瓢水浇下去,过不了几秒钟,大量的水就从花盆底漏出来,哗啦啦往楼下淌。<u>三盆花还没浇完,</u>③

国庆节长假,我家搬进了新农村居民楼,也像城里人一样住上了楼房,一家人开心极了。

搬新家那天,爸爸特地买了三盆花,摆在阳台南边的矮墙上,叮嘱我,浇花的任务就交给我了,每天都要定时给花浇水。

那一天客人来来往往,我只顾着跟表弟表妹们玩耍,将爸爸的叮嘱抛到了九霄云外,直到太阳偏西,爸爸妈妈下楼送客人,家里只剩下我一个人时,这才猛地记起了爸爸交给我的任务,赶紧端了一脸盆水,拿上水瓢,跑到阳台上去浇花。

花盆里的泥土真不吸水,我一瓢水浇下去,过不了几秒钟,大量的水就从花盆底漏出来,哗啦啦往楼下淌。一盆花还没浇完,我就听到楼下有人大叫大嚷:

我就听到楼下有人大叫大嚷："谁？谁将水淋到我的被子上？"

好熟悉的声音。我探头往下望，望到了二楼一张正仰头向上张望的涨得通红的脸，而在她的身边，是一床晒在阳台上的被子，而被子已经淋湿。

坏了！是陈瑶，我的同班同学。我做梦都没想到，我家居然搬到了她家楼上，而且淋湿的被子是她的。我吓得缩回脑袋，但已经晚了，陈瑶看见了我，喊了起来："陈想！"

我一时间心乱如麻，我淋湿了谁的被子不好，偏偏淋湿了陈瑶的，我和她上个星期刚刚吵了一架，一直到现在还没说话呢。

上个星期其实也没为什么大事，做操的时候陈瑶踢了我一脚，我回头骂她，她笑嘻嘻地说："真的对不起，我不是故意的。"她如果认真地道歉我还会相信她，但她笑嘻嘻的，我就认为她是故意的，我跟她吵，起初她还连声道歉，后来就烦了，也变了脸，说："你就这样惹不得？行，你以后也别惹我！"

可我现在就惹了她，怎么办？我还没个主意呢，陈瑶找上门来了。我只能道歉："对不起，我不

"谁？谁把水淋到我被子上了？"

好熟悉的声音。我探头往下望，看到了二楼一张正仰头向上张望的涨得通红的脸，在她的身边，是一床晒在阳台上的被子，而被子已经淋湿了。

坏了！是陈瑶，我的同班同学。我做梦都没想到，她就住在楼下！而且淋湿的被子是她的。我吓得缩回脑袋，但已经晚了，陈瑶看见了我，喊了起来："陈想！"

我一时间心乱如麻，我淋湿了谁的被子不好，偏偏淋湿了陈瑶的，我和她上个星期刚刚吵了一架，一直到现在还没说话呢。

上个星期其实也没为什么大事，做操的时候，陈瑶踢了我一脚，我回头骂她，她笑嘻嘻地说："真的对不起，我不是故意的。"当时她如果诚恳道歉我还会相信她，但她笑嘻嘻的，我就认定她是故意的，我跟她吵。起初她还连声道歉，后来就烦了，也变了脸，说："你就这样惹不得？行，你以后也别惹我！"

可我现在就惹了她，怎么办？我还没个主意呢，陈瑶找上门来了。我只能道歉："对不起，我不是故意的。"

是故意的。"

"你当然不是故意的，你没这么坏呢。"陈瑶还是笑嘻嘻的。她看见了我手里的水瓢，又望了望阳台上的几盆花，问我："是在浇花？"

我只能点头。

"看来你还不会浇花，我得教教你。"她走进来，对着花盆指指点点，"浇花要慢慢地浇，不能急，浇急了水就漫出去。还有，花盆下应该再搁个盆子，这样渗出来的水就不会流到楼下去……"她耐心地教我，还跑回去拿来了三个浅盆子，垫在了我家的花盆底下。

我很惭愧。一周前，她犯错时我不依不饶。而现在，我犯错了她那么宽容，丝毫没有责怪我，还在教我，帮助我。晚上，我知道她的被子不能睡了，所以，我将自己的被子抱下楼去，我俩挤在了同一个被窝里，我俩和好了，又成了要好的姐妹，要好的朋友。④

经过这件事，我明白了一个道理，做人，要宽容。宽容像热茶，能让人心底温暖；宽容像细雨，能让友情滋润；宽容像阳光，能让生活更加美好。⑤

"你当然不是故意的，你没这么坏呢。"陈瑶还是笑嘻嘻的。她看见了我手里的水瓢，又望了望阳台上的几盆花，问我："是你在浇花？"

我只能点头。

"看来你还不会浇花，我得教教你。"她走进来，叫道，"你们家花盆没买托盘？"说完，立马跑下楼，回家拿来三个托盘，垫在了我家的花盆底下。然后，拿起水瓢对着花盆指指点点："浇花要慢慢地浇，不能急，浇急了水就漫出去。看到托盘有点湿了，就赶紧收手……"一边示意一边浇另外两盆花，果然，水一点也没漫出来。

我很惭愧。一周前，她踢到我时，我不依不饶；而现在，我淋湿了她的被子，她却那么宽容，丝毫没有责怪我。

忽然，我灵机一动，知道她的被子晚上不能睡了，赶紧将自己的被子抱下楼去，我俩挤在了一个被窝里。叽叽喳喳的，像有说不完的话……

（作者系湖北省黄梅县停前镇中心小学六年级学生，指导老师：姜倩、王巧）

故事大课堂

首席编辑核心提示

① 标题很重要。原标题为人教版六年级语文上册单元作文题目《××，让生活更美好》，有点宽泛，类似的还有谈读书的，如"读书，让生活更美好"之类。作为独立成篇的作品，可以自拟题目。根据上下文，可拟为"我的好闺密"或"宽容"。

② 花盆放在阳台的什么位置，需要讲清楚。

③ 先只浇"一盆花"为好。一者花盆漏水，一瓢下去，立竿见影，不会再等到浇第二盆、第三盆的；二者也是留给后面作示范用。

④ 结尾情节设计不错，一正、一反、一合，既解决了问题，也升华了情感。

⑤ 最后一段拟删。故事结束了，道理即寓于其中，读者自会品评，所以不必讲出来。

（本栏目欢迎学生习作投稿，来稿请寄：wenzhaiban@126.com，投稿时请标注"故事大课堂"字样。）

第三堂：我的第一个笔记本。在平时的阅读活动中，你是不是常常被那些美妙的语言所打动？它们可能是金句、格言，也可能是好的开头、结尾，还可能是精彩的题记……现在我们整理了一部分内容，希望能充实、丰富你的笔记本。倘若你也有好句子，不要忘了与大家一起分享哦。

让你热血沸腾的时代语录

1. 星光不问赶路人，时光不负奋斗者，荣光属于实干家。

2. 时间的长河奔腾不息，有静水流深，也有惊涛骇浪。

3. 仰望历史的天空，家国情怀熠熠生辉；跨越时间的长河，家国情怀绵绵不断。

4. 我们必须修身律己，慎终如始，时刻自重自省自警自励，做到慎独慎初慎微慎友。

5. 一念收敛，则万善来同；一念放恣，则百邪乘衅。

6. 时代在变，年轻的面孔也在变，但爱国和追求进步的目标永远不变，红色基因的底色永远不变，始终奋进在时代前列的精神永远不变。

《人民日报》金句摘抄，给你的作文加分

1. 生活是活给自己看的，你有多大成色，世界才会给你多大脸色。

2. 正是这些时光的零散碎片，拼出了过去一年的全景，构成了你我的共同记忆，书写着这个时代的一撇一捺。

3. 真相不是一块橡皮泥，可以随意揉捏；事实不是一张空白纸，可以自由裁剪。

4. 愿我们都能远离坏习惯，心怀感恩，终身学习，自强自立地生活在阳光下，努力去成就非凡人生。

5. 每次归程，都是为了更好出发；每次停歇，都是为了积攒力量。

6. 生命是不能被略过的重点，一定有人敢选最难的那条路，一定有人把生命排在利益的前面。

7. 青春是失败后倔强地想要再来一次的勇气，是就算看不到希望，也咬紧牙关不曾放弃。

美得难以言表的古诗词

1. 夜雨连明春水生，娇云浓暖弄阴晴。帘虚日薄花竹静，时有乳鸠相对鸣。（《初晴游沧浪亭》苏舜钦）

2. 曾向西湖载酒归，香风十里弄晴晖。芳菲今日凋零尽，却送秋声到客衣。（《题败荷》王翰）

3. 春风试手先梅蕊，頩姿冷艳明沙水。不受众芳知，端须月与期。清香闲自远，先向钗头见。雪后燕瑶池，人间第一枝。（《菩萨蛮》赵令畤）

4. 绿槐高柳咽新蝉，薰风初入弦，碧纱窗下水沉烟，棋声惊昼眠。微雨过，小荷翻，榴花开欲然。玉盆纤手弄清泉，琼珠碎却圆。（《阮郎归·初夏》苏轼）

5. 遥夜泛清瑟，西风生翠萝。残萤栖玉露，早雁拂金河。高树晓还密，远山晴更多。淮南一叶下，自觉洞庭波。（《早秋》许浑）

这些电影台词，你可见过

1. 你走人生的路就像爬山一样，看起来走了许多冤枉的路、崎岖的路，但最终会到达山顶。——《城南旧事》

2. 因为你，我愿意成为一个更好的人。不想成为你的包袱，因此发奋努力，只是为了想要证明我足以与你相配。——《侧耳倾听》

3. 我始终相信，在这个世界上，一定有另一个自己，在做着我不敢做的事情，在过着我想过的生活。——《猫的报恩》

4. 顺风不浪，逆风不怂，无论是顺境还是逆境，都要默默守住自我。——《动物世界》

5. 你要尽全力保护你的梦想，那些嘲笑你梦想的人，他们必定会失败，他们想把你变成和他们一样的人，我坚信，只要我心中有梦想，我就会与众不同，你也是。——《当幸福来敲门》

（本栏目欢迎学生投稿，来稿请发至：wenzhaiban@126.com，投稿时请标注"故事大课堂"字样。）

故事大课堂往期精彩"码"上看，扫一扫，优质课程带回家。2元/期。

第四堂：讲出你的精彩。看完故事，自己先讲一遍。讲不好不要怕，看视频是怎么讲的。故事大王告诉你哪些才是关键点。好口才就是这样练成的。

为中华之崛起而读书

@余心言

新疆喀什地区叶城县第四小学·刘桐杏 绘

新学年开始了，修身课上，奉天东关模范学校的魏校长向学生们提出了一个严肃的问题："你们为什么而读书？"

"为家父而读书。"

"为明理而读书。"

"为光耀门楣而读书。"有人干脆这样回答。

有位同学一直默默地坐在那里，若有所思。魏校长注意到了，他打手势让大家安静下来，点名让那位同学回答。那位同学站了起来，清晰而坚定地回答道：

"为中华之崛起而读书！"

魏校长听了为之一振！他怎么也没想到，一个十二三岁的孩子，竟然有如此的抱负和胸怀！他睁大眼睛又追问了一句："你再说一遍，为什么而读书？"

"为中华之崛起而读书！"

魏校长听了，高兴地连声赞叹："好哇！为中华之崛起，有志者当效此生！"

这位同学是谁呢？他就是周恩来，后来成为了中华人民共和国的第一任总理。

周恩来出生于 1898 年。十二岁那年，他离开家乡江苏淮安，随回家探亲的伯父来到了东北。在奉天上学的时候，伯父告诉他，奉天有些地方被外国人占据了，不要随便去玩，有事也要绕着走，免得惹出麻烦没有地方说理。

少年周恩来疑惑不解，问道："被外国人占据？为什么呢？"

"中华不振哪！"伯父叹了口气，没有再说什么。

十二岁的周恩来当然不能完全明白伯父的话，但是"中华不振"四个字和伯父沉郁的表情却让他难以忘怀。

一个星期天，周恩来背着伯父，约了一个同学来到了被外国人占据的地方。这一带果真和别处大不相同：街道上热闹非凡，往来的大多是外国人。

正当周恩来和同学左顾右盼时，忽然发现巡警局门前围着一群人。他们凑了过去，只见人群中有个女人正在哭诉着什么。一问才知道，这个女人的亲人被外国人的汽车轧死了，她原本指望巡警局给她撑腰，惩处这个外国人，谁知中国巡警不但不惩处肇事的外国人，反而训斥她。围观的中国人都紧握着拳头，但这是在外国人的地盘里，谁又敢怎么样呢？大家只能劝慰这个不幸的女人。

此时的周恩来才真正体会到"中华不振"这四个字的沉重分量。怎么把祖国和人民从苦难和屈辱中拯救出来呢？这个问题像一团烈火一直燃烧在周恩来心中。所以，当修身课上魏校长提出为什么而读书这个问题时，就有了"为中华之崛起而读书"的响亮回答。

故事大王葛明铭点评：朱元熹小朋友讲演故事口齿清晰，声音响亮，运用声音变化来模仿各种角色也比较到位，较好地表现了少年周恩来的家国情怀和远大志向。需要改进之处有三点：1. 在故事讲演中角色的转换可以基本不挪动步子或稍稍小幅度移动步子，对话的角色也不必 90 度转身对话，而应遵循"黄金 45 度"原则。2. 同学对故事讲演和戏剧表演之间的异同，没有正确的理解。故事动作很多都是虚拟的，是虚实结合的。3. 在老师和少年周恩来对话时，同学身体方位的表现有不到位之处。

扫码看朱元熹小朋友的精彩讲演，"码"上体验云端故事会，你也可以成为小小故事员！（本栏目欢迎学生投稿故事讲演，来稿请以视频的形式发至：wenzhaiban@126.com，投稿时请标注"故事大课堂"字样。

渡 船

@刘 帆

中学生标准学术能力诊断性测试 2021 年 10 月测试

图：佐夫

马老四独自坐在船头发呆。

渡口的小卖部门前，大半个树荫下，坐着一群人，这是一伙要过江的人，也是马老四的渡客。

马老四有个规矩，不到点不开船。因此，买了票的这伙人，就在岸上树底下拖条板凳歇着。

渡客们肆无忌惮地谈论着一个话题，在马老四看来，可能是一种痛。马老四的儿子指着岸上的一帮人说："爹，他们在谈论架桥的事，吴乡长上次过江时也说过，这么宽的江，得有一座桥。"

马老四心头的气堵得慌。他看了一眼儿子："是啊，架桥，做不了水上人家，你就上岸，老马家还有几亩薄田，饿不着。"

然后，马老四背转身，朝岸上一声吆喝："开船喽——"

这马老四，今儿个是怎么回事？离开船时间还有半个小时呢！

众人不情不愿地，一个个从树荫底下钻出来，拎着包，挑着担，牵着小孩，乖乖地，上船。马老四如今的汽船，虽然比不得电视上海里漂浮的豪华游轮，但在这青衣江，却也十分地显摆了。不同于马老四之前的木帆船，

起码，在这往来两岸的渡客眼里，这青衣江上下游几十里远近，就他的船最好。所以，众渡客都喜欢往他的船上扎堆。马老四脸上的笑容，据说从新船抵达青衣江那天起，就明显地挂在脸上。

过江从之前的五角到一元，再到今天的五元，说句老实话，也没见到几个渡客感到不满。

马老四的腰包日渐鼓起来。这条船能够载多少人，往返摆渡多少趟，整条航线全由他说了算。按理说，赚得也差不多了，停渡也可以，毕竟年纪摆在那里，脸上被江风吹、日头晒，人黝黑，更显得老些。

渡船的航线，是马老四家族很久很久以前，在这青衣江上用一条船劈波斩浪开出来的，就是通俗讲的，水上通道。

一年三百多天，马老四的船几乎没有停渡过。毕竟，青衣江两岸，走亲采买的渡客们三三两两地过江，特别是往返的学生伢子，上学没少渡过，哪天停歇过？这使得马老四一家，上岸的机会就很少。采买油盐酱醋茶和肉蛋蔬菜等，小贩们会送到江边来，不甚宽阔的码头，不晓得何时开始开圩建市，两岸同出一辙。不同的是，马老四陆上安家的这一头，圩市是农历三、六、九，对岸是二、五、八，两岸物资集散，有所差别，往来互市，才有流通，或许就是这个理。

马老四心中的烦恼，又显然不在两岸的圩日不同。刚才，儿子的话勾起马老四心中的不快，是因为传言有板有眼。上个月，乡长从这里过河，在船上说可能在马老四这一处航道建桥，马老四听说后，对桥址就特别敏感。

"架桥"虽是这么说，却眼见一直没动工。马老四曾质疑这是要断自己的活路。如此有针对性的设想，马老四不是傻子，随时在盘算上岸过日子的时间，那一天若真的来临，马老四的劲道也就没有了。

马老四正准备开船，岸上，突然传来呼声："等一等！"马老四停下来，朝岸上摆手。岸上的人终于在起航前上了船。"乡长！"马老四喊道。"老四啊，我还是喜欢坐这渡船。""嗯……乡长啊，我想通了，架桥好，桥通路宽，汽车一溜就过去了……"

乡长好像没听到，径直走到船头："那年我上学，就是坐着它走上岸的！渡船怎么啦？渡人上岸，好啊！听说你儿子将来要去'渡人'，做教书先生，那更好啊……"

链接材料：

他力图将传统文化和生活韵致重新演绎，注入觉悟、觉醒等内心梦幻与灵动，在生活与现实的经度和纬度上，在历史与现实之间通过讲述留下梦幻印痕，展现不同的生活况味和矛盾冲突，关注人生、情感和当下生活状态，具有较深的思想性和艺术性。（节选自杨晓敏《刘帆小小说简论》）

1. 下列对本文相关内容的理解，不正确的一项是 ＿＿。（3分）

A. 小说开篇写马老四"独自坐在船头发呆"，"发呆"写出了他心事沉重，"独自"写出了他内心的想法不被人注意，与后文的"一群人"形成了对照。

B. 作者写渡客们谈论架桥话题时用到了成语"肆无忌惮"，既表现出渡客们内心的冷漠，也从马老四的角度写出了他内心对这一话题的反感。

C. 小说结尾有关"渡人"的对话发人深省。马老四的"渡人"是将人送到对岸，儿子将来的"渡人"是教书育人，这也升华了小说的主题。

D. 小说体现了"链接材料"中"展现不同的生活况味和矛盾冲突，关注人生、情感和当下生活状态"，其中"矛盾冲突"主要体现于马老四的内心冲突。

2. 下列对本文艺术特色的分析鉴赏，不正确的一项是 ＿＿。（3分）

A. 小说善于运用多种叙述方式，按事件发生顺序展开时，不断交代航船与渡口的来历，这属于插叙。

B. 作者善于描摹人物的心理，尤其是对马老四内心世界的展示，使得小说带有了浓浓的抒情意味。

C. 小说语言通俗，用词精准，"挂""鼓"等动词写出人物愉悦的心情，从而与现在的烦恼形成反差。

D. 小说综合运用了描写、说明等表达方式，暗示着作者对传统生活方式和古老文明的批判与反思。

3. 小说题为"渡船"，作者为什么要详写青衣江两岸圩市的差别？（4分）

4. 杨晓敏评论刘帆小小说时提到了"觉醒"一词，你认为《渡船》中有没有写到人物的"觉醒"？请具体分析。（6分）

扫码看真题实战，作者解题有话说。

第六堂：**给你一双慧眼。**故事中有多处差错，你能找出来吗？比一比，看谁找得对、找得快。

底线 @莫小米

相识的初始，男人是骗子，女人是愿者上钩的被骗者。

男人30多岁，欠下将近200万元的债，去了缅甸，介绍人承诺，一个月至少赚六七万元，工作性质是，"打法律擦边球"。

但事情还是超越了他的底线。他要面对电脑，和五六十个同事一起，在社交平台物色有钱的单身女性，以甜言蜜语培养感情，然后诱导她们投资，简言之，就是"杀猪盘"的键盘手。

他很快就不想干了，可老板不让走，除非给钱赎身。没钱自己跑，有老乡勿入军事基地，被流弹炸伤。他决定见机行事。

第一个客户往平台里冲了100元，当晚他用私人微信号跟她语音通话，坦陈自己是骗子，并自己掏钱把100元转了回去。

如是三番，他遇到了她，她是他的第六个"客户"。他们的"感情"升温讯速，到了他要"杀猪"的时候，他向她摊了牌，请她删掉自己。女人在得知男人的处境后，没有把他删掉，而是承诺一定要帮他出来。

女人通过反电信网络诈骗专线，联系上了一位公安局电诈导调大队长。在云南警方的协助下，他们联系上了一名可带男人去边境的线人。

临走前几天，他以加班为由，在办公室坐到凌晨，趁人少时潜入服务器，收集潜在受害人名单。最终，这份名单终止了21人上当受骗，止损180余万元。

老板看守很严，出逃的过程威机四伏，略去不表，当他看到昆明南伞口岸前漂扬着的五星红旗，心潮彭湃。连接南伞口岸和缅甸的是一座50米的桥，他下车和线人挥了挥手，恍惚间就走过了桥。

稳定下来后，他和她真正谈起了恋爱。最终成不成未可知，至少目前看来，他聪明急智有底线，她为人正直狭义，真有些般配呢。

池塘柳摘自《今晚报》

扫码看答案，和同学比比，谁的得分高？

第七堂：少儿图书借阅榜。 想知道别的同学正在读什么书吗？这里是来自上海图书馆的借阅书单。你关注的就是好书！

上海图书馆 少儿图书借阅榜

书 名	著译者	出版社	图书分类
香港寻宝记	孙家裕 编创，坞城琪 编剧，商嘉鹏 漫画	二十一世纪出版社集团有限公司	艺术
太棒了，我们的职业	[意] 戈斯蒂诺·特拉伊尼 著绘，金佳音 译	北京联合出版公司	社会科学总论
破案术大全	[英] 拉切尔·莱特 原著，[英] 罗斯特·罗伯特森 绘，阎庚 译	北京少年儿童出版社	政治、法律
揭秘农场	英国尤斯伯恩出版公司编著，景佳 译	接力出版社	经济
小眼镜侦探记	李毓佩 著	长江少年儿童出版社	数理科学和化学
追踪中国恐龙	邢立达 著	少年儿童出版社	生物科学
我想当动物医生	[英] 史蒂夫·马丁 著，[新西兰] 安吉拉·基奥汉 绘，梁爽 译	中信出版社	农业科学
你好！空间站	张智慧、郭丽娟 著，酒亚光、王雅娴 绘	北京科学技术出版社	航空、航天
小小牛顿科学启蒙馆：生活大惊奇	台湾小牛顿科学教育有限公司 编著	浙江少年儿童出版社	综合性图书
海昏侯之古墓怪兽	吴邦国 著	上海文艺出版社	文学

【读者说】 @郦郦：看哭了，美丽、富饶的生活，是很多人一生的梦想，也是支撑起生命的信念。很荣幸，我留在青岛，并踏踏实实地体会着这座城市的美好。

@小李子：梦，再美也是虚幻；现实，再艰辛也要苟且。诗和远方，是我们活着的坚定不移的信仰，是平凡的我们心灵的永久归宿！

@李秋玲：村里的老太太可能真的一辈子都没出过远门！也许就是这个美好的信念帮她撑到了最后。

@小溪：生活中也曾有过这样的梦想，去一个遥远美丽的地方，抛开世俗，远离习以为常、波澜不惊的地方，享受一下快乐的日子。远方不只是美好的念想，有时也是烦恼生活中的希望和灯塔。

扫码看《奶奶的青岛梦》

【编者说】 2021年的最后一个月，来得那么快。你是不是还在懊恼过去的一年错过的机遇和留不住的美好？你是不是还没有做好迎接2022年第一缕曙光的准备？别担心，《故事会》校园版为你总结一年的精彩，不留下一丝遗憾。这里有真情烹煮的美味佳肴，不管是一碗红烧肉、一套煎饼馃子，还是一袋价廉物美的馒头，改变的是食物，不变的是人心。月盈月亏，人间有爱，万物有情。这是一座属于你我他的秘密花园，花开不败，相约来年。《故事会》校园版全体同仁祝大家在即将到来的虎年心想事成，虎虎生威，收获与你的努力相对等的人生！

本期责任编辑 蔡美凤

◆冬月《故事会》，辞旧迎新春，吃货过大年，能吃就是福。随刊附赠《故事会》校园版美食大全，美文说美食，让您美美吃个够；飞机梦、火车梦、青岛梦，长辈们一个一个梦飞出了天窗，让人想一次一次穿梭旧时光，陪他们回到梦开始的地方；笑话、段子、朋友圈、家常事，博君一笑口常开，请看《故事会》校园版。

赶快扫码，嬉笑怒骂，都是文章，我们不见不散！

民防小知识 5. 手脚冰凉，应避免摄入过多含咖啡因的食物。（上海市民防办供稿）

胡 捷
故事会校园版编辑
Hu Jie Stories Editor

岁岁有你，年年有我

春节临近，纷繁匆忙中读到这则小故事，感触颇深，分享给大家。

她因病不得不坐轮椅度日，开头几周，收到了亲朋们无微不至的关怀，但日子一天天过去，亲友们问候渐稀。

时间恰逢一月底，尚在小学的儿子推她去广场散步，两人沉浸在广场飘来的美妙音乐中。这时，身后的儿子轻轻询问："妈妈，情人节送什么礼物好？"小小年纪，居然都要过"情人节"了？她心中有了疑惑。

又过了几天，她再次听到那首不知名的乐曲，发现原来是洒水车在唱。

她好想让儿子把这首乐曲找来听听。但是假期一到，儿子白日里却跑得不见人影，她不由得暗暗叹息。

就在心绪飞扬时，气喘吁吁的儿子从外面冲进来，大声地嚷道："嘿，妈妈，情人节快乐！"她在惊讶中拆开递来的礼物，原来是一张CD。

于是，小小的房间内，那首不知名的乐曲如水般流淌出来。

就在她想要问儿子是如何淘到这张CD时，儿子却得意扬扬地告诉她，他发现了一个重大错误，日历上的"亲人节"被误印成"情人节"了。因为是"亲人节"，所以他要在节前把妈妈最想要的礼物送给她。

做妈妈的在哭笑不得之余，却又微微哽咽，这样的礼物，足以温暖一生。

岁岁有你，年年有我。在这样的互相温暖中，我们迎来了新的一年，愿每一位翻开这本杂志的读者，把所有遗憾都留在2021；2022，要将生活嚼得有滋有味，把日子过得活色生香。

新年快乐！

089
CONTENTS

故事中国网：www.storychina.cn　邮发代号：4-900　国外代号：MO9178　定价：6.00元

社　长、主编：夏一鸣

副社长：张　凯

副主编：高　健

本期责任编辑：胡　捷

发稿编辑：高　健　蔡美凤
　　　　　杨怡君　吴　艳

美术编辑：孙　娌

责编电话：021-53204041

邮编：201101

地址：上海市闵行区号景路159弄
　　　A座3楼

主管：上海文艺出版总社

主办：上海文艺出版总社

出版单位：《故事会》编辑部

发行范围：公开

出版、发行电话：021-53204159

发行业务：021-53204165

发行经理：钮　颖

媒介合作：021-53204090

广告业务：021-53204161

新媒体广告：021-53204191

国外发行：中国图书贸易总公司

印刷：上海四维数字图文有限公司

发行：上海邮政报刊发行局

邮发代号：4-900

国外代号：MO9178

定价：6.00元

故事会公众号　　故事会 App 下载二维码

《故事会》微博：@ 故事会　　《故事会》微信：story63

故事会校园版欢迎投稿

稿件要求：来自最新的报刊、图书或网络，故事性强，文字明快，主题健康，视野开放，纪实或虚构均可，体现"新、知、情、巧、趣、智"的特点，同时欢迎第一手的翻译作品。推荐作品须注明原文出处、原作者姓名，确保转载不存在侵害版权的行为，并请留下推荐者真实姓名及通信地址。作品一经采用，即致推荐者 50 至 200 元推荐费，并向作品著作权人支付稿酬。

故事会 校园版 投稿信
wenzhaiban@126.com
故事中国网：www.storychina.cn

本刊所付作者的稿酬，已包括以纸质形态出版的故事会校园版、汇编出版、音像制品及相关内容数字化传播的费用。

部分作者因各种原因未能联系到，本刊已按法律规定将稿酬交由中国文字著作权协会转付，敬请作者与该协会联系领取。地址：北京市西城区珠市口西大街 120 号 1 号楼 太丰惠中大厦 1027—1036，邮编：100050，电话：010－65978917，传真：010－65978926，E-mail：wenzhuxie@126.com。

本刊未署名图片均由视觉中国提供

丸子的朋友圈

 王大脸真的不是女汉子

我家附近有家包子店，小老板挺帅的……啊这不是重点，主要是店开了二十几年了，下个月就要拆迁，听说补偿款还很高，大家说这事儿能和我有关系吗？

> 金融小王子刘思聪：怎么会没关系啊？肯定有关系啊！
> 郭美眉：楼上的意思难道是……如果我们大脸跟帅哥小老板谈个朋友……嘿嘿
> 金融小王子刘思聪：不，我的意思是，她不得另外找一家店买包子吗？

 快递员小马

送快递的路上遇到了一起交通事故，深感现在的同事们素质都好高，好有安全意识哦！

> 丸子：怎么说？
> 快递员小马回复丸子：两个快递小哥电动车擦碰了，下车后都先亮明健康码，在确定彼此都是绿码后，才开始吵架。

 哲学系二师兄

回顾了一下上一年，发现就算一整年都一事无成，我也肯定已经是：拖延大师、妥协天才、回笼早觉艺术家、"无所谓"终身成就奖、"再说吧"专属代言人。

> 丸子：本人，熬夜脱发国服最强王者。
> 快递员小马：那我是夜宵外卖品鉴

大师。

王大脸真的不是女汉子："减肥失败"形象大使。

金融小王子刘思聪：咸鱼精英、对付传奇就是在下了。

大老板张富贵：所以楼上一整年都在敷衍工作？

郭美眉回复大老板张富贵：扣他们工资！

大老板张富贵

想要增强记忆力而买了补脑的营养品，结果因为记性不好一直忘了吃。昨天晚上意外拿出来一盒，顿觉一阵恍惚：这是啥？我啥时候买的？

金融小王子刘思聪：我的朋友有严重拖延症，买了本消除拖延症的书，结果因为拖延症一直没打开书看一页……哈哈哈哈！

郭美眉：楼上两个真是一对没头脑和不高兴，绝配！

金融小王子刘思聪

没看出来，有些同事一把年纪了还挺有童心。

丸子：怎么？

金融小王子刘思聪回复丸子：下班看到同事在玩摇摇车，就一边摇一边唱"爸爸的爸爸叫什么"的那种，笑死我了。

哲学系二师兄：你有没有考虑过，他可能是快要去见对象家长了，正在温习那些亲戚该叫啥呢？

郭美眉：楼上说得有道理，可见成为单身狗不是没原因的。

大老板张富贵：咳咳！

丸子

考试不划重点的大学，就不要自称重点大学了！

郭美眉：丸子这是期末考试抓狂了吧？

快递员小马：从校门口送快递到宿舍楼下都要半个小时的，就不要叫什么交通大学了！

王大脸真的不是女汉子：不一次性送所有课本的，就别说自己是一本了！

金融小王子刘思聪：宿舍不是2室1厅1卫的，就不要自称211院校了！

哲学系二师兄：平均分没有98.5的，就不要自称985了！

大老板张富贵：大家看起来都很有故事嘛。

牛大姐家乐事多

主要人物：牛大姐（妈妈）　牛大哥（爸爸）　牛小美（女儿）　牛小宝（儿子）
钱多多（牛小美的男朋友）　刘姥姥（牛小美的外婆）

※ 牛大姐和牛大哥在正式见牛小美的男朋友钱多多之前先看过照片，感觉一般，牛小美解释是钱多多不上相的缘故。等真的见到本人，牛大姐夫妇深感一言难尽。牛小美问爸妈觉得钱多多怎么样，牛大姐不好伤她自尊心，憋了半天，感慨道："其实他挺上相的。"

※ 牛大姐家隔壁最近刚搬来了一家三口，刘姥姥总在夸那家的孩子聪明，是个天才、神童……

牛小宝很不服气，问她为啥？刘姥姥说："看看人家的小孩，才三四岁，跟小区里的人说话，都是说的英语，那么小就会说外国话，真是聪明……"牛小宝沉默，回想着那金发碧眼的一家三口，无语凝噎。

※ 最近牛大姐公司效益好，牛大姐又升了职，收入一下子就超过了牛大哥。为此，一家一起出去吃饭庆祝牛大姐升职加薪，还带上了来女儿家串门的刘姥姥。

席间，刘姥姥心情大好，不停地给牛大哥舀菜舀汤，还说："来，多吃点软的。"

※ 夫妻之间沟通很重要，没有什么是不好商量的。

比如这天，牛大姐骂牛大哥："你看看你做的这些破事！"

牛大哥心平气和地回答："你怎么不多想想我好的一面呢？"

牛大姐果然接受了牛大哥的建议，说："你看看你干的这些好事！"

※ 牛大姐问牛大哥："要是有狐狸精缠着你，你该怎么办？"

牛大哥深吸一口气，站起身指着空气道："离我远点，狐狸精！我告诉你，我老婆是猪精，可强壮了，你打不过她的！"

※ "双减"过后，牛大姐很是为牛小宝的学习犯愁。

为了给老妈分忧，牛小美给牛大姐推荐了一个考研班，简介如下：本考研班为圆有孩子的家长梦想，可以带小孩前来。为解除家长后顾之忧，我们为您免费托管孩子，并安排专人无偿敦促学习小学到初中的基础知识。

牛大姐一看，心花怒放，大赞考研班能解家长燃眉之急，并迅速给牛小美报了名。

※ 牛大哥骑着共享单车送牛小宝上学，牛小宝弱弱地问："爸爸，为什么别人的爸爸是开着小轿车送他们上学啊？"牛大哥沉默了五秒，语重心长地吐出一口气道："废气减排，青山绿水从你我做起，不能因为他们开小轿车就看不起他们。"

※ 晚上，牛大姐偷懒不想做饭，牛大哥又假装没看到，只顾玩手机，做饭的重任自然就落在牛小美的头上。经过一番倒腾，一桌饭菜出锅。吃饭时，牛大哥忙不迭尝了一口牛小美炒的菜，尝完，咽了一下口水，笑嘻嘻地对牛大姐说："老婆，今天是咱闺女第一次做饭，我俩带小宝下馆子庆祝一下吧！"

※ 牛大哥最近迷上了养鱼，买了五条养在鱼缸里，一开始一下班回家就喊："我的五福！"

一周以后，牛大哥回家后的第一句话变成了："三宝我回来了！"

爱不算多，但有效 @莫小米

这孩子，先天听力障碍，导致语言与智力发育滞后。父母曾带他到处求医，做手术，装助听器，康复训练，效果不明显。

他3岁，父母离异，爷爷郁郁去世。爸爸外出打工，家里只剩了他和奶奶。

爸爸又成了家，为了多挣钱养好两个家，按揭买了一辆高顶双卧货车，改行跑运输，南北东西到处跑。

孩子13岁，个头长到1.6米多，奶奶希望爸爸出门跑车能带上他："他不小了，我管不牢，你带身边我也放心。"

于是爸爸带着他出门了。出发前，爸爸特别交代，开车过程中，不能动方向盘、钥匙、挡位、手刹，其他东西随便玩。他使劲点头，一路兴奋。

这天到达目的地已是深夜，爸爸卸完货，随便弄了些吃的就带着儿子在车上睡了，爸爸睡上铺，儿子睡下铺。爸爸不敢深睡，突然发现老半天没动静，往下铺看，没人！

当我们知道这件事的时候，爸爸已经找到了孩子，或者说，是警察凭着孩子提供的线索找到了孩子爸爸。

那天走散后，他不知不觉走了很多路，在一个地铁站出入口哭泣，被人发现交给警察。警察一时找不到孩子的亲人，暂时将他寄养到儿童福利院。

他在福利院画了一幅画：一个男人，方方的肩，浓眉大眼。观察很细，爸爸上衣左胸有个口袋，口袋上有一粒扣子。画了一辆大货车，驾驶舱一条连线，标注：文金川。大货车的货舱堆得高高的，附有标高图，数字清楚正确。画了一栋带窗带烟囱的房子，两边两个名字：文金川、刘东。一幅画画出了最重要的信息，从他没上过一天学这点看，他的智力其实不算差。

警察猜想文金川应该是刘金川，凭着这幅画，找到了他的父亲。

从父亲口中我们得知孩子的状况。

他懂得关心人。跑车的过程中，爸爸稍稍抬抬肩，他就绕到身后，又捏又搓；爸爸渴了，他把保温杯抢过去，把水倒到保温盖，一次倒三分之一，怕洒了烫着，喝了一次又倒一次；开车时间长了，爸爸打个哈欠，他双手合起

来放脸下，示意休息。

他懂得感情，悄悄藏着妈妈的照片，有时候拿出来看看。

他也会筹谋未来，与爸爸聊天，用手比画，让爸爸赚钱给他买挖掘机，长大了他开挖掘机赚更多的钱，大拇指搓着食指示意赚钱给爸爸。一点不糊涂。

要说命，他的命不算好，但他是个好孩子。

要说爱，他得到的爱不算多，但，那爱有效。

余长生摘自《今晚报》 图：佐夫

【编者的话】 你有没有发现，越来越多的人正在给自己贴上"社恐"的标签？不愿与人交际、不敢公开发表意见、不想引人注目、拒绝语言沟通、躲避眼神交流……社会的复杂与生存的压力让我们越来越紧张与焦虑，更愿意蜷缩在自我的空间里汲取安全的温暖。但沟通与表达，是我们一生都要学习的课程，不应当怯弱，更不应当逃避。本期主题故事，让我们聚焦人与人之间情感的传递，有的孩子，他不健全，但他会将自己的爱，有效地表达；有些事，郁结于心，不及时沟通，最终会造成伤害；有些人，真心换真心，得来真挚的友情；有些病，教会人笑容、手势、姿态，一些沉默而直观的表达。所以，不要吝啬将你的情感传达给身边的人，在一切寂静无声之前，在伤害形成之前，时犹未晚，一切都还来得及。

窗台上的白菜

@ 谭鹏飞

25年前的秋天，我初为人师，教初三语文。

有一天，我上完早自习回来，发现单身宿舍的窗台上，放着一棵白菜。我很纳闷：谁送来的呀？隔壁的同事老晋告诉我，是我班的女生江南送来的。江南有一个哥哥，与老晋同过学，说他妹妹就在我班，要我多关照。

受人之托，放学后，我把她叫到宿舍，问了问她的学习情况，鼓励她在普通班也要考上高中。

也许是为了表示感谢，她清早到自家地里砍了一棵肥大的白菜，悄悄放在窗台上。我对江南有了更多的关注。在批阅作文时，发现她是一个多愁善感的女生，作文里有父母的艰辛，也有一个女孩的憧憬。我写了长长的评语，而后，到课堂上念她的作文。我发现讲台下听课的她，眼神像星星一样，亮晶晶的。

大约半学期后，她却起了变化。晶亮而柔和的眼神，不知怎么，变得木然而呆滞。当我巡视课堂时，她的目光与我僵持。我慌了，匆匆收回视线。

以严厉出名的班主任大约听到了什么，不久即找江南谈话，又含蓄地跟我提到要处理好与学生的关系。说得我脸上发烧，好像真的做了不该做的事。

于是我不再在课堂上念她的作文，有时点名批评她，她红润的脸色变得苍白，目光由呆滞变得散乱，成绩像滑雪一样下降，成了一根蔫了的菜秧。最后恍恍惚惚，草草毕业。

两年后，我在学校附近的卫生院见到了她，她在拜师学医。见到我，她有点怯生生，但还是喊了声老师。后来我离开了那所中学，越走越远，不再有她的消息。

去年年初，有人加我微信，竟然是江南。我为能网上重逢而高兴。她说，自己没有出息，对不住老师的关心。停了停，又说，自己是同学中最不幸的人，得了乳腺癌。我的心一下沉痛下来。

聊天中得知，她学医没有学成，因为交不起学费，后来就嫁了人，生了两个女儿。现在大女儿都读高三了，比当年的她个子高，也比当年的她会读书。这让我心情又有所放松。接下来，我忍不住问到了她当年课堂上的变化，我想解开这个谜。

老师，当年教室里发生了一件事，你不知道吗？

江南的反问，让我一头雾水。

班上的男生，看你常表扬我的作文，以为你喜欢上了我。有个男生以你的名义写了封情书，偷偷放到我课桌内，我看到后，当然知道不是你写的，但我很害羞也很生气呀！于是把情书丢到了讲台上。江南从微信上发来一个抓狂的表情。

哦，当年竟发生了这样一起事件，我这个当老师的，却浑然不知。我感到惭愧。

但从此后，我上语文课时，不专心了，呆呆地看着你，其实自己都不知心里想些什么。江南说。

男生的一个恶作剧，导致她的思想发生了波动。而我，误读了一个女生的目光，也没有去探究缘由，反而无故批评。我不由深深自责。

江南发了朋友圈：漫漫抗癌路，除了坚强别无选择！我马上与她联系，打了电话给她。她说，老师，二十多年不见啦。声音里含着笑，是那种乐观的笑，不完全是掩饰。我要她相信科学战胜病魔，并说自己当年不会教书，伤害了她。我为自己的不成熟向她道歉。

老师，你想多了，你没有错。我会保重自己的。江南在笑声中挂断了电话。

良久，我还在沉思中。我脑海里，浮现出了单身宿舍窗台上那一棵鲜嫩的白菜，在那层层的叶片里，包裹着一颗纯真、柔弱，又需要被善待的心。

慕吉摘自《羊城晚报》　图：陈明贵

扫地阿姨的牵牛花

@华明玥

姨被呛出满眶的泪，低下头去，一面从地毯绒里抠瓜子壳，一面抬手抹眼睛。她见了，一句话也没有说，就蹲下来和清洁工阿姨一起抠。"85后"看了，忙不迭地逃开了。后来她听"85后"在茶水间里对人大声说："卖乖也不看看对象，讨好清洁工，能升职还是能发财？"

她听了，只笑一笑：幸好那位阿姨没听见这样刺心的话。

清洁工阿姨在这样的高档写字楼里，是无声的影子，是角落里的人群。她也不止一次听说这位负责他们楼面卫生的阿姨，多么小气，多么贪蝇头小利。举个例子，员工们丢在废物篓的纸，她都不会放入垃圾袋，而是另挑出来，攒着，卖废品三角钱一斤！还有，阿姨连公司五块钱一份的盒饭也嫌贵，是自己带饭吃：把饭放在茶水炉的顶盖上，搁两小时，才有一点温。阿姨还在公司

第一次和阿姨单独对话，是因为阿姨清扫时，发现她的邻桌，撒了一地的瓜子壳。瓜子壳嵌在地毯的圈绒里，很不好扫，阿姨就说了句："这些小年轻，嗑瓜子也不对准废物篓，让我们多费多少事。"很合理的牢骚，却被嗑瓜子的"85后"抢白了一顿："不嗑瓜子，哪儿来的灵感？再说了，你不就是干这个的？不想干，你可以跟物业辞职走人啊！"阿

里洗头，放的是茶水炉里的热水。她连吹风机也带了来，好吹干了头回去……在白领们眼中，这样子节俭，是多么可鄙的事。

只有她明了阿姨为什么这样做。也就是在"瓜子壳事件"后，阿姨在盥洗室和茶水间见到她，会聊上一两句。清明，阿姨送她两枝晚桃，开得红灼天天。阿姨说才从坟亲家（守墓人）那里回来，去看她死去的丈夫："车祸走的，十年了。"中秋，阿姨非常鲜见地提前下班，早早换了长裙子，新盘了发髻，发髻插了两个茉莉骨朵，她跟阿姨开玩笑："丑婆婆要见新媳妇啦。"阿姨惊叹道："你怎么看出来的？家里太孤清，都十年没有第三个人了……做梦都巴望他们能成。"

她也提心吊胆了一天，怕女孩看不上这母子相依的寒简之家。

阿姨儿子的亲事成没成呢？阿姨没有说，她也没有问。

但自此，她觉得阿姨对她的好，点点滴滴，如草叶上的露水滑落心田。她那满是茶垢的茶杯，阿姨替她刷洗得锃亮。她冒着大雨来上班，打不到车，走得皮鞋全湿，不得已，换了一双拖鞋楼上楼下跑，正愁下午到哪儿买新

鞋去见客户，阿姨已把她的鞋送回，一摸，很热乎，阿姨解释说："是用吹风机吹干的。只吹了九成干，吹到十成，恐怕你的皮鞋会起翘。"

她回去一说，未婚夫拿出一堆会议上发的礼品，让她送给阿姨。她想来想去，不妥。那是居高临下的敷衍，阿姨不会喜欢的。

九月，她休完婚假回公司，桌上仍是她走时的模样，养的植物都绿油油的，叶片上没有一丝灰尘，心下感慨：还有人惦念着你回来，真好。

见了阿姨，给她两包糖，和同事一样。阿姨很欢喜地收了，又说："看看阿姨送你的礼物。知道你要结婚，夏天我就种在窗帘后面了，只是没让你知道。"阿姨把她西面窗的卷式帘收上去，她吃惊地低呼了一声——卷式窗帘后面，细细的六株牵牛花藤扶摇而上，组成了稀疏的叶子的珠帘，更可喜的是，两朵淡粉紫的牵牛花已经欣欣然开了。

她像个孩子一样"呀，呀"地低呼着，只顾傻笑。阿姨也笑，这是她第一次看阿姨笑得如此得意和舒心。

心香一瓣摘自《幸而还有梅花糕》
华中科技大学出版社　图：豆薇

锐话题

沉默世界的三种表达

@ 郭亚楠

刚做住院医生的第一年，床位上有一个喉癌病人，是保喉手术后复发的患者，这次住进来，打算做全喉切除加颈淋巴结清扫。

全喉切除，顾名思义，这个器官生了肿瘤，就把器官拿掉，相当于端了肿瘤的老巢，是我们面对晚期、复发患者的终极外科手段，但同时，喉咙的发音功能，自然也是保不住了。做了这种手术，之后很久一段时间，都只能依靠纸笔交流，就算后期用了电子喉、食道发音来替代，也是完全不一样的音色，普通人很难识别出对方讲了什么。

他67岁，身体尚且健朗，有漂亮孝顺的女儿女婿，乖巧可爱的外孙女，交流病情时病人很好沟通、家属孝顺懂礼，一家人都积极配合，是大家都称赞的"优质病人"。

手术前一天的傍晚，他在走廊徘徊，我路过的时候交代了几句注意事项，他拦住我，嘶嘶低沉的声音像是锯子拉在心上："郭医生，我真后悔生了这个病，拖累了一家人。"我连忙劝他，不要这样想，你的家人，拼尽全力，也只想要你好起来。他拿起护士吧台的纸笔，在上面颤颤巍巍地写：我有时候，真想死了算了。也许是这句话太过沉重，他说不出口，所以，也只能写出来。我大惊，把他拉到一边，絮絮叨叨聊了好久，我告诉他：不是你拖累你家里人，而是你家里人需要你。你在，他们就有家、有爸爸，你不在了，他们才是真的没了主心骨。沉默良久，他苦笑，转身走回病房。那个傍晚，日光斜照，他晃悠悠在走廊上的长长影子刻在了我的记忆里，那样彷徨，无可寄托。

那天的谈话成了我们心照不宣的秘密，手术之后的每一天，我都尽量在查房的时候，冲他笑、鼓励他努力咳痰，努力下床，努力学习自己护理套管。每一次查房结束，我都会告诉他："你今天情况很好，很顺利，今天也要努力锻炼！"终于，在术后一周多的时候，在我又一次夸张地表达肯定之后，他瘪瘪嘴，在本子上写给我：不能讲话，不好。我却安心了，他终于接受了这个现实。我笑笑，告诉他："这是上苍在告诉你，以后就不能和家里人吵架啦。你以后，每天都只能冲你女儿笑，没办法生气了。"

几个月后，我看到他女儿发了一张照片，老爷子站在公园里，笑得很开心，如果不是颈部的伤口和气管套管，他几乎和周围的每一个老人一样，和蔼安逸。

这些年，见过很多全喉手术的患者，每一个病人背后，都有长长的故事，悲欢离合、嬉笑怒骂、安慰扶持、嫌恶推脱，各有各的难处，也各有各的福气。这些年，发现喉癌病人们手术结束，会陆陆续续学会三种表达。

第一个，是笑。不是微笑，是努力咧开嘴最大限度地笑。主刀医生查房的时候，伤口换药的时候，护士来打针的时候，走廊上遇到病友的时候……笑，代表着"你好"，在以后漫长的岁月里，面对每一个人的时候，不是面无表情，不是微笑，而是努力，最大限度地笑着打招呼：你好。

第二个，是大拇指。是赞美，是肯定，是你真棒。当主刀医生

对病人竖起大拇指，是告诉他："手术很顺利。""你很棒。"当病人对医生竖起大拇指，是在说："我很好，放心吧。""医生你医术高明。"而之后，颤颤巍巍相互扶持的漫长余生，柴米油盐烟火气里，他亦会对老婆竖起大拇指："今朝红烧肉米（味）道老好。"会对儿女竖起大拇指："混了不错，帮（和）我一样！"会对孙子孙女竖起大拇指："乖囡真棒！"

第三个，是抱拳作揖。是真心的感谢，感谢帮助过的人。每一次复诊的时候，都有病人会做这个手势，大概是在讲：医生，辛苦了，拜托了，谢谢了。也许在今后摸索着、以沉默无言的姿态融入这个社会时，他们亦会无数次坦荡而真诚地，对别人抱拳、作揖，来表示拜托和感谢。

人生在世，往往失去才回首、才反思、才在乎。当余生都将无言，我们该如何表达。也许我们该向那些无喉的病人学习，虽然无言，却并不沉默，笑容、手势、姿态，同样是一种表达。学会咧开嘴笑，学会肯定，学会感谢，这是人生中，必不可少的三句话，也是沉默世界的三种表达。

刘振摘自《新民晚报》

鹮占鹊巢

@ 段纪成

我家门前长了一棵榆树，四丈多高，树干比老式木桶还粗。树枝向周围铺展得很开，像一个巨大的遮阳棚。因为树枝稠密，非常适合各种鸟类筑巢。去年春天，就有一对喜鹊在树上垒了一个很大的窝，在里面产卵孵子。去年冬天，刮了几次大风，树枝摇晃得厉害，把喜鹊窝的上半截摇歪了，成了"危房"，有垮塌的危险。两个屋主在窝周围的树枝上跳来跳去，叽叽喳喳商量了半天，也想不出好办法。接着它们又请来了七八只喜鹊，帮它们出主意，好像医生会诊一样。只见大家还是跳过来跳过去，对着窝左看右看，出谋划策，争吵不休。两个多小时以后，喜鹊陆续飞走了，也许是束手无策，也许是达成了共识——拆迁。

我家西边也有一棵同样高大的榆树，两棵树相距几十米远，喜鹊又在这棵树上找到了适合造窝的位置。于是那对喜鹊就将旧窝上的树枝一根一根叼过来，重新搭窝。它俩来回穿梭、不歇不休地搬运着。约一个月时间，旧窝歪了的上半部分即将拆完，不料这时麻烦来了。

我们这里平时有很多朱鹮活动，因为我家后面有一百多亩水田，每年夏天从水库放水插秧，水中带来很多小鱼和泥鳅，正好是朱鹮的美味佳肴。它们白天在田间飞来飞去地忙着捕食，之后就飞到村里的大树上栖息。黄昏和清晨，它们会在树上蹦蹦跳跳，哇里哇啦，吵成一片，好像是举行舞会，热闹得很。

这一天，有一对朱鹮发现了喜鹊还没拆完的窝，就在上面跳来跳去，叫个不停。当时我也不知道朱鹮这是啥意思，后来根据事态的发展，猜出了它们的意图。它们看到喜鹊把窝拆了，就想把没拆走的一半儿占为己有。喜鹊也发现了这个苗头，当然不让，就和朱鹮一样，也在窝周围跳来跳去。朱鹮哇哇叫，喜鹊喳喳叫。也许是吵架，也许是谈判，聒噪了几个钟头。必定是口干舌燥、筋疲力尽了，这才各自找食物去了。

我还以为这场争斗到此结束了，谁知完全出乎预料。第二天，只见朱鹮一下子动员来了十几个盟友。它们先是贴着树梢来回做了几次低空飞翔，显示了一下鹮多势众、呼之即来的效果。然后可能是主谋之一的朱鹮干脆卧进窝里，死乞白赖霸占住，宣示主权；另一个则昂首站在旁边的树枝上，

不时扇扇自己粉红宽大的翅膀，翘翘那只又长又尖令人生畏的喙，再哇哇叫几声，向喜鹊示威。身材明显弱小的喜鹊，虽然也集结了一群兄弟姐妹，但也没啥好办法，只是叽叽喳喳连吼带骂，轮番从朱鹮头顶飞来飞去。如此纠缠对峙了三四个小时，看到朱鹮仍然一副王八吃秤砣的样子，喜鹊才三三两两地慢慢散去了。有啥办法呢，丛林规则，力大为王。

后来那对喜鹊还回来过几次，试探着想趁机叼走树枝，可是朱鹮警惕性很高，它俩轮换值班，站在窝边，瞪圆双眼。喜鹊一来就扇几下翅膀、吼两嗓子，像是警告。喜鹊看到没有一点希望了，也就彻底放弃了，干脆到别处去找树枝，很快就将新窝垒成了。然后，每天早晚在窝周围跳来跳去，叽叽喳喳庆贺自己的新家落成。朱鹮也是如此，早晚在窝边扇几下双翅，哇哇叫几声，庆贺自己也有了安居之地。它们的叫声也许是相互的赔情道歉，也许是相互对安居乐业的恭贺，或者是在像邻居似的拉家常："你吃了没？""我还没吃呢。"

朱权利摘自《西安晚报》
图：恒兰

不能相逢，就不相逢

@南在南方

一般，黄昏我要打个电话给我妈，常常是电话响一声就接了。我说，吃药了吧？我妈说，吃了。然后汇报一样地说，早上吃了两片，晌午吃了两片，还有两片等睡觉前再吃。

那年我回到老家的那个黄昏，我跟我妈坐在院子里说话，说得正好呢，我妈起身回屋了，过了一会儿，我也回去了。我妈坐在电话机旁边，出神地看着电话。我说，妈，你干啥呀？我妈说，我在等甲申的电话啊。我说，我这不是回来了嘛。我妈拍着脑袋说，你看，你看，我都糊涂啦……那时我明白了，我妈一直在等我的电话。

小时候我们整天吃煮着野菜的玉米糊糊。面条在那时是很奢侈的吃食，我妈说，好好念书，公社的干部才有面条吃，烧点菜油一泼，啧啧，半里路闻都香……

我也用了心念书，可还是没有考上大学，很是落寞了一阵子，像是天塌下来了。我妈觉得没什么，说现在日子好了，咱们有地了，不当干部也天天吃面条嘛，你小时候说要养一群羊的，以前念书没时间，现在正好养嘛。

我知道我妈的心思，她想每

天都能看到我在她身边。可是我的心思已经走得很远，我要去城里，我向往街道。我妈不愿意，说城里吃饭要钱，上个厕所也要钱，车又多，人生地不熟。

我铁了心要走，我妈抹了一把眼泪说，你可要回来啊。那语气像是我一去不返一样的。

那年冬天的早晨我的两只脚丫子带着我迈向了城市，我妈送我，跟着汽车跑，跟我说，你要少喝酒，酒喝多了又没人扶……

时间一晃就是几年，妹妹去了城市，再后来是弟弟，都离开了老家，一个比一个远，父母一直都在那里，像一棵被摘了果子的树。

那年秋天，我回家，帮着从树上夹柿子，我妈说："别都夹完了，留几个柿子看树。"我问为啥要留呢，她说给树留着啊。我说，树又不吃。我妈说："结了一树柿子，一个柿子都不留，树也难过嘛。"

我愣了一下，这话说得很有意思。

接我妈来城里，她很不习惯，操心父亲不会做饭，操心家里的花猫，操心地里的庄稼，还没待几天，就今儿要回明儿要回，吃不好睡不好的。来回几千里，我们留她。

有天我睡午觉，迷迷糊糊地半睁了眼睛，看见我妈坐在床边，一声不响地看着我，于是我赶紧闭上眼睛，继续睡。我妈就那样看了很久，好像我浑身都是她的眼光。在那样的目光里，我妈一定想起了我的小时候，在她的怀里，尿床，淘气，哭鼻子……而现在，却睡得安稳。

我妈来了，我和妻子都想着她在家里成天劳累，就想让她过几天饭来张口的日子，不让她切菜，不让她洗碗，不让她拖地。我妈总是抢着做，而我们总是拦着她。这让她很难受，叹息说，这些我都会做啊，都洗洗涮涮一辈子了嘛。这样，我们由着她，她一下就高兴了："就是嘛，我又不是神仙，光玩怎么行？"

后来，我在一篇文章里写，要给母亲凝视你的机会，安静地让她凝视，让她回味你成长的点滴，回味远去的美好。同时，要给母亲洗碗的机会，这样她会觉得她还能为你做点什么。

日子一天一天过着，不知不觉地我妈就老了，头发花了，一颗牙掉了，接着一颗牙又掉了，穿不了针线了……我常常劝她和父亲别种地了，他们常常答应得很干脆，说不种啦不种啦，这种了一辈子的地，还没种够嘛！嘴上这样说，却还是要种的，反正我们都不在眼前，看不见的。

没想到，我妈锄草时突然手臂不听使唤了，她慢慢地挪回家。那时只有她一个人在家里，父亲在县医院做疝气手术，还没有出院。

那也是个黄昏，我打电话回去，我妈声音很弱地说，好像半边身子不能动弹……头好像有点昏，还尿床了。可能怕我担心，我妈说，不要紧的，睡一觉，明早就好了……

我的头轰地一响，这不是睡一觉就好了的事情，是明显的中风症状，我像疯了一样，不停地打电话，告诉妹妹，告诉弟弟，告诉所有离家很近的亲朋好友，请求支援。深夜，我妈被救护车送到了县里。

是脑出血，幸好出血量少。她慢慢地康复，能下地了，能扶着墙走了，能拿勺子吃饭了，再后来能拿筷子了，三个月之后，我妈在电话里说："今天切了土豆丝，切得像个棍棍儿。"

后来，我妈对我说："这一场病花了不少钱，就当是你们兄弟姊妹伙着花钱买了一个妈。我要好好给你们活几年。不然，太不划算了……"

"我妈说："结了一树柿子，一个柿子都不留，树也难过嘛。"

十多年后，我妈还是走了，这一次再也不会醒来。晨起，我家老二语音问她，婆，你好点没。她说，我好点了，娃。

这是她给我们说的最后一句话。

她在住院，弟弟看护。计划是他满假后，我回去替他。二十几天前，我在我妈身边睡了几个晚上，我走时，妈问我，啥时回来，我说，没啥事等过年吧。我妈说，过年还要多久啊，我说，三个来月啊。我妈说，好。

以前我妈总是送我，路边、树下、窗户边、阳台上。

如今我送她，陶渊明诗：严霜九月中，送我至远郊。真是应景。

这一次，风雨无阻，不能留你。妈，一路顺利。要是往生，就往生。不能相逢，就不相逢。

王传生摘自《北京青年报》 图：佐夫

就是爱历史（一月篇）9.1976年1月8日，周恩来逝世。

就地搞事？
就地过年！

@ 金陵小岱

明代徐溥：回家过年，骨头散架

　　说起春节回家过年，古人想回一趟家，可真是难上加难，就算时间和金钱都不是问题，舟车劳顿也是够古人受的。这一点，明朝的四朝宰相徐溥最有发言权！

　　那年是大明弘治十一年（公元1498年）的腊月初，71岁的徐溥终于等到了退休的这一天，风风光光地衣锦还乡了。徐溥回家过年的路线很简单，他可以坐船沿着京杭大运河一路南下。我们现代人半天的行程，徐溥却足足花了将近一个月，一直到了腊月二十七，徐溥才返回到了家中，好歹年是赶上了。回到家中的徐溥，忽然想起了老同事，于是他开始写信吐槽："哎，我总算是到家了！可是你知道吗？我这把老骨头在路上就快散架了！"这句话，徐溥绝对没有使用夸张的手法，请看徐溥的时间线：1498年腊月初退休回家，1499年去世……

　　迫于交通、金钱、时间、体力这四点，许多古人都不会选择返乡过年，于是"就地过年"对于古人来说，反而是常态。

唐代王湾：就地过年怕什么，我可以写诗

　　唐代有个诗人叫王湾。他的

官品级不高，事务却挺繁忙，所以他也常常"就地过年"。

话说在某个深夜，王湾乘着船经过了江苏镇江，此时已接近年关，他看着黑漆漆的天空，内心充满了惆怅。要过年了，他想家啊！这江南的景色虽美，终究不是他的家乡。

带着思念家乡的惆怅，带着对新年的期待，王湾又看了看眼前的江南美景，提笔写了首诗《次北固山下》：客路青山外，行舟绿水前。潮平两岸阔，风正一帆悬。海日生残夜，江春入旧年。乡书何处达？归雁洛阳边。

原本只是临近新年的一篇习作，估计王湾自己都没有想到，他竟然因为这首诗火了！这一火就是一千多年。当这首诗映入宰相张说的眼帘时，张说对王湾的才华赞叹不已，尤其是"海日生残夜，江春入旧年"这一句，积极昂扬，有着一股盛唐的气象。

你以为张说只是随口表扬一句吗？不，张说认真了。他亲自将王湾的这首诗写在政事堂，称"每示能文，令为楷式"。翻译成现代话就是："看看人家王湾写的这个诗句，堪称是范文，你们要多多向王湾同志学习！"这对于一个诗人来说是多么大的肯定！而王湾在唐代诗人中，不算高产，现只存诗十首，这首《次北固山下》却是他所有诗作中最有名的一首。

宋代苏东坡：就地过年，我爱工作

苏东坡的两次"就地过年"，让人发现了一个真相：他其实是个工作狂。

先说说苏东坡25岁的那次"就地过年"。那时的苏东坡在凤翔府任职，要"伏豹直"，也就是值班。他在值班的时候，写了首诗叫《守岁》。苏东坡在这首诗里给自己打了一针鸡血。比如"欲知垂尽岁，有似赴壑蛇"，苏东坡感慨：啊，这一年年过去得太快了，跟蛇蜕皮一样，我要抓紧时间，好好学习，努力工作，这样才能实现人生的远大抱负！不仅如此，苏东坡还想起了他的弟弟苏辙，又写道："努力尽今夕，少年犹可夸。"自己打鸡血不够，还要云打给弟弟，这样才可以进步嘛！

苏东坡再一次用诗歌记录"就地过年"是在40岁的时候。他这次是在去上班的路上，此乃真工作狂。

这次是从密州出发，赶去徐州赴任。那一年是熙宁九年，从

10.1283年1月9日，文天祥英勇就义。

密州到徐州，一路大雪。这路实在是太难走了，苏东坡只好去了石佛寺投宿一晚。那天恰好是除夕，因为恶劣天气而被迫"就地过年"的他写下了《除夜大雪留潍州元日早晴遂行中途雪复作》。这一次他没有打鸡血，而是心系老百姓的生计："春雪虽云晚，春麦犹可种。敢怨行役劳，助尔歌饭瓮。"天气这么冷，路又这么难走，也没有什么好吃的，他却为此感到高兴，因为"瑞雪兆丰年"，老百姓来年的日子要好过了！

脑补一下，一个被风雪困在寺庙的中年男子，在雪天冻得瑟瑟发抖，却还乐呵呵地笑着写诗，满心里都在想着百姓的生计……这样的"就地过年"，让人心生敬佩！

明代徐霞客：就地过年，全靠"蹭"

作为一个长期旅行的人，"就地过年"这种事是家常便饭，甚至已经频繁到徐霞客忘记了哪天是在过年，还需要被人提醒。

在《徐霞客游记》里，就记载了一段"就地过年"的故事。

那一年是公元1639年，徐霞客来到了云南大理鸡足山。在寺庙中安顿好以后，就开始游走于山水之间。某天，寺庙中的僧人在他外出时，告诉他："施主，明天就是除夕啦！"

徐霞客这才想起，原来是要过年了啊！每一个游子的心中多多少少都会有些漂泊的孤独感，徐霞客也不例外，他在游记里用"为凄然者久之"描述了他的心境。不过，这种有些孤独凄凉的情绪并没有存在太久，徐霞客"就地过年"，在寺庙里开了个新年派对。

徐霞客在他的游记里写道："煨芋煮蔬，甚乐也。"烤点山芋土豆，煮点新鲜时蔬，就是新年大餐了！这新年大餐看上去虽然简单朴素，却滋味无穷，徐霞客与朋友们吃吃喝喝聊聊天，很是尽兴。

大概是鸡足山的景色太美，人情太暖，在新年的第一个太阳即将要升起之时，徐霞客写下了这几句话："楼前以桫松连皮为栏，制朴而雅，楼窗疏棂明净。度除夕于万峰深处，此一宵胜人间千百宵。"

无论是在哪里过年，只要有一颗热爱生活的心，每一个除夕之夜，都会是"胜人间千百宵"，异乡的新年，照样可以很有年味。

慕吉摘自《北京青年报》

图：小栗子

大师的弟子

@夜X

他醒来时，身上有些伤痕还没有痊愈。它们哪些是来自碰撞，哪些来自烧灼，仍旧清晰可辨。他最早的记忆，是一辆飞驰的车，一段崎岖的山路，清晨的浓雾和微微醉意……要解释那些伤痕从何而来，也就不那么费思量了。

救他的老人是一名陶艺大师。有一天夜里，他被转盘的吱嘎声弄醒，摸黑走到工作间。大师转过头，所在的地方好像有一道亮光："想试试吗？"

就这样，他成了大师的弟子。

在转盘和陶土间他的悟性惊人，大师示范过一遍的手法，他很快能重复出来，不仅美丽，还有着自己的理解。疲劳更仿佛在他身上不存在，好像之前沉睡得太久，已经让他不需要多余的休息。

大师从来没有弟子，为这次破例收徒而欣喜。孤独的山居生活让两人更添亲近感，用情如父子形容这相识不满一年的两个人并不过分。只有一件事不尽如人意——他不愿学习烧造的技艺。把泥坯捏造成型就是他的全部，大师会把烧好的成品从炉膛里拿出来，等待冷却，指点他尚待改进之处，但对于中间的过程，他毫无兴趣知晓。大师也就由着他，满足于弟子只把一半工作做到登峰造极。

某天一位来访者光临，大师的作品承他慧眼识珠、多年推崇，才声誉日隆。来访者几乎和大师一样对艺术后继有人感到高兴。而对那只做烧的怪癖，他更产生了兴趣。抓住单独相处的机会，他询及此事的原因，语气亲切，让人不忍拒绝。弟子稍加犹豫就对他和盘托出：在他一鳞半爪恢复的记忆中，有一个片段是在火场，他穿着消防队的队服，但恐惧非常，面前呼救的孩子也不能唤醒他的勇气。

"后来怎么样了？"来访者问时已猜到答案。

"我看着孩子被火吞了。"

这就是他不能见火的原因，很充分，来访者心想。但才华被埋没怎么办？一个害怕火的陶艺师，能有什么前途？来访者没有放弃：大师是会死的，而新星正在眼前。必须有个人解开死结，鼓励他走出阴影。

来访者再次前来仅过了一个月，随行的有一个女孩，据称是他的孙女——如陶瓷般闪着含蓄光芒的姑娘，让初次见面的大师都不禁怦然心动，更不用说年轻的弟子，甚至已开始怀疑自己失去记忆之前曾认识她。姑娘对一件件作品兴趣盎然，尤其是那些弟子做的，当他们离开的时候，弟子已经暗下决心，等下次再见这姑娘，不那么唐突时，他要邀她和自己一同做一件作品。

这第三次来访居然间隔了一年，大师完全想不到这是来访者故意为之，而弟子则几乎被等待的焦急逼疯了，若非天赋过人，他很可能已丧失了手艺。连大师都看得出两位年轻人彼此欢喜，来访者恰到好处地与大师形影不离，让他们有更多单独相处之机。

来访者这次临别时，已经看到了一件古怪但有趣的泥坯，那是由年轻陶艺家的天才和可爱少女的慧心合作而成。

"为什么不把它烧好呢？"

这句事先教给"孙女"的台词，他亲耳听到了，并且相信已起到作用：陷入情网的年轻人得到了最好的鼓励。

几个月后来访者再次前来山中小屋，却只见大师一个人。在问及弟子去了哪里时，来访者发现对方似乎骤然苍老了十岁。

大师一句话也没有说，带着他前去陶窑。在那里来访者看到了一具陶像，与弟子的容貌一模一样，手里捏着那件合作作品，已与手融为一体。

此时，距离初当伯乐二十年之久，来访者才第一次知道，大师的技艺何等超凡入圣——"弟子"本就是一件作品，包括车祸的伤痕和消防员的记忆。不接触炉窑的怪癖，不过是对身为陶土的自己的保护。

来访者处心积虑的鼓励毁灭了它，也让它凝固成了永恒。

"孙女"领取了报酬就下山了，一件纪念品也没要。

梁衍军摘自《灰色童话》
万卷出版公司

....

【名师有话说】故事构思非常巧妙，全文悬念迭起，引人入胜。结尾出人意料，"弟子"竟然是大师的一件作品，他不愿学习烧造技艺的悬念随之而解。"孙女"拿着报酬下山了，大师的杰作被毁令人扼腕叹息，"来访者"处心积虑的鼓励弄巧成拙。这个故事告诉我们，尊重才是最好的爱。

江西省赣州市兴国县第五中学语文高级教师、
江西省作家协会会员 陈淑蓉

特别的温暖

@自得麒乐

临近春节的急诊，少不了各种团年酒生出来的事。暴饮暴食之后引起酒精过量、胆囊炎、胰腺炎、消化不良腹胀肠梗阻、肠道过度刺激腹泻以及酒后打架斗殴外伤，大手笔地改写了急诊就诊疾病谱。120出诊的一大任务，也变成了从医院附近立交桥的绿化带、公交车站等地，"捡"回来一个个被热心群众帮忙打120发现的醉酒的人，接诊的医生和护士往往经验充分地准备好"防护"措施，防止被吐一身。

而随着春节的脚步越来越近，

该喝的酒已经喝得差不多了，能回家的都陆陆续续回家了，急诊也慢慢安静下来了。

腊月二十九，我上夜班。

难得有个急诊，我可以躲在后面烤烤电热暖炉。

这时候值班室电话响起来，说来了一个腹痛待查的病人。

诊室里有些湿冷，50多岁的女病人和一个小女孩在诊室等着我，我打开诊室的烤炉，开始了解病情。

病人外地口音，说是在河南工作，因为在重庆读的大学，今年恰好是毕业 30 年，订好春节在重庆聚会，所以这个春节，就带着自己的侄女到重庆来玩。结果不知道是水土不服还是其他原因，这刚来第二天就进了医院。

因为疼痛的影响，患者多数时间都蜷在诊室的凳子上。进一步的检查需要患者交费，而唯一在身边的就是这个读三年级的小女孩。

反正病人少也没啥事，我让患者把钱给小女孩，我带着小女孩去收费处交费，借轮椅，推着病人做完所有检查，带着小女孩取报告。

最后诊断是阑尾炎。

说明病情之后，病人想先保守治疗看看，我于是把病人和小女孩交给了留察室的兄弟。半夜留察室打电话来，说患者病情缓解不明显，想住院手术了。

又去见了病人，再次查体和沟通，病人决定手术。

带着小女孩去办住院手续，然后让护工阿姨把病人送去住院部。

后半夜，竟平安无事。

大年初六，又是夜班。

随着春节假期临近结束，第二波各种团年酒"继发"的病人成了这段时间的主角，患者又开始多起来了。

病人多的时候，唯一能顾上看时间的点就是填一些需要精确时间的病历文书。等终于闲下来的时候，才发现手机里躺着一条等了很久的未读短信：

"您好，非常曲折才要到您的手机号。我是前几天河南那个病人，我已经接受了手术，目前已经康复出院，今日回河南了。非常感谢那天您所做的一切，您让新春佳节独在异乡受着病痛折磨的我，感受到了特别的温暖。祝您新年快乐，工作顺利！"

读这条短信的时候，我站在急诊门口。我前面是已经入梦的城，后面是仍然灯火通明的住院部大楼。

远方又一辆救护车闪烁着蓝红相间的灯光而来。

我知道还有很多同道，此刻和我一样，仍然忙碌在自己的岗位上。

他们给了我一分力量，因为从来都不是我一个人在战斗，有一群人，时刻准备着。

心香一瓣摘自《医生你好：协和八的温暖医学故事》人民卫生出版社

图：豆薇

找牙

@常新港

一

那天，城里落了一场罕见的雪。三年都没有这么大的雪了，让人看了都有说不出的兴奋。

上午第四节课是五班的体育课，大家都听见了老师动听的声音："大家自由活动！"几个男生在抢沾着雪的篮球，女生在跳绳和踢毽子。有两个男生已经在雪里滚成了雪人。只有一个叫老八的男生缩着肩膀在雪地里站着，不知道要干什么。他早就戴着超过八百度的近视眼镜，所以，同学们都叫他老八。体育老师朝篮球场上的一个人喊了句："乔丹次二郎！"

拥有这个仅次于乔丹的光荣绰号的男生回头问："老师叫我？"

体育老师说："别光你们几个打篮球，带上老八！"然后从口袋里掏出手机，给城市某一个角落的女朋友打电话。

乔丹次二郎说："老八，让你一起玩儿，你肯定绊我们脚；不让你玩儿，老师又下了命令。这样吧，咱们来个身体素质考核。你用两只手顺着篮球架子爬上去，然后抓住篮筐，再跳下来，这样你就成为我们的板凳队员了。"老八说："不是板凳队员，是上场的主力队员！"

几个男生乐了，都说"行行行"。可是，老八从这几个人的眼睛里看到了嘲弄。

二

老八走到篮球架子的下面仰头看了一下，开始朝上爬，身体悬在半空里，他的手成功地抓到铁篮筐，他的脸也挂到篮球网上了。乔丹次二郎敬佩地在下面喊道："老八，没想到你还真行！你下来吧！"

当时，几个人就看见老八从上面跳了下来。老八站起身时，他的手捂在嘴上。乔丹次二郎就问："你捂嘴干什么？"老八把手从嘴巴上拿开，大家就看见老八的嘴很怪异，比往常黑了许多。再一看，他的两颗门牙没了，刚才发黑的地方是黑洞。老八的脸惨白着，他觉得那两颗门牙离开他太早了点儿。

乔丹次二郎问："不疼吧？"老八就晃着头，表示没事。有人说："牙掉了，连血也没流？"

一说到血，乔丹次二郎就看见老八拼命朝嗓子眼儿里咽东西，任谁想看他的嘴，他就是不张开。有人就告诉了体育老师，说老八出事了，两颗大门牙掉了。

体育老师一听就急了，立即说道："快去牙科医院！"

大约十分钟后，五班班主任接到体育老师从医院打来的电话，让五班的同学马上寻找老八的牙齿。专家说在当天找到牙齿，可以给老八装上，比所有后配的牙齿都要好。

三

乔丹次二郎领着几个打篮球的男生在篮筐的下面找。但是，地上有雪，又被踩了很多的脚印，找起来并不容易。

五班又来了一些视力好的、不近视的同学绕着篮球场找，没找到。班主任觉得再这样找是不行的，牙是白的，雪也是白的，找起来很难，就命令大家把各班打扫卫生用的塑料桶取来，把篮球筐下面的雪装到桶里，拿到室内，让雪化了，找牙就方便了。于是，五班的教室里，长长的走廊里，都倒上了雪。好多男生和女生都用手在雪里扒拉。中午，大家都忘了吃饭，所有人都在找老八丢失的那两颗牙齿。

说来真是见鬼，到处都只流淌着雪水，就是不见老八的牙。

下午四点多钟，天就暗了。老八的爸爸闻讯开着车来了，急得他把车灯打亮，让两束车灯照着篮球场。乔丹次二郎就和几个人跪在车灯下，用手在雪地上找。

体育老师又打来电话，老八的爸爸沮丧地说："不行了，看来是找不到了，让医生想别的办法吧。"

体育老师说："专家一再地嘱咐让尽量找到那两颗牙齿，金的银的烤瓷的都不如原来的合适。"

老八的爸爸对着黑乎乎的操场喊道："上哪里找他原来的牙？天都黑了！"

乔丹次二郎仰着脸盯住篮筐说："老八的牙肯定是在他跳下来时，被篮筐的网挂住了，会不会还挂在上面？"说着，乔丹次二郎顺着老八爬行的线路，抓住了篮筐，果然看见了老八的牙齿。"只有一颗！"他喊道。有人在下面说："再仔细看看。"乔丹次二郎说："没有，只有一颗！"说着，他跳了下来。当他双脚落地时，觉得鞋底下有东西，用手一抠，就抠下了老八的另一颗牙来。

四

在晚上九点钟之前，老八的两颗牙都找到了。牙齿送到医院后，专家顺利地把牙齿种在了老八嘴里原来的地方。但是，专家说，要让它们长牢，还需要一段时间。

第二天，班主任和大家就看见老八依旧惨白着脸，嘴巴都不敢轻易地动一动。吃东西时，也只是用一根吸管，喝一点儿牛奶。走路时，大家都给老八让着路，怕撞着他。

下午时，班主任开了班会，连着讲了好几件事：学校规定，下雪天，操场上的雪没扫净，不让在上面活动，免得再掉了什么东西不好找；又念了老八爸爸写来的一封感谢信，感谢全班同学找牙，从上午找到了晚上；最后，班主任问大家，昨天的事情是怎么发生的，谁应该负责任。

几个打篮球的男生偷偷地看乔丹次二郎。乔丹次二郎就站了起来，说老八掉牙的责任由他承担，都是他引起的。

班主任见乔丹次二郎把责任揽了过去，就不想再说什么了。这个班会，班主任讲得也够多的了。但是，乔丹次二郎要说话。班主任问他："你还有话要说？"

乔丹次二郎说道："我想告诉大家，老八从掉牙到现在，他没哭过。"

同学们都一愣，再去看老八时，发现老八的脸上有了血色。

离萧天摘自《燃烧的太阳》中信出版集团

图：佐夫

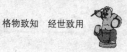

大侠的额定功率

@ 李开周

灵智上人烧水的功率相当于电热壶，张翠山上蹿的功率相当于电磁炉，韦一笑百米冲刺的功率相当于一辆跑车。那么是不是可以说，韦一笑的功率一定最大，灵智上人的功率一定最小呢？

为了分析这个问题，我们不妨再引入两个物理量：额定功率和最大功率。

跟功率一样，额定功率和最大功率的国际单位也是瓦。额定功率指的是一个设备在正常指标下可以长期稳定工作的最大功率，而最大功率则是这个设备在所有相关指标都达到最佳条件时有可能达到的极限功率。

武侠小说里描写高手出招，有时候会说他们使出了几成功力，如三成功力、五成功力、八成功力、十成功力甚至十二成功力，等等。这里的"功力"其实与物理世界的功率相当，我们可以将八到十成的功力看成是额定功率，将十成以上的功力看成是最大功率。

灵智上人用掌力烧水，气不长出，面不改色，尚未输出额定功率。韦一笑瞬息之间冲刺百米，那是他施展轻功的巅峰状态，差不多已经输出了额定功率。张翠山"右脚在山壁一撑，一借力又纵起两丈"，却是他在跟谢逊比武时做到的，一旦比输就要被杀，正如金庸原文中所写的："此时面临生死存亡的关头，如何敢有丝毫大意？"故此可以将他输出的功率视为最大功率。换句话说，他平常是没有这么"牛"的，这一回能上蹿两丈来高，下一回未必做得到。

汽车功率受限于发动机的各项参数，武林人物的功率也受限于他们各人的禀赋和内力。内力达不到，硬要以最大功率来击伤对手，自己也会反受其害。《倚天屠龙记》中"金毛狮王"谢逊和崆峒派高手的内功火候尚有不足，偏要去练威力巨大的七伤拳，久而久之，心脉受损，就是因为额定功率不够用，长期输出最大功率的缘故。张无忌曾经对崆峒派高手做过一些科普工作："七伤拳自是神妙精奥的绝技，我不是说七伤拳无用，而是说内功修为倘若不到，那便练之无用。若非内功练到气走诸穴、收发自如的境界，万万不可练这七伤拳。"但是崆峒派高手没学过物理学，听不进他的道理。

温瑞安小说《群龙之首》描写过有桥集团的总裁助理米苍穹以打狗棒偷袭天下第一高手关七的场面。

米苍穹以最大功率攻击了一次，就这么一次而已，他自己的鼻血就流出来了。打个不恰当的比方，米苍穹"乍然运聚了莫大的元气和内功"的这一招，从侧面证明了让发动机超负荷运转的危害有多大。

按照功率和功的计算公式，功率等于功除以做功时间，而功则等于作用力乘以位移，位移除以做功时间就是速度，所以功率等于作用力与速度的乘积。将这个推导出来的关系式放在汽车发动机的领域来表述，发动机功率等于汽车牵引力与行驶速度的乘积。

那么好，发动机的额定功率是固定的，只要想增大牵引力，那就要降低速度。所以我们平常开车爬陡坡或者长坡的时候，一定要及时把挡位降下来，降低发动机的转速，以此来提升汽车的动力。如若不然，发动机只能被迫超出额定功率运转，好比一个高手被迫将内力发挥到极限，最终会让自身受到伤害。

与温瑞安笔下的米苍穹相比，金庸笔下的张无忌更懂得运用物理定律。

《倚天屠龙记》第二十回，张无忌练成乾坤大挪移，走到一座原先无论如何用力都推不开的石门前面，用右手按在石门上，微微晃动，缓缓用力，那座石门被他缓缓打开了。

大家一定要注意"缓缓"这两个字。众所周知，乾坤大挪移只是教人"运劲用力的一项极巧妙法门"，并不能提升内力。所以呢，张无忌的额定功率没有增加，为了推开石门，他"缓缓"用力，说明他掌握了通过降低速度来提升牵引力的物理知识。

心香一瓣摘自《武侠物理》

化学工业出版社

武侠物理欢乐多，更多精彩扫码看！

我用百度搜了一下自己的病……

@ 毛利

我挂上了一个早上8点的专家号，6点多出发，到医院已经人山人海，到处都是求医问药的患者。

我的问题不是很大，背上有一颗黑痣，这几年好像变得有点大了。小陈刚看过一篇报道，是美国一名黑色素瘤患者记录自己走向死亡的最后几年。他翻出来给我看了看，一名年轻母亲，生完小孩后发现自己长了颗黑痣，没怎么注意。耽搁几年后，已经飞速发展成了恶疾。

恶性黑色素瘤是绝症，治不好。电影《非诚勿扰》里科普过，于是小陈端详了一会儿我的痣，越看越可疑，越看越严重。

你看你这颗痣突起了，边缘不规则，哇，还有点大！

我看了眼百度，吓得魂都没了，各方面条件都符合，怕只有三五年寿命可活。当下就让小陈赶紧挂上我市最著名皮肤科医院的号。

挂完号后一阵拔剑四顾心茫然，如果……万一——这可如何是好？两个孩子还这么小呢。想到后妈这一层，小陈让我赶紧睡吧，看了医生再说。

我哪里睡得着，差点想要连夜写起给小孩的一百封信，又多看了几眼百度，浑身冷汗直冒。

后来才知道，百度看病有两句名言，一句是，百度百度，癌症起步；另一句是，水一百度会开，人一百度会死。

到医院一看，倒也不是什么事都没有，医生笑眯眯地说，应该不算，不过还是切了好。

好，切。

她又笑眯眯地说，因为患者众多，门诊手术已经排到明年六月。

不急，是小病，那就无碍，当时立刻转了整形外科，没想到整形外科人也满要溢出来。

等再从医院出来，已经快中午，立刻快马加鞭，回家喂奶。

路上我一直在想，中年人好惨啊，尽为了这种小事白白浪费光阴。

要真是病，也就算了，我只是被百度吓得魂不附体，过来找专业医生寻求专家解读。

上一次受到惊吓，是有一次网上忽然有人重复跟我说，你脖子有点粗。

我第一反应并不是这个人说我不好看，脸大脖子粗，而是，啊，怎么回事，是不是得了什么大病？

这时候如果你搜索脖子粗是怎么回事？你将得到无数看起来十分中肯的猜测。

有医生告诉你，女性脖子如果 35 厘米以下，就算是正常的脖子，翻开另外一篇文章，它说 35 厘米的脖子是天鹅颈。总之，超过 35 厘米就是不太好的脖子，最好赶紧找医生看一下。

这就是神奇的网络。

急得我连夜在家翻箱倒柜找软尺，速速在脖子上围一圈。

还好，没过 35 厘米，是正常的脖子……

小陈前段时间一直觉得自己胃不太好，有一天晚上他惊恐地跟我说，我最近几天一直觉得自己有点恶心反胃，想吐的感觉。

我很惊慌，立刻帮他在网上查了查。

果然，查出来离胃癌只差一个确诊。

他急急忙忙给自己挂了一个 400 块的专家号。

同样是早上 6 点多从家里出发，折腾一整个上午，回来一副对专家不太满意的样子，说专家劈头盖脸告诉他，你生活习惯不好，西瓜吃得太多了！

小陈的 400 块，换回来专家医生一句肺腑之言：以后西瓜少吃点。

你说说，这谁能想到？

他其实比我谨慎，脚脖子扭了下，立刻安排上核磁共振，胸口很痛，又想去医院做系统检查，直到医生追问他，最近有没有经常往上举重物？

他刚想说没，又点点头说，有，经常举妹妹。

妹妹毛重24斤，活该他举到胸口发紧。

隔了几天，我去做切痣手术，一个小手术，打一针麻药，医生已经手脚麻利切上了。切完，他问我，要不要看一下？

我本想说，不用了，这有什么好看？

后来转念一想：不，我并没有看过自己切下来的痣，来都来了，我得看看。

那是一种很异样的感觉，扭头一看，发现医生拿着一把镊子，夹着一块粉红色的皮肤，上面有一个小黑点，哇，那就是我的痣，它被我一脚踢出了我的世界。

好奇妙的感受。

切完痣后，医生安慰我，放心了，这下就没问题啦。

他告诉我会拿标本去做一个病理化验。

如果化验出来结果不好呢？

那就在切的皮肤旁边再切一块，拿去化验，一直到化验出好的结果。不过你这个肯定没问题，99%是良性的。

我已经拿着那个1%的可能畅想起来，走出手术室时，畅想到了医生一块接一块切着背上的皮肤，堪比人皮客栈……

经过这件事，我再次感受到了人到中年到底有多惨。你开始慢慢接受自己的肌体出现各种各样的小毛病，在恐吓和惊吓中，学会逐渐和身体和平共处。

我看到小陈对着家里新买的西瓜，犹豫万分无法下手："怎么办，医生说我不能多吃，我切一块出来怎么样？"

果然，那些纵情人间的欢乐，都是有限的。

我们开始怀揣着无限的谨慎，去拥抱生活。

多嘴一句，有什么不对，谨记六个字：少上网，去医院。

慕吉摘自微信公众号和毛利午餐

图：小黑孩

身体不舒服，少上网，去医院。
扫码看更多奇奇怪怪的小毛病。

向你的梦想鞠躬

@ 刘继荣

从钢琴到口琴

我曾在暑期吉他班里，替朋友客串半个月的老师。点名的时候，竟有个拘谨的中年女人答到。我吃了一惊，按她的年龄和衣着，应该出现在小区的秧歌队或者公园的健身操行列才对。可是，她却怀抱着吉他，坐在一群青春飞扬的少年中间。

少年们纤柔的手指如得宠的精灵，弹拨扫按，轻松洒脱，很快就会弹简单的曲子了。而她的手枯瘦粗糙，显得极为僵硬。一个星期过去了，她还在笨拙地练习爬格子。

起先，我还担心会有同学笑话她，可大家看上去都特别尊重她，包括那些学生的家长，对她也很客气，我不禁有些诧异。在课程将要结束的时候，我终于从学生口中知道了她的故事。

5岁那年，她爱上了小朋友家的钢琴，乖巧的孩子大哭大闹起来。家境虽清寒，可她也是父母的豌豆公主。父亲答应，15岁时一定送她一架钢琴。她总怕父母会忘记，于是，每个生日都撒着娇，要他们承诺了再承诺。可真的快到15岁了，她却终于明白，父母肩上的担子太沉了，老老小小一大家人，都靠他们的肩膀撑着呢。

15岁那天，点燃蜡烛后，父亲与母亲对视着，有些欲言又止的尴尬。懂事的她掏出一把口琴，笑着吹起了《生日快乐》。弟妹们抢着吃蛋糕，简陋的屋子里，满是笑声。她握着口琴，感觉这就是自己的钢琴，只不过变小了，很乖地贴在掌心。

初中毕业后，她在一家火锅城做了服务员。天天忙到深夜，腿和脚都肿了，头发里全是火锅的味道。可想到自己能减轻父母的负担了，还能慢慢攒起买钢琴的钱，她的心便成了琴键，叮叮咚咚地响起些小小的快乐。

从口琴到吉他

婚后，丈夫深爱善解人意的她，也为她的梦想动容。他轻轻对她说："相信我，再过三年，我们一定会有钢琴的。"她摇摇头："不，我们还是先买车吧。"丈夫是开出租的，一直梦想能有辆自己的车。

丈夫为她买了许多钢琴磁带，只要走进小小的家，就会有她爱的音乐。她在音乐里做家务，在音乐里给丈夫发短信，嘱他开车要小心。连小小的儿子，听见钢琴曲也会手舞足蹈。看着陶醉的儿子，她的心有一种幸福的痛惜。她辞去了服务员的工作，去一个菜市场，专门给人杀鸡剖鱼。工作虽苦，可挣得也比从前多。

菜市场里，流行歌曲唱得热热闹闹。她的耳朵，捕捉着各种伴奏的乐器声。每一样都是好的，若遇见钢琴声，就像遇见老朋友一般，脸上会浮出笑容。心里有幸福的人，才会有那样会心的微笑。

儿子上小学了，就在他们喜气洋洋去选钢琴时，老家的舅舅打来了电话，说他的小女儿得了腿病，没钱做手术。全家一致同意，将两代人的梦想，移植到那个16岁的女孩腿上。那个花季少女，也应该有许多水晶般的梦想吧。

这时候，两家的老人也渐渐成了医院的常客。他们夫妻都是家中的老大，照顾老人，帮助弟妹，所有的担子一股脑地压过来，日子一直过得忙忙碌碌。不知不觉间，儿子已上了高中，那是个争气的孩子，每学期都拿一等奖学金。

可是，她的手开始莫名其妙地痛。拖了很久才做检查，诊断是类风湿性关节炎，指关节已经僵硬变形。吃药、理疗，效果都不太明显，每天早晨都痛到痉挛。

儿子用奖学金替她买了一把吉他，他说："妈，你先试试这个，活动活动手指，等以后，我给你买钢琴。"

丈夫为她报了这个暑期班，于是，她抱着吉他来了。她笑呵呵地说："从口琴到吉他，我离钢琴又近了一步。"

从生硬艰涩到柔和动人

我转头凝视着我的学生——她正在专注地弹练习曲，每个音符都弹得很认真。

结业的那天早晨，她也上台表演。尽管她平时练得很熟了，可此时那些调皮的音符，显然不想听命于那双痉挛的手。一首简单的曲子，她弹得艰难无比，额上的汗都微微沁出。我心里默默地想：她的手，一定很痛吧。

同学们在台下轻轻为她伴唱：你已归来，我忧愁全消散，让我忘记，你已漂泊多年，让我深信，你爱我像从前，多年以前，多年以前……我怔住了，我从未听过这样动人的合唱。

生硬艰涩的弹奏，渐渐变得柔和动人。我端详着这个42岁的学生：她的唇微抿，面容安静如水，眼睛里有淡淡的光辉。这是我所见过的，最执着地爱着音乐的人，一个值得尊敬的人。

一曲终了，所有的少年都自动起立，并长时间热烈地鼓掌，大家轮流上前拥抱她，像拥抱自己的母亲。我也静静地站起来，向这位大我19岁的学生，深深地鞠了一躬。

她是个普通人，既懂得抗争，又懂得妥协，她享受音乐带来的快乐，却从不回避生活的责任。她乐观地活着，什么都不抱怨，她活出了独立的生命个体特有的精彩。

夕梦若林摘自《和你一起，我不怕老去》北京日报出版社

图：点点

勇气

勇气等三则

@兔天乐

面膜

阁下是?

我是面膜。

我能滋润主人的皮肤 锁住主人的年龄。

我觉得你锁不住。

……

战斗到最后

只剩下我们了……

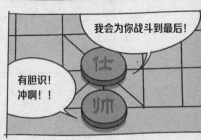

我会为你战斗到最后!

有胆识! 冲啊!!

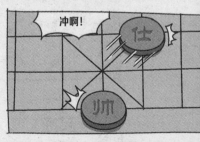

冲啊!

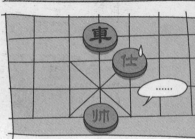

……

摘自微信公众号兔天乐

　　就是爱历史(一月篇)19.1981年1月16日,我国第一座原子反应堆改建成功。

我奶这辈子

@张 凯

　　我爷我奶，经媒人撮合，按当地风俗，拜堂成亲。回门的路上，两人大吵一架，谁知这一吵就是六十多年。

　　每次吵架，我爷声震天地，歇斯底里，有时还想动粗。我奶呢？任凭我爷发火，总是对劝架的邻居笑笑："他脾气臭，发发火，就没事了。"

　　村里人背地里说我爷不配我奶。我爷除下河逮鱼摸虾外，其他一无是处。倒是上帝钟情我奶，似乎把女人的优点全都给了她，就是随意一笑，都不知有多少男人倾心。

　　我爹我姑，都很争气，有出息。那年冬天，我姑对我奶说："娘，我忙里忙外，没时间带金铃，想叫你过去带带金铃，好吗？"我奶一听，笑得合不拢嘴："闺女哎，我正想外孙呢。"我姑就从我爷身边把我奶接到了上海。

　　也是那年冬天，我爹对我爷说："爸，洪伟可想爷爷了。我一天到晚瞎忙，家里没人看门，不放心。我娘到我妹家，您在家里

一个人，不如跟我去北京，也能好好孝顺您。"我爷想想也是。

　　"老头子哎，我这哪叫带外孙啊。"我奶抱着电话说，"你看看，你看看，我来都来了，还要找保姆带金铃，就是有钱烧的。还别说，闺女女婿真是孝顺，给我穿得像大闺女，老带我满上海溜达，吃这喝那，高楼都快把眼晃荡瞎了，真没白疼这闺女。"

　　"哎呀，他娘，知道不？儿子媳妇呐，别提有多疼俺喽。"我爷也抱着电话笑呵呵地说，"嘿嘿，那贼孩子，光叫我吃好的穿好的，这还不算，花钱叫我学二胡，唱京剧，陪我到巷子里瞎转悠。你说有什么好转的？说是我一个老头子在家孤独，都过了大半辈子了，还怕什么孤独，真是的，也不知道省俩钱。"

　　我奶听我爷像孩子似的，说天安门升国旗，说故宫，说金銮殿。我奶就在电话那头哈哈大笑，说我爷真是老土。我爷听我奶年轻十岁的笑声，就嘿嘿嘿嘿地听我奶说许多丢人的事，说淮源的贞节牌坊白立了，还听我奶说到一个破山洞，举旗子的小伙子非说成是鲤鱼嘴，年纪轻轻的真会瞎编。

转眼半年过去了。我爷打电话对我奶说："这些天老上火，走路腿脚不好使，也睡不好觉，心里像长了茅草。"

我爹看我爷瘦一圈，心里着急，请假带我爷到京城几家大医院检查，钱花了不少，药吃了一堆，就是不见好。

我奶也对我爷说："我丢头就做梦，吃饭饭不香，连个屁也不放了，一脚踩不死蚂蚁，掉了魂儿一样。"

我姑看到我奶没精打采，走路没劲，病恹恹的样子，心里不踏实，就带我奶去医院检查，结果什么病也没查出来。花了钱，我奶心疼得牙根儿酸。

我爷听到我奶说话软绵绵的，知道她是病了，就冲着电话发火："你是怎么弄的，黄土都埋到哪里了，还不知道？整天跟小孩子一样，就不让人省心，都照顾不好自己，能带好外孙吗？要是还那样，你死在上海我也不给你收尸！"

我姑看到我奶拿着话筒不说话，耷拉着脸，知道我爷又吼她了，夺过电话冲我爷说："我娘有病，你不安慰就算了，还吼她，到底咋想的？"

我奶看我姑发火了，就喃喃地对我姑说："闺女，你爹就那脾气，他心里急呢，别和他一样。"

有一天，我姑问我奶说："娘，能对我讲，你到底想啥呢？"

我奶想都没想就说："我就想你爹！"

我爹知道我爷深更半夜睡不着，拿他没有办法，就问我爷："爸，你说你，天天不睡觉，到底想什么呀？"

我爷把手里的《西游记》一扔，骂道："臭小子，老子想你娘！不能吗？"

我爷骂得我爹心里"咯噔"一下，终于明白，我爷我奶怕我爹我姑笑话，才忍着彼此的思念和牵挂，无声无息地待在相隔几千里的北京和上海。

我爹和我姑商量，决定把我爷我奶送回淮源。

刚回到淮源，我爷就打赤脚下地干活儿，晚上回到家，看到我奶忙得像小钻，一进门，就扯着粗大的嗓门儿发火："你看你，就是命贱，一点儿都闲不住！"

我奶听了，没觉得一点儿受屈，反而笑呵呵地说："就你命金贵，就你能闲得住，不要跑去榜地啊。还有脸说我呢？真是的。"

心香一瓣摘自《红豆》

我娘这辈子

@张 凯

　　我爹我娘，相识在朋友的婚礼上。那时结婚都简单化，新郎新娘的行李搬到一起，再把各自的朋友请来，发发喜糖、抽抽香烟，就是一家子人了。

　　我娘漂亮，有风韵，有内涵，追她的小伙子一拨接一拨，我娘就没看上一个。我爹是乡下人，木讷，老实，言语金贵。老大不小了，媒人说过几个姑娘，见面时，我爹头一低只搓手，硬是说不出话来，结果都一样，人家姑娘看不上。

　　朋友的婚礼刚结束，我爹壮了壮胆，走到我娘跟前说：明天中午，我请你到淮滨饭店吃饭，好吗？我娘看着木讷且红着脸的我爹，很是吃惊。出于礼貌，我娘还是答应了我爹。

　　第二天中午，我娘如约来到淮滨饭店，这时我爹已找好位子坐下等我娘。我爹我娘对面坐着，没啥话说。我爹头微低，眼皮上翻，木讷讷地瞅我娘。我娘被他瞅得心里发毛。我爹我娘间的气氛十分尴尬。我娘一心只想尽快结束，马上回家。就在我娘要开口说回家的当口，女服务员端来两碗白开水说：请二位喝碗茶。我爹突然说：服务员同志，我喝白开水习惯和辣椒面，麻烦你把辣椒面拿来。

　　喝白开水和辣椒面，我娘愣了，服务员"啊"的一声也愣在那。

我娘和服务员的目光都集中到我爹身上。我爹不知所措，尽量把头往怀里藏。

服务员把辣椒面拿来，我爹把辣椒面放到碗里，用筷子搅和搅和，就大口大口地喝。

我娘特别好奇，问我爹：你喝白开水，和辣椒面干啥？我爹沉默了很久，一字一顿地说：农村人，家里很穷，喝凉水和辣椒面好喝。现在我都几年没回家了，喝白开水和辣椒面，就当是我想家吧。

我娘听了，浑身起鸡皮疙瘩，头发直往上竖，两眼发酸，但心被实实在在地打动了。我娘暗想，打记事起，她第一次听到一个大男人说想家，我娘就认定，知道想家的男人是顾家的男人，顾家的男人就是好男人，好男人都是可靠的男人，可靠的男人就能跟过他一辈子。我娘忽然就想和我爹多说几句话。最后，我娘没有拒绝我爹送她回家。

后来，我爹我娘频繁约会。他们再到饭店吃饭，每次我娘都对服务员说：请拿些辣椒面来好吗？我的朋友喝茶喜欢加辣椒面。我娘渐渐感到我爹实际上真是好男人。我爹的大度、细心、体贴，

是我娘认为好男人的标准。我娘暗自庆幸，幸亏当时出于礼貌没拒绝，才没有和我爹擦肩而过。再后来，我娘我爹结婚了，从此过着四十多年没有硝烟的幸福生活。我爹也喝了四十多年和辣椒面的白开水，直到我爹得了那场病。

一天，我娘在箱底发现了一封信，信封上写着：家里的亲启。我娘流着泪拆开信，信的内容，让她吃惊，让她痛不欲生。

家里的：

我就要走了，但你要原谅我欺骗了你四十八年。

家里的，还记得我第一次请你吃饭吗？当时尴尬透了，也不知道是怎么想的，我竟对服务员说拿辣椒面来。说都说了，只好将错就错，硬着头皮喝。没想到你竟好奇，你这一好奇，我竟喝了四十八年和辣椒面的白开水。知道吗？喝和辣椒面的白开水，咽的时候辣得嗓子疼，喝到肚子辣得胃难受，屙屎辣得屁眼疼，好在都习惯了。

家里的，你知道不？每次你把和了辣椒面的白开水端给我，我都想告诉你，我再也不喝了。可还是忍住了，我那是怕你生气

呀，更怕你会离开我啊！现在我什么都不怕了，我知道活不多长时间就会死喽。

家里的，人死后，生前所做的错事，哪怕是欺骗，总会被活着的人原谅的，对不对？

家里的，我这辈子能和你做夫妻，是我祖上修来的德，是我一生最大的幸福。如果有来生，我还要娶你做我的老婆，只是我再也不喝和辣椒面的白开水了。

家里的，我走后，你多保重，但别忘了，每天还给我弄一碗和辣椒面的白开水。

信让我娘感到非常吃惊，也让我娘感到被欺骗四十八年的滋味。其实，我娘多么高兴，我爹为她竟能做出一生一世善意的欺骗……

摘自《红豆》 图：陈明贵

【作者寄语】一篇好的小说，难忘的是故事里的酒，回味的是酒里的故事；一瓶好酒，难得的是酒里有故事，品鉴的是故事里的酒。

【作者简介】张凯，毕业于山东师范大学作家研究生班。作品曾被《小说选刊》《散文海外版》《散文选刊》《诗选刊》等转载；小说《酥皮糖糕》《牛跪》《赌王》曾入选《大学语文》。

电子邮箱

编辑部　wenzhaiban@126.com
蔡美凤　836361585@qq.com
胡　捷　gxy1987@foxmail.com
吴　艳　976248344@qq.com
杨怡君　499081339@qq.com

微型小说
佳作赏读

扫码进入中国微型小说学会微信公众号，更多精彩微型小说等您发现。

两个令人羡慕的故事

@刘 玲

何为爱情，何为婚姻，有无模式可循？在当下离婚率如此之高，爱情又难以长久的情况下，很多人希望从别人甜蜜的生活中寻找可供借鉴的方式。感情这东西，犹如叶子与叶子，无两片相同。爱情与婚姻的经营方式无法复制无法模仿，适合自己的而在学理上又讲不通的但局里人又很幸福的，才是独特的"这一个"。而"这一个"很可能是很粗糙的、粗粝的，非光亮的明星式的。这两则微型小说，都很粗糙，乃至粗粝，却令人羡慕——《我奶》，甚至震撼——《我娘》。

从结构上看，婚姻应该是闭环式的，是两个人形成的磨合品。《我奶》揭示了当下社会的一个重要问题，即老年人的情感空巢问题。老年人不是说鳏寡孤独了才会出现情感空巢，两人健在而人为分开也会情感空巢。

我爷和我奶分别被我爹我姑好心带入大城市，从物质到精神无不照顾得周全。但他们不知道的是，两地分居竟然使两位老人害起了相思。这相思不是病，却胜似病，必得重新聚合才能自愈。从深层结构看，好的夫妻感情如榫卯一般无须钉子等外在物体，就能形成一座紧紧咬合在一起的鼓楼，而如何咬合只有两人才懂。我爷的臭脾气，我奶的柔软，互相嵌合，牢牢抱团。

《我奶》采用平行叙事，我爷我奶，同一时间不同空间，以双视窗的方式展现各自的生活画面，如电视剧镜头一样，动态感很强。全文线索为合—分—合。后面的"合"看似重新回到前面的"合"，但这"合"已不是那"合"，这个"合"更加熨帖与牢靠，生活在继续……我爷居然懂得自觉下地干活了。

我爹和我娘的认识是一个炸点。一个老实巴交的人表面看来如白开水，啥也没有，但他的力度却比表面咋咋呼呼的人更强烈，一如辣子面。我爹对娘的爱入心、透心、入髓，有韧性，有忍性，持久，且受虐。但这自虐的方式如钻井，钻得深、透，独一无二。

"我娘就认定，知道想家的男人是顾家的男人，顾家的男人就是好男人，好男人都是可靠的男人，可靠的男人就能跟他过一辈子。我娘忽然就想和我爹多说几句话。最后，我娘没有拒绝我爹送她回家。"

我娘的逻辑密不透风，这密不透风用四十八年得到了验证。

这是一种经纬交织的情感织品，又是两个人形成的密闭的空间结构。长情陪伴以如此受虐的方式持续到了爹生命的最后一刻。

两则微型小说，是祖、父两代人的故事，有两个视角，一个是作者视角，一个是奶、娘两位视角。女性视角多少显示了作者的女性意识，女性意识并不专属女性作家。女性意识是大地意识，是稳妥的根基。女性若水，包容万物。女性视角第一眼就给人以亲和感、柔顺感和温暖感，让人心里放松。

作者系文学博士，南宁师范大学文学院副教授。

东极第一哨

@秦杨晓暖

落日的余晖穿过江水，映照在人的脸庞上，红彤彤、暖洋洋的。

陈进又开始看着哨所的远方发呆了，他最近一段时间都一副魂不守舍、心事重重的样子。

"陈进！陈进！"

战友连喊了两声，他才反应过来。

陈进是一名边防战士，他所在的部队驻扎在祖国东极黑瞎子岛。

东极哨所是中国最早迎接太阳升起的地方。陈进来这里当兵好几年了，眼看快到了他要退伍的时间。

这一天，陈进突然找到连长说他想要站一班岗——末二班岗，即倒数第二班岗。

站岗执勤，对于当兵的人来说是很平常的事，是每个当兵的人都一定要做的一件事。不过站末二班岗却是让战士们都有些"怕"。末二班岗站岗时间为凌晨两点至四点，站末二班岗意味着这一晚基本就不用再睡觉了，因为你要提前半小时起来准备站岗，你一点多起来四点多回去，再收拾收拾就该起床训练了，那也不用再睡觉了，白天该怎么训练还得怎么训练，所以说站末二班岗是最辛苦的。

可是，陈进突然提出要站这个末二班岗，这很奇怪。

其实连长和战友们早已发现了他的异常，他还有几个月就要退伍了，平日里他工作积极主动，表现得都非常好，这段时间却突然变得沉默起来，精神状态也不太好，总是走神，也不知道他到底在想什么。他每天一个人总望着哨所的远方发呆，神情严肃。

每年老兵退伍期间就是严抓安全的时候，大家担心他是不是有什么别的不好的想法？毕竟前面就是乌苏里江。于是连长每天派人暗地里观察他，以防他出什么事。其实战友们和他聊天吧，也没发现有什么不对头的地方，他似乎一切都很正常，只是没有了精气神儿，连吃饭都心不在焉，甚至连他平时常做的锅包肉和猪肉炖粉条都感觉不香了。

连长看着面前这个站得笔直、一脸坚持的兵，想了想答应了他的要求。

为啥陈进要提出来站岗呢？因为他在炊事班，要起早做饭，所以他站岗甚少，至今总共也没站过几次岗。

夜岗站岗开始时间是十点，陈进要求站末二班岗，而且他还想一个人站岗，哪怕只有三分钟时间都行。

正常站岗必须得两人同组，一个人站岗存在着风险。

一个人站岗三分钟？他这是有什么预谋吗？这里是边境，这三分钟时间他完全可以跑出境去。难道他是想出国？但是根据最近这段时间对他的暗中调查，并没有发现他有任何问题啊。他真诚本分，每天的工作也勤勤恳恳的。

没有发现问题，但他这个言行举止却十分怪异。连长心想：先满足他这个愿望，或许满足他这个愿望，能缓解他的焦虑症状，虽然搞不清楚他到底是怎么了。

于是连长就答应安排他站这个末二班岗。虽然答应了他的要求，但连长会派一个战士在暗中盯着他，监控器也对准了他（岗哨处都是监控覆盖的地方），以免出现任何突发状况。

夏至日的凌晨两点，陈进准时上岗了，开始站末二班岗。是的，陈进还要求一定要在"夏至"这一天来站这个末二班岗。他连着两个月都表现得非常好，就为了这一天能站这一班岗。

当天，陈进早早地就起床了，甚至可以说他一整晚几乎都没睡，他一点多就从床上坐起来了，迅速穿好衣服带好装备，背着枪，就等着换岗。他今天还特意穿了一套新军装，鞋也擦得锃亮。炊事班班长在他旁侧假装睡着，其实也是在暗中观察他。时间到点了，陈进又整理了一下军容，深吸了一口气，挺直了腰杆就去上岗了。他让排班一起站岗的另一位战士先等他一会儿，给他三分钟独立站岗的时间（这位战士事先已接到通知）。他就一个人去站末二班岗了。

班长一直都在暗中观察他，看他在哨岗上到底要干什么，甚至枪都架好对准了他，以防他做出什么不好的行为。如果真的叛逃，举枪的人会直接开枪打断他的腿，这是铁的纪律和原则。

夏至这一天，是东方第一哨及东极第一照照进大地的时间，在夏至这一天2：15出太阳，陈进站岗的时间正好是2:15。此时，一轮火红的朝阳从江面冉冉升起，东极清晨的太阳，像牛车的轱辘那么大，像熔化的铁水一样艳红，带着喷薄四射的光芒，坐在东方的岭脊上，用手撩开了轻纱似的薄雾，给执勤战士披上了一道绚丽的朝晖。陈进用这三分钟时间一直对着祖国东方的这一缕阳光，敬了一个礼，一个非常标准的军礼。阳光普照在他的脸上，他的神情庄严肃穆！

这一帧画面永久地印在了陈进的心底，也印在了战士们的心里。

下了岗后，连长找陈进谈话，问他为什么要站这个末二班岗？

陈进笑了，一脸满足地说：我的家人、朋友都知道我在东方第一哨站岗，都知道我们迎接的是祖国的第一缕阳光。可能对于其他部队的战士们来说最难受的是末二班岗，但是对于东极哨所的士兵来说：我们最自豪的就是谁能站上这末二班岗，谁能站上东极夏至日的末二班岗。一年之中太阳照进祖国大地最早的时刻——夏至这一天的凌晨两点。这就是我的一个心愿，以后我退伍了，无论回到哪个地方，我都能告诉别人：曾经有一天，我在东极的第一哨，将第一缕阳光迎进了祖国。

陈进说这句话的时候，神情骄傲且自豪。

心香一瓣摘自《北京文学》 图：杨宏富

"红色故事"专栏长期征稿，欢迎投寄反映中华民族恢宏历史进程中，每个时代节点动人的历史瞬间、典型人物、难忘故事。投稿邮箱 wenzhaiban@126.com，投稿时请标注"红色故事"字样。

六月里的烫伤

事情要从六月说起，年近九旬的姥姥小腿烫伤，十天过去了，伤口仍然触目惊心。

十多天前，上一任看护者三姨任期圆满结束。临走之前，她在行李里摸到了一片暖宝宝，将其留给了姥姥："这个贴上很热，我也经常用，留着给你用吧。"

东北六月天，老年人们还在畏寒瑟缩。姥姥感觉右腿到胯骨一条线都不舒服，凉飕飕又抽筋。"对了，闺女还给我留了一片暖宝宝呢！正好贴腿上。"

姥姥找出那片暖宝宝，撕下背胶，喜滋滋地贴在了小腿肚子上。她不识字，连这东西大名都不认得，更别提背面那些密密麻麻的"警示"小字了。她迷迷糊糊看着电视，腿上确实"如她所愿"，温度越来越高……

两小时后，皮肤滚烫，姥姥觉得难以忍受，把暖宝宝撕了下来，又舍不得扔，思来想去，她又把它贴在了小腿正面。这时的姥姥不知道，自己的腿肚子被生烫了两个小时，肉已经"熟"了……

直到看见皮肤起了大片血泡，姥姥才意识到自己受伤了。

慌乱之中的姥姥打电话喊来了我的表姐。烫伤这种事，不论大小，大家总归碰见过。表姐想当然地下楼去买了烫伤膏，给老人家的伤口敷上。

然而，伤口不见好。

一片贻害无穷的暖宝宝

@邓　彪

第二天，我妈正好来姥姥家，得知了她的伤情，依照很多上一辈人的观念，烫伤的水泡要挑开、挤出脓水，才会好转。于是我妈用消毒后的缝衣针给姥姥挑了泡，用碘伏消毒，再用纱布包扎上。

然而，伤口依然不见好。

第三天二姨来了，带来了新意见，要用清水清洗伤口，再涂抹烫伤药。

然而，伤口周围越来越红肿，已经扩散到最初的三四倍大。同时，两处烫伤都开始出现黑色的痂，深深凹陷下去。按照家人以往的烫伤经验，伤口结痂是好事，代表快要痊愈了，接下来的重点应该是"帮伤口去肿消炎"。

终于去了医院

表哥表姐带姥姥去了市医院烧伤科。姥姥自己的预期是：吃药治疗就可以了，严重一点也就是打点滴，剩下的靠自身修复功能总会解决。

然而医生看过伤口后，给出的结论让阴霾重回大家头顶。医生说，被烫伤的肉大片坏死，情况很不理想，抗感染治疗（消炎）之后必须手术清创——轻则直接缝合，重则自体植皮。可是，家人考虑姥姥年龄大了，都很怕手术，医生的一番告诫反而变成了一股让家人们回归保守的推力。

面临艰难决策时，人们常会不依照实际，而依照自身的愿望——我们希望，伤口只需要"消炎"就好；我们更希望，医生只是在夸大其词。

于是给姥姥治伤的讨论陷入僵局，大家的思路都在"消炎药"上面打转。

去药店买药，家人向店员描述后得到一阵安抚——结痂就是好的，很快就会恢复了。

我爹出差回家，也忍不住讲起他遇见的神医家族，以及他们"五百万不卖"的祖传偏方，声情并茂。"一涂就好"，五十岁的人讲起了童话。

为了"集思广益"，我们又带姥姥去了离家更近的区级医院，实际原因是曾在这里得到过满意的保守治疗。结果无功而返，刚走到服务台护士便告知，这家医院等级不够，并没有烧伤科。

这时，刚到家的我得知了姥姥烫伤的消息，多亏我的事儿妈性格，从不对任何病痛掉以轻心。我打开网络资料，义正词严，现学现卖："姥姥这样很明显是Ⅲ度烧伤了，更严重就是殡仪馆见。"

经过我一番恐吓，众人都下定了做手术的决心，转过来联手哄老太太："咱们再去一次医院，听医生怎么说。万一吃点药就好呢？"

烧伤科最小规模手术

再访烧伤科，医生显然还记得这位老太太，面对我们有点生气。

还是上次的结论：先抗感染，再手术，且这次除了植皮，还提到了做皮瓣的可能。

"我知道你们在想啥。这里是正规医院，不是那些讹钱的小诊所。老太太都快九十岁了，才没人上赶着做手术呢。"

也是看出大家担心手术效果，医生又往回找补了一点："别看听着吓人，这是烧伤科最小的手术了。上次来个小伙子，过年烫伤，初五就出院了。"

也多亏这次详谈，医生为我们纠正了错误观念：姥姥腿上的黑痂不是代表愈合的嘎巴（痂），而是烧伤的焦痂，区别主要在于她的黑痂是内凹而不是外凸的。她焦痂下面的肉已经坏死，且越坏越深，必须手术切割掉。

手术日程定下来，我们回到病房，把医生的话一点点翻译给姥姥听——重点在帮她建立信心。

医生还安排了治疗仪照射伤腿。三天下来，红肿成萝卜的伤处开始收缩。医生又查看了一次伤口，说恢复得很理想，很可能不需要植皮了。

手术当天，半麻针从姥姥后腰推进去，两小时后手术结束，小腿凹陷下去，原本的伤处留下了几道蜈蚣形缝线。医生给家属们看了那条坏死肉，约 2×5 厘米大小，静静躺在盘子里。

姥姥说，整场手术最疼的是麻药那一针，粗针头硬生生扎进腰里。

手术至今两个月了，对于姥姥来说，行走仍是项艰巨的任务。少了一块肉的右腿很难受力，姥姥拐杖不离手，也没办法散步了。她早年还登顶过本地一座高峰，现在下楼遛弯只能在花坛边坐一会儿。

好在，她腿上的伤口终于结痂留疤，尽管恢复得远比预期缓慢，总算一切向好。

经此一役，家人都得到了一轮新的成长。

心香一瓣摘自微信公众号果壳病人

图：恒兰

55 岁确诊 @Ashley
阿尔茨海默病的爸爸和
他失踪的 72 小时

2017 年 10 月 31 日，美国洛杉矶，晚上 11 点。我收到一条寻人启事，是爸爸的名字和照片，说他已经走失了一天一夜，希望好心人提供线索和信息。16 个小时之后回到家，一向坚强淡定的妈妈，在看到我的那刻砸下眼泪。

48 小时了，爸爸还是没找到。

他被困在自己的身体里

上大学前，我们一家三口过着简单安稳的日子。职业是警察的爸爸不怎么用言语表达爱，但他一直在默默守护照料这个家。我记得高三的某个冬天放学回家，爸爸煮了羊肉粉丝煲，在餐桌的暖黄灯光下缓缓上升的蒸汽，是一个记忆里代表着完整的"家"的画面。

上大学以后，我和爸妈的交流开始变少。大二的时候，妈妈曾和我提起，爸爸开始有点丢三落四，譬如不记得钥匙放在哪里，开车也会找不到自己曾经很熟悉的路。我们归因于年纪大了。大二暑假，在出国留学前，我教他用微信、玩保卫萝卜，但他几乎都学不会。而出国以后，我开始忙着探索精彩广阔的世界，渐渐不太关心家里的情况了。到了大三的暑假，妈妈因为药物中毒住院时，爸爸变得六神无主，很多缴费配药的手续都搞不清楚，许多时候前言不搭后语——已经不是"记性差"那么简单了。

在我和妈妈的反复要求和施压之下，过了大半年，爸爸终于同意去看病，并确诊了阿尔茨海默病。那时他才 55 岁。

爸爸的自尊心很强，确诊了之后，他不愿意接受事实，也不愿意按时吃药。而妈妈和我，总是督促爸爸做各种思维训练，想要延缓疾病的恶化，但他不断反抗、拖延。曾经安稳幸福的小家，开始无时无刻不被阴影笼罩。

作为一个独生子女，我从小被惯着长大，从来没有思考过自己和爸爸的关系，觉得他理所当然是我的靠山，是我可以依赖的人。所以就算他确诊了，我也并没把他真正当作"病人"来对待，更多像是一个需要被解决的问题。

但是，当我第一次看到爸爸颤抖的嘴唇，看到他疯狂敲打自己的头，看到他在我面前流眼泪，我才慢慢开始体会到他的害怕，他的痛苦，他被困在自己身体里的那种绝望和无助。

没人知道这三天发生了什么

去派出所的时候，警察说因为我们小区门口的监控探头坏了，所以他们无法追踪到爸爸的行踪。AI 人脸识别的技术也只会用在重大罪犯身上，而因为"老年痴呆"（我还是很不喜欢用"痴呆"这个污名化的表述）走失的人太多了，没办法用。警察说，你是他女儿吧？去医院抽个血，方便之后认尸比对。

从派出所回来的路上，妈妈突然接到一个电话，是隔壁区的一个街道派出所打来的。他们昨天凌晨找到了倒在地上的爸爸，把他带回派出所了。

家里人立刻赶到那个派出所，爸爸在看到我们的那一刻，像小孩子一样放声大哭。

失踪 72 小时之后，爸爸终于被找到了，但他的外套穿反了，指甲缝里都是泥土。他止不住地流眼泪，给他的蛋糕和巧克力，他狼吞虎咽地吃下去了，但他说自己的胃很痛很难受。我们猜他这三天完全没有吃东西，而他是一个外形看起来身强力壮的中年人，也肯定不会有任何人帮助他。

从派出所回家的车上，他整个人像个受伤的小动物。第二天带他出去散步，他也是紧紧握住我的手，稍微走远一点，他就往回拉住我的手臂，不敢继续向前。

没人知道这三天发生了什么，因为爸爸说不上来也不记得，但他会趁妈妈不在的时候偷偷跟我说，他记得他是去了家庭聚餐，但其他人都走了，他被抛弃了——这就是他对这次走失的印象。

他再也回不去了

阿尔茨海默病并不仅仅是"遗忘"，神经病变会导致人性格突变、脾气暴躁、无法自理，实在是非常残忍的一种病。如果是癌症，家人朋友总有一种同仇敌忾、共同战胜病魔的感觉，但是，阿尔茨海默病、躁郁症这样的疾病，在潜移默化中侵蚀人的精神意志，会把一个正常人扭曲成一个古怪的、疯癫的、让人避之唯恐不及的存在。

在爸爸走失事件发生之后，他的病情恶化得更快了。他慢慢开始拒绝吃饭，会指着镜子里的

自己骂脏话，会对着空气大吼大叫；他会吼自己的亲妹妹，让她滚出家门；会扯桌布，甚至打人。曾经温厚老实的爸爸，就像是被邪魔附体，变得让人难以忍受。

2018年的夏天，距离爸爸确诊已经过去快五年，我们终于决定把他送到医院，因为他会忘记关家里的煤气，也会在半夜起来拿拖鞋打妈妈。

把爸爸送入医院的第二天，似乎药物已经起了作用，探访他时，他的态度非常平静。护工帮他把饭碗收走时，他还会说声谢谢。我和他说，明天我就要回美国，他点点头。我捏着他的手，不知道他是不是还记得我的名字，又或者说，我每次匆匆回来陪他的一两周时间，对他来说，也只是一场梦。

看到别的家属都走了的时候，他说，你们还不走呀。后来，快到结束探视的时间，我说，我们要走了噢。他说，嗯，你们去吧。那种稀松平常的语气，甚至好像我们都在家里，我只是要和妈妈出去买个菜。但他不知道，他再也回不去了。

慕吉摘自微信公众号三明治

图：豆薇

至今未破的世界纪录

@[日本] 吉田顺 著　弭铁娟 译

　　20世纪初，在斯德哥尔摩举办的奥运会马拉松比赛上，有一位日本选手，他的神志已经模糊，却依然坚持向前跑着。

　　据说那天比赛时的气温高达40℃，在脱水状态下，他的脚步踉跄，后面的运动员一个个地超过了他，可他还是不肯放弃，坚持向前跑着。

　　获得优胜显然不可能了，但他想至少要跑完。否则，大老远跑来参加奥运会不就没有意义了吗？

　　跑下去，跑下去……

　　终于，大脑一片空白。

　　醒来时，他已经躺在了床上，一位四五十岁的先生说："我是这家的主人。"

　　"我，我是马拉松运动员……我跑到终点了吗？"

　　"没有。比赛已经结束半天了，因为我们家就在马拉松的路线旁边，所以路旁的人们就把晕倒的你抬到我家来了。"

　　以前，虽说是奥运会，但救护保障什么的其实都形同虚设。

　　带着沮丧的心情回到日本之后，他有很多年都以奥运会为目标坚持训练着，可是却一直没能实现在奥运会上拿奖牌的梦想。

　　他退役之后做教练，培养出了好几位优秀的马拉松选手。

　　后来，他从教练的位置上也退了下来。有一天，他对自己说："我已经知足了，自己带出来的学生们，不是已经代替自己在马拉松比赛中不断取得好成绩了吗？"

可是，他的心中，还有另一个他在反驳自己："别忘了你在那次奥运会的马拉松比赛上，可是还没跑完哟。你甚至到现在还在为那次比赛感到遗憾，说什么知足了，显然是自欺欺人。"

面对另一个自己，他再次反驳道："确实，如果说没有遗憾，那是假的，因为那次奥运会是日本第一次派选手参加的奥运会。可现在再说这些，又有什么用呢？那场比赛早就结束了啊。"

后来，又过去了很多年。

此刻，他正在第五届斯德哥尔摩奥运会的马拉松赛道上奔跑着，简直就像梦一样。

但，这不是梦。

在终点会场附近的实况转播台，播音员正在现场解说：

"看，他已经跑回主会场的跑道了，离终点还有300米。他脚步沉稳地朝着终点跑去！"

沿途的人们大声为他加油，他也对着人们用力挥舞手臂，向前跑着。播音员语气兴奋地继续转播："他曾经在比赛的途中突然消失不见，很多年过去了，我们今天才发现他并没有跑到终点，而在比赛途中失踪了。作为奥运会组委会，不能让任何一位比赛

运动员在途中失踪。所以，今天我们又把他请到了瑞典。"

他继续向前奔跑着，沿途人们加油的声浪更加高涨。

"看，这个时刻终于到来了。离终点还有30米，还有10米，5、4、3、2、1……"

他终于冲过了终点线，周围响起了热烈的掌声。

太好了！终于跑到终点了。

他高高举起了双手，朝天空挥了挥拳头。

"太棒了！现在他终于跑完了全程！从1912年开始起跑的他，到1967年，终于跑到了终点。用时54年8个月零6天5小时32分20秒……"

他的名字叫金栗四三。他没有拿到过奥运会的奖牌，却三次刷新世界纪录，并培养了很多著名的马拉松选手，被称为"日本马拉松之父"。

他在斯德哥尔摩奥运会上以"54年8个月零6天5小时32分20秒"的成绩，终于冲过了马拉松比赛的终点线。作为这项比赛中最慢的纪录，至今还没有被人打破过。

张愚摘自《蓝色星球的小小事件》

中信出版集团 图：小黑孩

天桥下

@莫小谈

大学毕业后，我出于对生活的好奇，拎一把吉他到天桥下卖艺。我那时能拿得出手的歌不多，唱功一般，甚至还比不上王裤子。

"王裤子"这个绰号是我起的。这算不上是一件不道德的事，毕竟在天桥下营生的人，谁也不会主动报上真实姓名，都是互唤"代号"交流。叫他王裤子，是因为他趴在轮板上乞讨时，一条空着的裤管总是拖拉到地上，整个人看起来很惨。

王裤子是我们一众人中每日收入最多的。有时候他高兴了，会梳洗打扮一番，还挨个儿请我们喝汽水。但我并不认为他是在表达友善，而是在炫耀："看，我把一条腿绑在屁股蛋子上，就比你们挣得多。"

当然，王裤子也有穿帮的时候，但他从不在乎这些："识破我的把戏又如何？看见我走路又如何？大不了不给钱，再不济啐我一脸，总不至于上手打人吧？"

不知什么时候，天桥下又来了一对男女，男的叫壮汉，女的叫小花。小花每天坐在轮椅上，壮汉在她的身边跪下，朝着路人磕头。

天桥下是这个城市最为宽容的场所，不会因为壮汉和小花的到来就激起浪花。大家依然和平相处，互不干涉。

直到王裤子再一次请客时，这里的安宁被打破了。

那天傍晚，王裤子将汽水递到壮汉和小花面前时，壮汉"腾"的一下站起身，上下打量着王裤子，像是明白了什么，突然一把将王裤子推倒在地，拳头雨点般招呼过去，嘴里嘟囔着："你能站起来？能站起来为什么要趴那儿？你能站起来，为什么要趴那儿？"

打着打着，壮汉一屁股坐在

地上，放声大哭。

后来才知道，坐在轮椅上的小花是壮汉的女儿，她是真的永远不可能站起来走路了。为了给小花治病，壮汉耗尽了家里所有的积蓄，最后不得不来到天桥下乞讨。

小花是一个文静的姑娘，爱说爱笑，爱记日记，在日记里写诗。

我看过小花的诗，半大的孩子，却忧伤得那么深沉。

我问小花："你多大了？"

"十二。"

我又问壮汉："她读过几年书？"

"一天学也没上过，字是我教她识的。"

我一时不知道说什么好，愣了半天，才问小花："会唱歌吗？"

"会唱《小白杨》。"

"你唱，我给你伴奏。"我说，"得的钱我们一人一半。"

我将琴盒摆在路边，开始我们的表演。这是我们第一次合作，很遗憾，歌还没唱完城管就来了。慌乱中，我斜挎着吉他，收起琴盒撒腿就逃。不知跑出多远，我才停下脚步，回头一看，竟发现他们父女已没了踪影。

那首歌为我们挣得了三块钱，

按照事先约定，一人一块五。当我第二天再来到天桥下时，路边的店员说，昨日城管已将壮汉父女移交给了民政部门。

此后不久，王裤子悄然离开天桥，我也谋得一份正当职业，开启了全新的生活。

一晃过去很多年。有次逛菜市场，我远远看见一个卖鱼的男人，总觉得似乎在哪儿见过，但一时又想不起是谁。我走上前与他搭话："老板，鲈鱼咋卖？"

"十八一斤。"他抬头看见我，微怔了一下，说，"实心要的话，给你便宜。"

我挑了两条大个儿的鱼。

杀鱼时，他嘟嘟囔囔地教训在一边玩耍的儿子："说多少回了，别趴地上别趴地上，你就是不听！"

我从他手里接过鱼，他一定也认出了我，但我们都没有喊出对方的名字。

时间过得太快，不知道那个叫王裤子的男人，是否还记得天桥下一个叫"偶像"的吉他手，还有失去联络的壮汉和小花——我还欠他们一块五毛钱。

摘自《百花园》

图：小栗子

旅游大使
陶得旺

@雨　瑞

　　S市位于大别山腹地，地域广大。近些年，市领导利用本市旅游资源比较丰富的地域优势，把发展旅游作为头等大事来抓。

　　市文化旅游局作为主管部门，闻风而动，很快制订出一系列的发展规划。其中一个很有创意的举措，便是面向社会聘请了12位"旅游推广大使"，专门从事本市的旅游推广活动。这些大使有的是媒体人员，有的是网红，有的是旅游方面的专家，有的是摄影师，还有一位是市地方志办公室的退休人员，名叫陶得旺。此人对本地人文历史比较熟悉，适合对一些具有历史背景的人文景观进行宣传和推介。老陶退休前也没有什么要紧的职务，大家不好称呼，只好含混地叫他"陶老师"。

　　文旅局专门下发了文件，要求各县区和本地相关旅游景点为这些"大使"的采风提供工作上的方便。其中明确的一条，就是免收门票。同时，还为大使们颁发了精美的证件，以作"验明正身"之用。

　　陶老师拿到证件，觉得必须嘚瑟一下，便在微信朋友圈上晒了出来。好家伙，立马引得亲朋好友们好一通夸赞。陶老师表面上谦虚，心里却很是受用。其实S市旅游景点虽不少，但多为普通景点，门票不贵，一般也就在50至80元之间。一个人就算把所有的景点都走一遍，门票也花不了多少钱。不过，老陶觉得这是一种荣誉、一种待遇、一种身份的象征，也是一种特权，这就不好以金钱来衡量了！你想啊，在景区大门口，别人都在排长队买门票，咱们陶老师却只需将"大使证"在验票人员眼前晃一下，就大大咧咧地进去了，那是一种什么感觉嘛！哇，想想都过瘾！

　　尽管周边的景点老陶都去过，但他还是决定带老伴到一个名叫雁归寨的景点去玩一趟。临行前他对老伴严肃地说：我可以免票，但你还是要按人家的规定买票的，我们不能搞腐败。老伴连连点头说：那是那是。老陶虽然在单位说不上话，但在家还是颇有威望的。

　　到了景区门口。老陶先是给老伴买了张票，然后带着老伴来到验票入口。老伴先进去了，可当老陶将"大使证"给工作人员看时，工作人员指了指售票处说：这个需要到售票窗口去办理相关手续。于是老陶让老伴先等着，自己重又回到售票窗口，将"大使证"递给售票人员，说明自己是旅游推广大使，可以享受免票待遇云云。

工作人员一脸懵，将"大使证"翻来覆去看了好半晌，说：我们没见过也没听说过这玩意儿。

老陶急了，连忙从手机的相册里找出文旅局文件的照片，让里面的人看。那人看了又看，似乎看不明白，又让旁边的一位同事看。那位同事看了好一会儿，对老陶说：这个我们做不了主，要请示领导。于是便拿手机打电话，可电话好像老是不通，于是又换号码再打，还是打不通。等啊等啊，好半天，那人才总算打通了电话。那人说，请你把身份证给我们看一下，于是老陶掏出身份证递了进去。里面的人将身份证与"大使证"反复做了比较，说：不对呀？你身份证上的名字是陶德旺，而"大使证"上的却是陶得旺，对不上呀！老陶解释说：办证前，是用电话联系的，

谐音听错很正常，这上面的照片很清楚，难道还会有假吗？对方说：那难说，这年头啥不能作假呀！于是又对着老陶的脸和证件上的照片瞅了好久，叹了口气说：算了吧。然后取出一本厚厚的账册，让老陶在上面签字并留下电话号码。最后，她取出一个印章，在一张门票上戳了一下，将门票递给老陶。老陶看了一眼，那印章上就一个字：免。

于是老陶再回到验票口。老伴已一脸愠色，问：怎么搞了这么久？

老陶红着脸赔着小心说，他们业务不熟呗。于是将那张戳了"免"字的门票递给了验票员。验票员对老陶说，还要看一下身份证，于是老陶再次掏出身份证递给他。

验票员仔细地看了看身份证，笑着问：您老是1954年出生的？

老陶窝了一肚子的火，没好气地说：是啊，又有什么问题吗？

那人将门票和身份证递还给老陶，笑着说：没什么问题。我是说您老已经66周岁了，按我们的规定，年龄65周岁以上的，就可以免门票了。

扬灵摘自《安徽文学》

亲情剧场 精彩生活

板栗是我在北京实习期间合租的室友。一次下班回家，我刚进门，就听见板栗跟电话另一端的女朋友在争吵。起因是对方无意间问了一句：什么时候买房子？

板栗的火一下子就上来了，两人吵得不可开交。板栗对着电话怒吼："你知道我在外面有多不容易，我这么努力，每天累死累活的，可你呢，整天就知道催催催，现在房价这么贵，能怪我吗？"挂完电话，板栗的房间就传来了游戏的背景音乐声。

我实在不能把此刻打游戏打到半夜的板栗，和他电话里那个"累死累活"的上进青年联系在一起。据我所知，板栗在一个工作室做平面设计，平时的工作也远远称不上累。他每天准时上下班，回到家里基本上就是玩游戏，看美剧。周末他也没什么社交活动。好几次我在厨房做饭的时候，撞见他半睡不醒地去开门拿外卖，不一会儿屋子里又传来游戏声。

实习期结束，我将一些带不走的书分给了室友，敲开板栗

假装努力

@ 狮小主

的门，屋里传来一股混合着剩饭剩菜跟碳酸饮料的味道，我把书给他，问了句："你今后怎么打算？""先努力几年再说吧。"

言谈举止中，我却没有读出任何有关他"努力"的信息，而他挂在嘴边的"努力"二字，反而更像是一个借口。这样朝九晚五地"努力"着，一成不变，五年后和今天能有什么区别呢？

我敢跑到北京当北漂，说明我很努力；我脑子里每天都在告

诫自己要努力；一线城市压力那么大，留在这里，说明我很努力。

有时候，"努力"就像一件华丽的外衣，掩盖了不思进取的事实。嘴上喊着所向无敌，心里却不堪一击。欺骗自己，甚至自欺欺人，找各种理由各种借口，不断安慰自己：这不是我的问题。

和我一批实习的有个女生叫小如。每天她都是单位来得最早走得最晚的那个。我们常常开玩笑地说："这么努力是要直接转正的节奏啊！"

一次部门会议结束以后，总监对小如说："这次资料采集虽然你的成绩不是很好，但是不要灰心，你的努力跟勤奋大家是有目共睹的。下次注意。"

第二次开会的时候，小如的业绩仍然是最差，总监面色稍有不悦，但还是没有说什么：这么努力的女生，虽然业绩差了点儿，但是又怎么忍心批评甚至指责呢？

一次不要紧，两次没关系，可接二连三呢？没有一个老板会因为一个人的善良而原谅员工的不作为。最终，小如从销售部调了出去，负责一些行政上的事。

后来我们私下讨论，小如这么一个努力上进的女生，为什么工作上一直没有起色？大家你一言我一语，一些平时我们忽略掉的细节逐渐浮出水面。

"她总是来得最早，但是大家都到了，她不仅慢悠悠吃早餐还刷微博。""我有次晚上临时加班，看见小如一边做图表，一边小窗放综艺节目，就是那次她把数据给搞错了。""上次老板让她做一个部门架构图，她愣是花了一个下午找了几十个模板，其实这种事自己动动脑子，一个小时就做出来了。"

真正努力的人根本无须大张旗鼓去证明什么，反倒是故作姿态的人最终会露出马脚。时间花在了哪里，究竟是努力还是虚张声势，最后都能看见。

我们身边有太多这样的人：转发了一篇励志鸡汤文，就证明我开始努力了；听了一节付费课程，就幻想自己已经脱胎换骨；定了一个计划，执行了三天就放弃了。

"永远不要用战术上的勤奋，去掩饰战略上的懒惰。"试想一下，你熬夜到凌晨，真的是因为写企划书或者做策划案吗？也许你只是在刷一些搞笑段子和娱乐新闻，不想面对明天的问题，继而毫无意义地浪费时间而已。

朱权利摘自《恋爱婚姻家庭》 图：豆薇

不可小知，而可大受

@ 叶广芩

　　给别人的丈夫打分或许容易，给自己的丈夫打分，难。

　　我丈夫，河北人，个头一米八几，伟岸齐整，在电影里演个救少女于水火的侠士之类绝对是好角色。但这位"侠士"却怕耗子，怕蟑螂，怕飞蛾，怕一切活动的小东西，真让人不可思议。前几天我从汉中出差回来，进家门见墙角放个小碟，里边搁了一块豆腐。问其由来，女儿说那是她爸爸给耗子备的礼，一日一换，已经一周了。原来我走这几日，屋里钻进只耗子，每晚由柜后出来散步，丈夫不敢打，又怕耗子乱啃乱咬，遂每日赠送豆腐一块，以求达到一种默契。是晚，小鼠又出，在屋内遛来遛去，呈器宇轩昂状。丈夫见鼠，立即将脚跷起来，指鼠疾呼："快替我打死它！"我好气又好笑，男儿堂堂七尺，张嘴便让女人"替我打死"，甭管被打对象是鼠是虎，怎的就能说出口？笑他这般没出息，他说，"君子不可小知，而可大受也"。击鼠区区小事，非不能也，是不为也。其不为的事还有很多，其

中也包括带孩子。后来孩子大了，他竟不知是"怎么大的"。有客来，惊异道："你的女儿都这么大啦！"他便也跟着人家惊异，是呀，怎么就突然变大了呢？人家问孩子几岁了，他说让他算算看，认真地算了半天，告诉人家："十四了。"我很尴尬，来人是我们的结婚介绍人，人家知道，我们结婚不过十二年。

　　斯人既"可大受"，其"大受"的内容便也自认很崇高——教书。

他说，讲台前一站，几十双眼盯着你，你把自己的知识掏给人家，那种自豪，那种快乐，局外人自无福感受。又说去年某大领导来交大，仍念念不忘老师沈尚贤。可惜老师已在他来的前一天去世，师生未能相见。虽系憾事，但也足见为人师表影响之深远。不论何等人物，别人都可忘却，唯父母不可忘，师长不可忘。教书尽管清贫，却是天下最伟大的行当了。对事业执着的追求精神，是我所敬重他的优点之一，也许那时正是因此才嫁了他。因为那时女孩子们推崇的偶像是陈景润那样的"事业型"。

尚谈恋爱时他便坦率宣称："我不会洗衣。"我当时被爱情冲昏头脑，大包大揽曰："我来洗！"一语既出，后来才知一生承诺这三个字的分量，这是件何等艰苦卓绝的悲壮之举。丈夫对洗衣的参与表现在买洗衣机上，先是单缸的"五叶"，后是双缸的"海鸥"，最终换了全自动电脑控制的"万宝"。当然一步比一步省事，这按电钮的工作不但我，连女儿也可以担当了。丈夫说那洗衣机就是他的替身，他是干大学问的，不能为这些琐碎家务太分心。在不

分心之基础上其成功得很辉煌，被誉为有特殊贡献的中青年专家学者，很为同行称道。殊不知，当奠基石的便是我，尤其专家那奖金，"奠基石"是月月没见过的。

丈夫对我写的文章十有八九看过，说净是些胡吹冒撂的玩意儿。及至翻开书一看，病句、白字随处可见，实在让"严肃的，有科学意识的"语言学家也就是他不忍卒读。逢有我的文章刊出，拿给他看，他往往不屑地说，某某词是我给你改的，某段落是我帮你润色的，没我的教导你这个连语法也搞不清楚的人就吃不成写作这碗饭。

当然，他的"教导"多极了，电灯泡坏了，明明他手里拿着螺口的灯泡却说这个卡口的灯泡怎么卡不上，喂，你装装看。我只好换个卡口的上去重干。保险丝坏了，他在外头转了几个圈儿，把所有保险盒盖全拔下来也未见断丝，害得一个单元黑灯瞎火，骂声不绝。我说咱家的电表在三楼装着呢，你在一楼折腾什么？他一边上楼一边嗔我不早说，过来就拔闸盒。我说行了行了，我早接上啦。就这样，在他的"教导"下，我不但学会了换灯泡、接保

险丝，还学会了补自行车胎和开汽车。我很诚恳地对他说，你什么也不会修，就会修理我！他说那当然，女人的完美都是男人造就的。

我说，离了他我照旧可以活得很好；他离了我，一天便也活不下去。

这话说得有点早，记得说过没几天我就碰上这么一档子事，在深山里迷路了。那是在日本，他在筑波大学教汉语，我在千叶大学当研究员，各有各的事，都忙。我去群马县搞调查，在山里转了大半天却找不到要去的村庄，当时天快黑了，又下着雪，我在山里胡跑，急出了一身又一身汗。后来发现了个公用电话亭，我如获至宝般奔过去，电话亭里有当地警察局的号码，只要拨通那几个数，一会儿呜呜叫的警车就会开来，把我领出去，那样我将彻底摆脱这尴尬的险境。然而我却选择了丈夫，因为在警察与丈夫之间，后者似乎更为亲切可靠，尽管他不会派警车，更不会由遥远的筑波赶到这荒僻的野山来。从电话里他听出我的呜咽，感到了我的紧张与慌乱，便告诉我事情并没有多么严重可怕，这样的

事谁都有可能遇着。听着他那镇定自信的声音，我迅速冷静下来，透过风雪弥漫的山林向四周搜寻，终于在五百米外的山脚见到一束灯光。我把这情况告诉丈夫，他让我立即放下电话朝那光亮跑，不要停歇，不要犹豫，到了那里就给他挂电话，他在电话机前守着，半个小时内接不到我的电话，他就去报警。我就朝那救命的亮光猛跑，边跑边呼喊着丈夫的名字，以给我壮胆。尽管他怕耗子，尽管他不会安电灯泡，尽管他算不清女儿的年龄，尽管他看不上我写的文章，但他毕竟是男人。男人自有男人的清醒，男人的决断，男人的智慧，男人的魄力。正如他所言，男人"不可小知，而可大受也"。是的，丈夫永远是妻子的靠山，是妻子的主心骨，女人没有男人，不行。

通过这件事我彻底了解了自己，了解了自己骨子里的软弱。从今往后，至少再不敢翘尾巴做浅薄状。至于该给我那位小不知、大可受的丈夫打多少分，实难下笔。当局者迷，旁观者清，让读者去评吧。

心香一瓣摘自《我爱这热闹的生活》

江西人民出版社 图：佐夫

费曼技巧：天才们都在偷用的学习方法

@ 纽约客

今天给大家推荐的一个学习方法，叫费曼技巧。费曼是谁？费曼是美国的一位天才物理学家，曾获得诺贝尔物理学奖。据说，"纳米"这个概念就是他最先提出来的。

不过，费曼技巧，并不是费曼提出来的。而是人们觉得，费曼这么聪明，肯定学习方法有一套，于是就用心总结。这一总结，可不得了。这个费曼学习上确实有过人之处，是故就以"费曼技巧"之名向社会进行推广。也不知是真是假，有个叫斯科特的加拿大人采用这种方法，只用一年时间，就自学完成了 MIT 公开课 33 门计算机科学课程，并最终通过所有考试！而 Google 创始人、比尔·盖茨、乔布斯等，都曾受惠于费曼技巧。

所谓费曼技巧，一言以蔽之，就是"以教促学"。

费曼技巧，一般包括四个步骤。第一步：提出问题。我们到底要解决什么样的问题？第二步：解决问题。尽快掌握解决问题的"钥匙"。第三步：验证。化繁为简，用最通俗的话把自己对问题的理解讲给"小白"听。第四步：重述。在讲述时如卡了壳，找到卡壳点并解决，然后再从头讲起，直到"小白"完全听懂。

有个网络流传故事，不知你是否听说过：

有位父亲坐火车，送儿子上北京读书。这似乎没什么了不起的。令人称奇的是，三年前，他的女儿曾考上清华；更神奇的是，今年，儿子考上了北大。于是这个父亲在火车上就成了新闻人物。不少"乘友"好奇地问他："你把两个孩子送上了中国最高学府，是不是有什么绝招啊？说出来让大家分享。"

这个父亲挠挠头，憨厚地说："我这人没什么文化，也不懂什么绝招。""不可能！你孩子上过补习班吗？""没有。""请老师来家辅导孩子吗？""也没有。""那你自己教孩子吗？""我是农民，根本教不了。不过，不是我教孩子，而是孩子教我。"火车上的人一听，来兴趣了，就问是怎么回事。

原来，这位农民父亲，送孩子上学，觉得花了不少钱，不能白花了，所以他想了个办法，就是每天放学回家，让孩子把老师在学校讲的给自己讲一遍。如果自己有弄不懂的地方，就问孩子；如果孩子也弄不懂，就让孩子第二天再问老师。这样一来，花一份的钱，教了两个人。

奇怪的是，两个孩子学习的劲头特别强，哪怕是别的孩子在外面玩得热火朝天，他们也不为所动。就这样学习成绩从小学到高中一路攀升，直到考上清华北大……

其实这位父亲所用的，就是中国特色的费曼技巧。我们来看看这位老农父亲，是如何使用的。第一步，提出问题。孩子今天都学了什么？

第二步，解决问题。孩子对今天所学的知识进行复习巩固，达到熟练掌握，完成学习任务。

第三步，验证。孩子为了让农民父亲理解，尽量用父亲能听懂的方式表述出来。这个过程促使孩子把问题弄通、弄懂。

第四步，重述。父亲有不懂的地方就问孩子，如果孩子也不懂，第二天再问老师。父亲提出的问题，会倒逼孩子查找不足，然后通过再学习弥补不足。

从上面的例子可以看出，费曼技巧的核心就是"以教促学""输出倒逼输入"，从被动学习转为主动学习。而"输出"的一个较好方式就是讲述。

以前看到过一位哈佛学霸的故事。这个学霸记忆超群，知识渊博。她认为自己之所以比别人懂得多，可能跟讲故事有关。她平时非常喜欢讲故事，碰巧，她有一个外国朋友，不爱读书却喜欢听故事。每次跟朋友聊天，她事先要把自己看的故事做一番整理，并用朋友能听懂的方式讲出来。——她用的就是费曼技巧。

对，讲故事用的就是费曼技巧！

（本栏目长期征稿，欢迎各地师生投稿。来稿请发至：wenzhaiban@126.com，投稿时请标注"学习方法故事"字样。）

一句话小说，最短，却耐品（8）

@ 蓝颂华 等

生活中，那些充满想象的故事，那些难以言尽的情感，那些难以传达的哲思，却被微型小说作家一语道破。

@ 蓝颂华：终于可触碰到她的手，但不再是她丈夫，而是患者。

@ 朱红娜：父亲被车撞伤，司机逃逸，我去自首。

@ 锦瑟：朋友圈满屏生日快乐，家中独坐悄然无息，人间孤寂。

@2502685175：挺开心，爷爷去世了。他不会再喊痛了。

@ëë：你把我关在你的眼球里这么久，现在该放我了。

@ 刘彦才：东面是妈家，西面是爸家，他很难选择。

@ 明光暗影：老板指着我大骂王朋半小时，但我是王明啊。

@916600589：他将多次遗忘他的老伴最后一次送回家中。

@ 远方：这是他人生中第一次穿西装，躺在冰冷的地下。

@15196178496："嫁给我好吗？"他问她。她回答："机器请充电。"

@ 橙蛋蛋："你的数学是体育老师教的吗？""老师，数学是你教的。"

@ 赵文静：她学会游泳后，儿子向女朋友求婚成功！

·······················

《故事会》校园版征集一句话小说，要求不超过20字，有人物，有故事，有韵味，题材不限。

收稿邮箱：wenzhaiban@126.com，投稿请在主题栏注明"一句话小说"。

灵猫奥斯卡传奇

@小妖

死亡使者

2005年10月的一个傍晚，美国罗德岛一所私立护老院的医生琼丝在电话亭旁见到了奄奄一息的小猫奥斯卡，琼丝把奥斯卡带回了护老院。奥斯卡受过残酷的虐待，周身布满伤口。这只可怜而孤僻的猫咪，几乎不与任何人和动物打交道。

平安夜晚上11点多，岛上突然起了大风，狂风破坏了护老院陈旧的供电系统。风雨飘摇的护老院走廊南端的某个病房里传来一声奇怪而凄厉的尖叫，值班护士琳达赶紧叫来了值班护士海伦，两人拿出一只备用电筒，一起向南端的单人病房走去。

2107室突然传出了一声更为可怕的尖叫。海伦紧拉着琳达，鼓起勇气推开了房门，眼前的情景让她惊呆了。病人张开四肢横躺在病床上，整个人一动不动，他身边一双绿莹莹的眼睛正冷冷地瞪着推门而入的海伦。

竟是小猫奥斯卡。

海伦赶紧打电话叫来值班医生。医生检查后证实，病人已于15分钟前因呼吸衰竭去世，而这个时间正是琳达第一次听到奥斯卡尖叫的时间。

第二天，默默无闻的奥斯卡在护老院里声名大噪。不久之后，越来越多的人发现，奥斯卡似乎具有一种奇怪的能力，只要它爬上哪个病人的病床，那个病人很快就会因为各种不同的原因死去。

在病人停止呼吸的那一刻，它会厉声尖叫，仿佛在向死神告知，自己的使命已经完成。

奥斯卡被当成了"死亡使者"，那些患病的老年人把奥斯卡当成恶魔，不准它靠近自己的病房一步。有的人甚至不惜对它使用暴力。

有人开始猜测，奥斯卡具有某种巫术或能量，能置人于死地，所以那些死者才会在它靠近以后准时死去。一时间，一种莫名的恐惧开始蔓延。病人们开始强烈要求把奥斯卡赶出护老院。

巫术训练

2007年2月，患者家属把护老院和奥斯卡告上了法庭，称护老院监督不力，奥斯卡对死者的死亡负有间接责任，他们要求将奥斯卡终身囚禁，护老院则被要求巨额赔偿。

一个月后的法庭上，控方律师提供了大量关于奥斯卡与护老院病人死亡事件的关联，陈述了自从那次平安夜后，奥斯卡次次都会准时出现在每个死亡现场的事实。对此，护老院的律师应辩道，奥斯卡虽然确实出现在死亡现场，但每次病人死亡都有资深

医学专家做出死亡鉴定，属于正常死亡，没有其他科学证据证明与奥斯卡有关，系不确定因素，不应作为定罪证据。可很快，对方律师通过调查发现，奥斯卡在进入护老院之前，曾经是岛内一个著名巫师的宠物。在被此巫师喂养期间，接受过很多诡异的巫术训练，其中包括在雨中接受电击，以试图和神的旨意沟通；或是在死者的陵墓前接受水训，以期和死者的亡灵在极度窒息的环境中对话……对此，对方还出示了一些该巫师带着奥斯卡进行某些巫术的照片。

看着照片上那只瘦小得只剩下骨架的小猫，想到可怜的奥斯卡曾经受到过如此兽行的对待，琼斯的眼睛湿润了。

对方律师还出具了一份该巫士提供的证词，证明奥斯卡确实具有非凡的魔性。他之所以抛弃奥斯卡，就是因为发现有好几次，被奥斯卡施过巫术的人都因病去世了。出于害怕和自保，他在狂风暴雨中把奥斯卡放在了电话亭旁，希望通过雷击除去这个恶魔。

原告坚称，病人死于疾病只是表象，真实原因是受到奥斯卡的巫术所害。他们要求将奥斯

卡终身监禁，并要求护老院赔偿200万美元。

所幸，经过半个月细致的审理，法院最终认定，原告提供的证据不足以证明奥斯卡和死者的死亡有直接关系，但奥斯卡的存在影响了病人的情绪，给了他们强大的精神压力。法院驳回了原告的赔偿诉求，判决奥斯卡即日起离开护老院，由动物保护机构进行关闭性喂养。

真相大白

2007年3月，闻讯而来的《新英格兰医学杂志》记者萨尔对奥斯卡的传奇经历做了翔实的记录。他决定和琼斯一起，帮奥斯卡揭开神秘的"死亡预知"之谜，让奥斯卡重获自由。

萨尔和琼斯查看了所有的庭审资料后发现，关于奥斯卡超能力的说法，一则是基于奥斯卡精准地确定死者死亡时间的神奇能力，一则是缘于奥斯卡的前主人，那个叫艾维的巫师的证词。萨尔觉得奥斯卡的这些奇特行为和艾维肯定有很大关系，便决定先从艾维入手。

为了不让艾维起疑心，萨尔找到当地的一个占卜师朋友，让他把自己作为同行介绍给艾维认识。

在萨尔和朋友的安排下，艾维喝下了不少烈酒。在酒精的作用下，萨尔撬开了艾维的嘴。

作为伪巫师，艾维有很多骗人的把戏，而奥斯卡只不过是他从市场上买回的一个道具。为了让人们相信奥斯卡确实具有通灵的超能力，艾维对它进行了残酷的训练。其实，现代科学已经证实了流传在印第安人中的一个说法：人在死亡前两个小时左右会散发出一种类似于苜蓿草、橄榄精油等混合物的气味，死亡之后这种气味即刻消逝。只是，这种味道非常淡，普通人闻不到，但猫的嗅觉非常灵敏，只要经过训练，它就能分辨出这种味道。而艾维拥有形成这种气味的配方，他用残忍的手段，让奥斯卡形成条件反射：一闻到这种味道，就会自觉靠近，并且在气味消失的那一刻，发出惨叫。

原来如此！艾维之所以出具伪证，无非是想借机提升自己的名声。萨尔按下了录音笔的录音键后，悄悄离开了酒吧。

然而，律师听完录音后说，根据法律规定，隐蔽录音不能作为直接证据，除非有其他确凿证据。而当萨尔和琼斯赶到艾维家里时，这个狡猾的家伙竟然人间蒸发了。

眼看着事情功亏一篑，萨尔想出了一个办法。他找到那个占卜师朋友，弄到了一点艾维所说的模拟死亡气息的药水，在自己身上涂抹了一些后，当着动物保护机构人员的面，睡在临时病房里。果然，奥斯卡慢慢悠悠地来到了萨尔的病床上，然后一动不动地趴在那里。约莫两个小时后，等到萨尔身上的气味渐渐消失时，它惨叫了两声后，便离开了。而当它看到萨尔从病床上一跃而起时，没有任何异样表现。

这次实验，让恐惧的气氛顿时烟消云散。事后，经动物保护机构向法院证实，奥斯卡终于获得了久违的自由。

快乐天使

萨尔认为，可以将奥斯卡的这种"预测死亡"能力为人所用。护老院里住着的老人几乎都是独居，老人们死去时，很多亲人都无法见上最后一面。有了奥斯卡精确的"死亡预测"，就能提前通知老人的家属把握住这宝贵的最后时光。

此后，奥斯卡成功地为12名病人预测了死亡时间，让亲人在临死前最后一次团聚。护老院的员工和病人们都对奥斯卡这个特殊的护工产生了好感，看到它不仅不再讨厌，反而还充满了喜爱之情。而奥斯卡也在人们的爱抚和亲昵的呼唤中，渐渐变得顽皮可爱。

萨尔和琼斯相信，终有一天，奥斯卡会忘记幼年时的惨痛经历，那时，它也许会丧失这种"预测死亡"的能力，但它却会因之而成为一个快乐的天使……

夕梦若林摘自《课外阅读》 图：杨宏富

关键问题

@庞启帆 译

纽约市的一家玻璃制造公司研究出了一款新型的飞机挡风玻璃，在正式投入使用之前，需要检测玻璃抗撞击强度的系数，其中有一个项目叫作"高速鸟"测试，也就是飞鸟高速撞击挡风玻璃的测试。

公司安排这个测试由一个年轻的实习工程师来完成。为了完成这个测试，他需要先去超市买一只鸡回来，然后回到测试现场，利用一个专门设计的装置将这只鸡以每小时1287千米的速度射向飞机挡风玻璃。

一切准备妥当，公司的领导、工程师以及部分制造工人来到现场监测试验结果。得到公司领导的指示后，年轻的实习工程师按动了发射装置。只听"嗖"的一声，那只鸡高速飞向挡风玻璃。

然后，大家看到了震骇人心的一幕：那只鸡不但击碎了挡风玻璃，还继续飞行了数十米，击穿了金属墙体。

这个结果完全出乎人们的意料，为此，工程师不得不重新思考他们的设计方案。

六个月后，测试再次举行。这一次，所有人都信心满满。

而且，为了见证这一刻，公司邀请了许多媒体到场。公司的发言人一一解答了记者们的提问。

最后，一家电视台的记者问道："请问，这次挡风玻璃的设计有哪些方面的改进呢？"

"没有任何改进。我们只需在发射前确认那只鸡已经解冻。"发言人答道。

慕吉摘自微信公众号庞启帆翻译与写作

图：小黑孩

分时段收费的
自助餐厅

@ 明前茶

最近，我常去的一家快餐店装修一新，改成了自助服务，每位30元的餐费，剩菜超过200克，就要加收一个人的餐费。

这样的价格，老板是如何达成收支平衡，还薄有盈利的呢？原来，这家店在客流量开始下降时，就不再补菜了，只补充炒饭、炒河粉与点心，相应地，中午12点以后，每隔30分钟餐费下降5元，也就是说忙碌到下午1点才来就餐的顾客只要支付20元，到了下午2点的时候，只要支付10元就可以就餐。

晚餐也是如此，9点以后，10元钱的夜宵价，连附近衣冠楚楚的金融界白领，也会来匆匆填饱肚子再回家。人在加班加到有点低血糖的时候，一份炒河粉、一大碗猪骨冬瓜汤、几个蒸笼里带着栗粉香的菱角都可以滋补元气。

有一次，我带母亲做穿刺治疗，等我把医院代煎的中药都挂在母亲的轮椅把手上推她回家时，早就饿得够呛。来到餐厅，刚过午后2点，餐厅门口检验健康码的小伙子，帮我一起抬轮椅。餐桌斜对面一位穿着橙色保洁工装的阿姨对我说，最近她每天都是到这个时候才来餐厅吃饭的，这里有空调，有Wi-Fi，饭菜比外卖盒饭更干净热乎。她笑着说，有一次大概是餐厅生意太好了，剩下的菜肴比较少，老板特地吩咐厨师给每个人加了一份海米蒸蛋。

吃完了饭，旁边吃饭的收银姑娘忽然拦住了阿姨，阿姨辩解了一句："我没有剩下饭菜呀！"姑娘笑着指点说："阿姨，你来过这么多回，还没尝过我们的冰激凌吧？"那位头顶心已经生出一缕白发的保洁阿姨愣住了，脸上涌出了感激的神色。冷柜里的冰激凌，一种是草莓粉，一种是香芋紫，还有一种是巧克力色，每样她只舀了半个球。我看到阿姨打开了视频，与家里两个小孩分享着这意外的甜蜜，她说，有空要让郊县的儿女也来享受这里丰盛的自助餐。她说："下一次我们早点来，在12点之前来，我好希望老板能挣钱，能长长远远地把这餐厅开下去。"

秦笑贤摘自《今晚报》

大漠中坚守的隋朝公主

@陆波

我一直不能理解，像隋朝和亲突厥的义成公主这么大个"IP"，竟可以被冷落千年。她是差一点改变中国历史的人，用一句谎话召回突厥数十万强兵猛将，非凡胆魄，远胜文学虚构中的花木兰。

这件事就是发生于隋大业十一年（公元615年）八月的"雁门关之围"。那年夏天，喜欢游历河山的隋炀帝突然北上巡游，突厥始毕可汗得知后率骑数十万，准备突袭炀帝的乘舆。雁门关一线正是隋与突厥的边界，炀帝被围困于此。

"雁门关之围"几乎倾覆隋朝，一个多月的围困与突围的角力过程，隋军一度极为被动，雁门郡四十一座城池被突厥攻破三十九座，隋军只死守雁门关和崞县城池。

事先，义成公主已派人密报隋炀帝，说这次始毕可汗和大隋正式翻脸了，赶紧避险。炀帝的人马疾驰冲进雁门关躲避，最危急时刻，突厥围城，飞箭已经射到炀帝眼前，而城内余粮仅够二十天，隋炀帝抱着儿子哭肿了眼。

其实在之前的几十年，突厥已完全臣服于隋，隋通过公主和亲及各种离间手段，把突厥分裂为东西突厥。西突厥一度败走远遁，东突厥在始毕可汗的父亲启民可汗的统领下，依顺隋，养兵富民，定居河套一带。

但公元609年启民可汗死后，隋大臣裴矩认为突厥日渐强大，需要分化离间，就想将宗室女下嫁始毕可汗的兄弟叱吉设，并册封其为南面可汗，由此始毕可汗怨恨倍增。所以，雁门关之围并非无缘无故。

困守雁门的一个月，炀帝备受煎熬，他号召天下勇士前来救驾，并给出了各种升官发财的许诺。其中年方十六岁的李世民也加入屯门将军云定兴的军队，并有机会劝说云定兴采用"疑兵之计"，即众人携带大量军旗满山满谷地招摇，迷惑突厥。此计甚是奏效，十六岁的李世民初露锋芒，便是为救杨广筹谋划策。

局势胶着中，有人建议和远在定襄的义成公主通信，求帮忙。炀帝听从了，拉下脸来求助公主，都急得哭肿眼了，还端什么架子呢。

义成公主二话不说，马上行动，她派人飞马疾驰始毕可汗，说北方边境有紧急情况，请可汗回兵——可见公主对大隋说一不二的忠心。如果不是她谎报军情，或是她没有足够的威信说服可汗，隋炀帝迟早要被突厥捉住。捉住后会怎样？突厥会异军突起，成为北方最重要的势力。当时，各地起义暴动频发，突厥兵强马壮，很有吸引力，投奔突厥的汉人已经络绎不绝。再俘获大隋天子，

那可汗真要一步登天了！

义成公主救了隋炀帝，令局势再次回到从前。

俘获隋炀帝或许是突厥崛起的契机，可能改变中国历史的走向，但义成公主出于对母国的情感，扼杀了它。

雁门关之围三年后，隋炀帝江都遇弑，萧皇后被叛贼劫掠转手至窦建德处，又是义成公主为了母国的尊严，请求可汗与窦建德交涉，迎走萧皇后至定襄安置。

义成公主在突厥年龄渐长且威信日高，因为她后续的三任丈夫都是启民可汗的儿子。以突厥习俗，可汗死后，妻子可以嫁给没有血缘关系的可汗之子。启民死后，她嫁给去雁门围城的始毕可汗，始毕可汗死后，她又嫁给处罗可汗，处罗死后，她再嫁颉利可汗。

她大约在公元600年远嫁大漠，至630年死在李靖刀下，三十年，与四位可汗经营东突厥，资历深厚。隋朝灭亡后，她一心复国，想依靠突厥的力量恢复杨氏江山。所以李唐建国后，突厥与唐的关系一直不能改善，从中作梗的便是这位隋朝公主。而流亡皇后萧氏则早看开了这些权力争夺，她只求活命，不可能与杨

姓人搞什么复国闹剧。

李靖征伐东突厥时，已事先与萧皇后联络并将其接至长安，这姑嫂之间的关系已经有隙，嫂子干脆抛下做复国梦的小姑子，自己颠儿了。

面对大唐军队的强势攻击，东突厥也是在降与不降之间摇摆不定，而最主要的主战死硬派就是义成公主。即使嫂子弃她而去，即使李靖的铁骑已踏响大漠，她没有恐惧，只有亡国恨。

贞观四年（公元630年）二月，李靖夜袭阴山，大败颉利可汗军队。李靖在大帐中见到义成公主，没有二话，知道她是个死顽固，当即斩杀。

义成公主曾给予厚望的人，一个个都离她而去：萧后，在长安城终老；丈夫颉利可汗最后被俘押解长安，又郁郁寡欢活了四年。唐太宗对他还算客气，他不习惯住房屋，就在房子里搭帐篷。死后，又让突厥人按照自己的习俗，火葬于灞水之东。

而义成公主，宁死不降，血溅大帐。她以大隋公主和突厥可敦（皇后）的身份成仁，死时应在四十五六岁。同为皇后，她是和萧皇后截然相反的人，一生心系母国，又在大漠中磨砺出了最执拗的性格。忠君爱国，是执拗，也是一种坚守。

刘振摘自《北京晚报》 图：小栗子

故事大课堂

"故事大课堂"开讲啦!

第一堂:时事报告。 近段时间都有哪些热点新闻?我们给你梳理了一份时事简报。"秀才"不出门,天下事尽知。

* 11月30日,美国密歇根州底特律市附近一所高中发生一起枪击事件,造成3死8伤。美国一支持控枪的组织说,这是2021年以来美国最严重的校园枪击案。

* 12月8日,国家药监局应急批准安巴韦单抗注射液及罗米司韦单抗注射液,这是我国首个获批的自主知识产权新冠病毒中和抗体联合治疗药物。

* 12月9日,神舟十三号航天员翟志刚、王亚平、叶光富进行中国空间站首次太空授课。

* 12月13日,中共中央、国务院在南京举行2021年南京大屠杀死难者国家公祭仪式。

* 12月14日,国家文物局通报三项重大考古成果,陕西西安白鹿原江村大墓确认为汉文帝霸陵。

* 12月15日,国家主席习近平同俄罗斯总统普京举行视频会晤。

* 12月16日,北京冬奥会迎来倒计时50天。目前,经过全要素、全流程压力测试,北京、延庆冬奥村都已基本具备赛时运行条件。

* 12月18日,国家医保局消息,目前国内有60余种罕见病用药获批上市,其中40余种被纳入国家医保药品目录,涉及25种疾病。

* 12月22日,世界首条35千伏公里级超导电缆在上海投运,标志着国内新型电力系统建设领域关键技术取得重大突破。

* 12月24日,韩国政府宣布,前总统朴槿惠将于本月31日获得特赦。

* 12月27日,神舟十三号航天员乘组圆满完成第二次出舱全部既定任务。

(本刊综合人民网、新华网、《半月谈》等媒体消息)

第二堂：不一样的写作课。好作品是改出来的。为什么要这样改而不是那样改？文末附有核心提示。反复揣摩，必有收获。

拖把之舞①

@ 李子涵

原稿

一年一度的区文艺汇演又要开始了。馨音学校的田校长拜托负责各种文艺演出的秦老师想一个出乎意料的节目。接下来的日子，秦老师无时无刻不在想：能有一个怎样的好节目——那种令人叫绝、令人惊叹的节目呢？一个又一个新方案诞生，又一个一个地被推翻。②

秦老师很头疼，下了班正准备往校门外走去，一眼看到了正在搞卫生的舒雯雯，舒雯雯擦地的形象就这么突然地出现在了眼前：她擦地的样子与众不同，风格别致，她拖把上的布条像一朵轻云在地上飘动，仿佛她的拖擦姿势，才是最恰当、最优雅、最美的姿势。她继续往校门口走，走着走着，便停住了脚步，转身去看舒雯雯，但她的人影已经不见了……③

舞蹈！舒雯雯那优雅的姿势

修改稿

一年一度的区文艺汇演又要开始了。馨音学校负责文艺演出的秦老师，接到任务：要献演一台与众不同的节目。她日思夜想，脑袋都快想炸了。

这天，秦老师下了班，正准备往校门外走去，一眼看到了正在搞卫生的舒雯雯，发现她擦地的样子风格别致，拖把上的布条像一朵轻云在地上飘动……秦老师止住步，转身再去看舒雯雯，她的人影已经不见了……

舞蹈！舒雯雯那优雅的姿势让她想到了舞蹈！

"拖把舞！"这三个字在秦老师的脑海中轰然作响。灵感来时如同电光石火！她觉得，这拖把简直太是舞蹈的题材了！

秦老师一夜未眠。当太阳升起时，她已经写出草案，一个个舞蹈动作，一幕幕图景，跃然纸上。果然，

让她想到了舞蹈！

"拖把舞！"这三个字在秦老师的脑海中轰然作响。灵感来时如同电光石火！她本来是下班回家的，但她现在却转身往回走了。以前，她想到的擦地也就是擦地，地擦了就干净了，现在再看他们擦地，意味别样。她觉得，这拖把简直太是舞蹈的题材了！舒雯雯他们使用拖把，仿佛到了出神入化的地步，一招一式特别迷人。

这天，秦老师一夜未眠，当太阳升起时，她已经写出初稿，并有了草图，一个个舞蹈动作，一幕幕图景，富有生机地跃然纸上。在讨论方案时，田校长建议这次的演出，不用啦啦队的舞蹈演员，就在舒雯雯他们班上选普通同学，演出时直接报几年几班。台下的观众评委知道这样一出构思绝妙的舞蹈竟出自一个班，一定会惊讶不已，自然就会在心中把分数往高了打。秦老师完全同意，和班主任王瑶瑶老师商量后，从中选出了二十一名同学。起司、熠星、雯桃这三个小伙伴都被选上了，舒雯雯就更不用说了——领舞者，非她莫属！⑥

选择哪种拖把，被迅速提到议事日程。是拖把，但不是用来擦地的拖把。是"拖把之舞"的拖把，

草案讨论时一致通过！最后，定下舒雯雯、小桃等二十一名同学，舒雯雯为领舞者。

那么，该选择哪种拖把呢？这个拖把，不是用来擦地的，而是艺术的、审美的，是"拖把之舞"的拖把。可哪有这样的拖把？

秦老师找来舒雯雯、小桃，说："我们现在急需二十一把拖把。"两位同学你望望我，我望望你。"小桃，你爸爸能做出这样的拖把吗？"秦老师知道小桃的爸爸开了一家杂货铺，铺里就有拖把。"能！"舒雯雯答道。秦老师把脸一板："那是小桃爸爸，又不是你爸爸！你打什么包票？"转过头又问小桃，"小桃，你爸爸能做吗？""能……"小桃回答时声音虚虚的，不过，她知道爸爸的拖把做得很好。"好！雯雯，你去一趟小桃家。就说，一周后，我们要二十一把拖把：十把白的，十把黑的，一把红的。杆比普通拖把长十厘米，白要清一色的白，黑要清一色的黑，红当然也要清一色的红。比普通拖把多一些布条，长一些……"秦老师思量了一会儿，"长十厘米吧，打开时，飘逸！"

见了小桃爸爸，舒雯雯将秦老师的意思复述了一遍。小桃爸爸听罢，面露难色，不住地挠头。小

这是另外一种拖把，是艺术的、能经得起审美的拖把。可是哪有这样的拖把？

秦老师找来起司、熠星和雯桃，对他们说："我们现在急需二十一把拖把。"三个人你望望我，我望望你。"雯桃，你爸爸能做出这样的拖把吗？"秦老师知道雯桃的爸爸开了一家杂货铺，里面就有自己做的拖把售卖。"能！"起司回答。秦老师看看起司："那是雯桃爸爸！又不是你爸爸！你能打包票？""雯桃，你爸爸能做出这样的拖把吗？"秦老师又问。"能……"雯桃回答的声音虚虚的。她知道爸爸的拖把做得很好。"起司，熠星，你们去一趟雯桃家。就说，我们要二十一把拖把。十把白的，十把黑的。一把是红的。杆比普通拖把长十公分，白要清一色的白，黑要清一色的黑，红当然也要清一色的红。比普通拖把多一些布条，长一些……"秦老师思量了一会儿，"长十公分吧，打开时，飘逸！"

见了雯桃的爸爸，起司将秦老师的意思十分完整地表达了。雯桃的爸爸听罢，面露难色，不住地挠头。"爸爸，我们要比赛，要拿第一名！"雯桃说。"能不能拿第一，全看拖把了。"起司说。雯桃的爸

桃紧张地说："爸爸，我们要比赛，要拿第一名！""能不能拿第一，全看拖把了。"舒雯雯说。小桃爸爸微微点头，算是答应下来……一周后，小桃爸爸终于将二十一把拖把送到了学校。二十一把拖把，十把白，十把黑，一把红。白的像一团团雪，黑的像一团团墨，那红的分明是一团燃烧的火！同学们"哇"地惊呼起来！

排练也在紧张进行中。秦老师让同学们用擦地的拖把排练。不知为何，二十一个同学中，跳得最吃力的恰恰是最爱劳动、天天用拖把的小桃。舒雯雯已经看到，秦老师有好几次皱眉头了，心里不禁为小桃着急。小桃更是，满头大汗，仿佛跳舞是什么世界难题一样！

离区里会演还有一个星期，秦老师被一种焦虑纠缠着：小桃的舞蹈很成问题。

这哪是舞蹈，活脱脱就是擦地嘛！小桃舞着舞着，入戏了，完全忘了自己是在跳舞。还有，就是她的步姿，总有点滑稽——可这是一个很崇高、很高尚的舞蹈！秦老师总觉得小桃与其他舞者不一样，怎么说呢，就像是二十一颗红豆里有一颗黑豆。

这天中午，秦老师将小桃叫来，

爸琢磨了一夜，终于做出了符合要求的拖把。而在学校，秦老师让他们用擦地用的拖把排练。不知为何，在二十一个同学中，跳得最吃力的恰恰是最爱劳动，天天用拖把的雯桃。熠星已经看到秦老师好几次皱眉头了，心里不禁为雯桃着急。雯桃更着急，总是满脸通红，满头大汗，仿佛跳舞是什么大难题一样！雯桃的爸爸将二十一把拖把送到了学校。二十一把拖把，十把白，十把黑，一把红。那白分明是一团团雪；那黑分明是一团团墨；那红分明是一团燃烧的火。

秦老师紧紧握住雯桃爸爸的手："谢谢您！谢谢您！"秦老师紧紧握住雯桃爸爸的手；"谢谢您！谢谢您！"⑤

离区里会演还有一个星期。秦老师被一种焦虑纠缠着：雯桃的舞蹈很成问题。

这哪是舞蹈，分明就只是擦地嘛！她舞着舞着，入戏了，完全忘了自己是在跳舞。还有，就是她的步姿，总有点滑稽——可这是一个很崇高、很高尚的舞蹈！她总觉得雯桃与其他舞者不一样，就像是二十一颗红豆里有一颗黑豆。

秦老师苦难地想：是不是该换下雯桃？

拉到身边说："小桃，老师和你商量件事……

"你以前可能从未跳过舞，再过几天就要会演了，我想……你还是和我们一起，你负责看管这二十一把拖把，责任很重……"

小桃低着头，眼泪落在尘土上，一声不吭。

"好孩子，可以吗？"

小桃依然不吭声，却轻轻点了头。秦老师轻轻拥抱了她一下："老师谢谢小桃。"

演出那天，小桃在后台牢牢把守着二十一把拖把。其他学校来演出的学生，要用手碰一碰拖把，都被她坚决地挡开了。她用眼神告诉对方：不行！

轮到《拖把之舞》上场了，小桃将拖把一把一把分发到雯雯他们手中。演出期间，她一直坐在后台的沙发上，双手托住下巴。后台的灯光昏暗，她的眼睛乌黑乌黑地发亮。她时不时听到掌声，那掌声让她想到了老家夏天的雷声。

《拖把之舞》演出结束了，掌声经久不息，越发像她老家夏天的雷声。

小桃连忙起身，去后台口，将拖把一把一把地回收起来。舒雯雯交完拖把，有一种想哭的感觉，眼这天中午，秦老师将雯桃叫来了。她将雯桃拉向身边："桃桃，老师和你商量件事……"

"你以前可能从未跳过舞，再过几天就要会演了，我想……你还是和我们一起，你负责看管这二十一把拖把，责任很重……"

雯桃低着头，眼泪落在尘土上，一声不吭。

"桃桃，可以吗？"

雯桃不吭一声，轻轻点了头。

秦老师轻轻拥抱了一下雯桃："秦老师谢谢雯桃。"

演出那天，雯桃在后台牢牢看守着二十一把拖把。其他学校来演出的学生，要用手碰一碰拖把，被她坚决地挡开了，她用眼神告诉对方：不行！

轮到"拖把之舞"上场了，雯桃将拖把一把一把地分发到熠星他们手中。

在整个演出中，大家都非常卖力，表演自始至终都很好。演出期间，雯桃一直坐在后台的沙发上，双手拖住下巴。后台的灯光昏暗，她的眼睛乌黑乌黑地发亮。她时不时听到掌声，那掌声让她想到了老家夏天的雷声。

"拖把之舞"演出结束了。掌声经久不息，越发像她老家夏天

睛里好像跳动着蓝色的火苗。

就在小桃收下最后一把拖把时，舒雯雯突然生气地夺过那把红色的拖把，如同发射火箭筒一样，将那把拖把猛地掷了出去……红色的拖把像一团火，飞在舞台上空。台下的人不由得尖叫起来，惊诧，错愕，流动的时间仿佛在一瞬间变成了石头。

小桃忽然如梦初醒，马上踩着并不那么优美的舞步在台上荡了一圈，看到拖把后，露出一副惊讶的神色。然后她踮着脚尖，围着拖把轻轻地转了两圈，将它慢慢捡起，抱在怀里。这一急中生智的表演，让所有的人都觉得这是节目的"彩蛋"，这个设计好独特！

秦老师笑了。这一舞，终于一个不缺，完美谢幕……

故事大课堂

的雷声。

她连忙起身，去后台口，将拖把一把一把地回收起来。熠星交完后，看着雯桃一把一把地收着拖把，突然地，他有一种想哭的感觉，眼睛里好像跳动着蓝色的火苗。

就在雯桃收下最后一把拖把时，熠星突然生气地夺过那把红色的拖把，如同发射火箭筒一样，将那把拖把猛地掷了出去……红色的拖把像一团火，飞在舞台上空。台下的人不由得尖叫起来，所有的同学都很惊愕，流动的时间仿佛在一瞬间变成了石头。

雯桃忽然如梦初醒，马上踩着并不那么优美的舞步在台上荡了一圈，看到拖把后，露出一副惊讶的神色。然后她踮着脚尖，围着拖把轻轻地转了两圈，将它慢慢捡起，抱在怀里，这一急中生智的表演，让所有的人都觉得这一设计好独特！⑥

这一舞，终于一个不缺，完美谢幕……⑦

作者系上海民办华二宝山实验学校学生

指导老师：陈昭晖

（本栏目欢迎学生习作投稿，来稿请寄：wenzhaiban@126.com，投稿时请标注"故事大课堂"字样。）

首席编辑核心提示

① 首先，拖把是本作品的核心道具。从生活拖把到艺术拖把，从制拖把到护拖把，从扔拖把到捡拖把，环环相扣，纵向到底。其次，原稿人物较多，有秦老师、田校长、班主任王瑶瑶、舒雯雯、起司、熠星、雯桃、雯桃爸爸等八位，修改时，仅突出秦老师、舒雯雯、雯桃、雯桃爸爸这四人。此外，由于舒雯雯、雯桃两人名字都带"雯"字，容易混淆，故以"小桃"替代"雯桃"之名。而在舒雯雯、小桃两者的"人设"上，既有区分又有变化。舒雯雯一直以强者的形象出现，但最后舒雯雯的"砸场"，形强实弱；而小桃的"救场"，却形弱实强。

② 开头很重要。开门见山是常见的写法。不能拖沓。

③ "她擦地的样子与众不同"，这句的"她"是指舒雯雯；而"她继续往校门口走"，是指秦老师。初学写作者，往往"她她"不分，或"她他"不分。

④ 删掉田校长的戏，隐在布置任务、讨论草案之中。

⑤ 有关制作拖把的情节应相对集中，否则会与排练事件交叉，形成"干扰素"。

⑥ 这出"重场戏"浓墨重彩，写得非常之好！

⑦ 结尾中再现"秦老师"，既是首尾呼应之意，同时也让秦老师贯穿始终。

第三堂：我的第一个笔记本。 在平时的阅读活动中，你是不是常常被那些美妙的语言所打动？它们可能是金句、格言，也可能是好的开头、结尾，还可能是精彩的题记……现在我们整理了一部分内容，希望能充实、丰富你的笔记本。倘若你也有好句子，不要忘了与大家一起分享哦。

有些好句子，学着写一写

1. 月光还是少年的月光，九州一色还是李白的霜。——余光中
2. 你说你孤独，就像很久以前，火星照耀十三个州府。——海子
3. 哪里有阴影，那里就有光。——雨果
4. 即使踏着荆棘，也不觉悲苦；即使有泪可落，亦不是悲凉。——冰心
5. 你呀你，别再关心灵魂了，那是神明的事，你所能做的，是一些小事情。诸如热爱时间，思念母亲，静悄悄地做人，像早晨一样清白。——王海桑
6. 我要有能做我自己的自由和敢做我自己的胆量。——林语堂
7. 谁终将声震人间，必长久深自缄默。谁终将点燃闪电，必长久如云漂泊。我的时代还没到来，有的人死后方生。——尼采

废话文学大赏

1. 众所周知，蝉的翅膀非常薄，到底有多薄呢？薄如蝉翼。
2. 三人行，必有三人。
3. 听君一席话，如听一席话。
4. 这句话我猛然一看，就猛然看到这句话。
5. 但凡有一点意义也不至于一点意义都没有。
6. 香蕉越大，香蕉皮越大。
7. 每当你浪费了人生中的 60 秒，你的生命就流逝了 1 分钟。
8. 雪崩的时候，没有一片雪花是不崩的。
9. 如果你愿意多花一点时间读完，你就会发现你多花了一点时间。

（本栏目欢迎学生投稿，来稿请发至：wenzhaiban@126.com，投稿时请标注"故事大课堂"字样。）

故事大课堂往期精彩"码"上看，扫一扫，优质课程带回家。2 元／期。

第四堂：讲出你的精彩。 看完故事，自己先讲一遍。讲不好不要怕，看视频是怎么讲的。故事大王告诉你哪些才是关键点。好口才就是这样练成的。

新疆喀什地区泽普县奎依巴格镇中心小学：王佳琪 绘

祖国，我终于回来了

相关内容改写

根据刘敬智的《钱学森——中国人的骄傲》

钱学森是我国杰出的科学家。他早年留学美国，以优异的学习成绩获得了博士学位，成为航空工程和空气动力学专家。他在火箭研究方面取得了很大进展，被美国麻省理工学院聘为终身教授。在美国，金钱、地位、名誉，他都有了。

但是，一听到中华人民共和国成立的消息，钱学森便立即决定放弃美国的一切，回国工作，为建设新中国贡献自己的全部力量。

1950年，钱学森辞去工作，办好了回国手续，买好了回国的飞机票，把行李交给打包公司打包。然而，就在这时，他接到美国移民局的通知：不准离开美国！他被迫退掉飞机票。美国海关把他的行李打开检查，硬说里面藏着重要机密，说钱学森是间谍。其实，他的行李里面装的只是准备带回国的教科书和笔记本。几天后，钱学森突然被捕，被关在一个海岛的拘留所里，受到无休止的折磨。每天晚上，看守人员每隔十分钟就来开一次灯，使他无法休息。半个月时间，他就消瘦了很多。

美国当局对钱学森的迫害，引起了美国科学界的公愤。不少美国朋友出面营救钱学森。他们募捐一万五千美元，把钱学森从拘留所里保释出来。但是，美国联邦调查局并没有停止对他的迫害。他的行动受到限制，信件受到检查，电话受到监听。然而，钱学森没有屈服，他不断提出要求：我要离开美国，回到祖国去。

他坚持斗争了五年。他的斗争得到了世界各国主持正义的人们的支持，更得到了中国政府和中国人民的亲切关怀。周恩来总理对钱学森十分关心，亲自过问他的情况，并指示参加中美两国大使级会晤的中国代表，在会晤中提出关于钱学森博士回国的问题。1955 年，美国政府不得不同意钱学森回国。同年 9 月 17 日，钱学森登上了回国的轮船。10 月 8 日，他含着幸福的泪花回到了祖国的怀抱。

上海故事家协会秘书长丁娴瑶点评：《祖国，我终于回来了》一文，讲述了钱学森历经种种艰险，终于回到祖国怀抱的故事。鲍允萱小朋友讲述时吐词清晰，语言流畅，动情处还配有些许肢体动作，使作品情绪更具感染力。

熟读故事，能流畅地背诵故事文本，是讲好故事的基础。这一点，相信绝大部分小朋友都能做到，但要在背诵的基础上，根据角色的不同、场景的不同、情节起伏的变化等，来切换一定的语音语调、掌控好讲述节奏，对很多讲故事初学者来说，就是难点了。这个作品中，钱学森从"想回国"到"回国难"，再到"终于回到祖国怀抱"，在情节内容上是有起伏的，小朋友讲述时，要格外注意节奏的控制和语调的变化。例如，在钱学森遭遇困难的段落，语气可以适当"沉而缓"；当他克服困难，成功回国时，语气可以转为明快、兴奋，有适当语气区分，可以使语言节奏更"悦耳"，使作品的情绪渲染更丰富、更到位。

扫码看鲍允萱小朋友的精彩讲演，"码"上体验云端故事会，你也可以成为小小故事员！

（本栏目欢迎学生投稿故事讲演，来稿请以视频的形式发至：wenzhaiban@126.com，投稿时请标注"故事大课堂"字样。）

第五堂：与作家一起散步。为你提供的是现代文阅读题。有几道考试真题，答对了吗？不要急，有请作家本人给你支招。

别把我当陌生人

@ 尉迟克冰

2021 年辽宁省沈阳市中考题

① 去年夏天，我去外地开个笔会。想要看看沿途不同区域的风景，决定去时坐火车。3000 多公里的路途，我没有同伴。

② 出发前，老公反复叮嘱我："独自出行，注意安全。路上不要轻易和陌生人说话，不要接受陌生人给你的食物和饮料，只要离开位子，回来时一定要把杯中剩下的水倒掉。"弄得我还没出门就备感紧张。

③ 我刚走进火车包厢，一个男人也进来了，身后跟着个四五岁的小姑娘，大概是男人的女儿。过了一会儿，一个七岁左右的小男孩蹦蹦跳跳地过来了，他妈妈紧跟在后面。整体环境不错，我心里稍稍平静了些。

④ 晚上十点多，我锁好门，把手提包压在枕头下面。不知不觉，已到深夜，人们都睡熟了。突然，我在似睡非睡中听到窸窸窣窣开锁的响动，接着，哗啦一声，门被打开了。我看到，一个黑乎乎的脑袋探了进来，身

体还在外面。不好，一定是小偷！我猛地打了个激灵，心跳到了嗓子眼儿，身体哆嗦，头皮发麻。他打探一番后，挤进门内。我不知从哪里来了勇气，顿时从铺上弹坐起来，大喝一声："干什么的？""我，我上车呀。"刚上车的男人被我的喊声吓了一跳，随后他将行李拖了进来，原来真是上车的。虚惊一场！

⑤　昏昏沉沉的一夜过去了。早晨醒来，赶紧摸了摸枕头下面，包在。

⑥　随便吃了早点，又躺下看书。中间出去了几次，回来后，我严格按照老公嘱咐的去做，把杯中剩下的水倒掉。包厢里，孩子们在嬉闹，大人们都很安静。当我拿出零食吃的时候，挺想给那两个孩子。可我没有。

⑦　"阿姨，你怎么躺了半天也不下来玩儿？"下铺的小姑娘仰着脸，忽闪着大眼睛笑着对我说。她把我从铺上唤下来，我就和他们几个大人聊了会儿，孩子们也不闲着，小姑娘唱歌，小男孩儿讲故事，我们的包厢里显得很热闹。

⑧　"阿姨，吃荔枝吧！"小姑娘奶声奶气地说，接着递给我一颗饱满的荔枝。我愣了一下，赶忙说了声谢谢，接过荔枝，手有些颤抖，还有些僵硬。上车快一天了，我们都是各吃各的东西，谁都没给过孩子吃的。我想，上车前，他们的父母一定无数次告诫他们，不要接受陌生人的食物，同时我更害怕遭遇被拒绝的尴尬。

⑨　接着小姑娘给每个人都发了一颗荔枝，没有人拒绝她。看着大家一起分享她的甜蜜，她笑得眼睛像弯弯的月亮湖。此刻我拿着荔枝，不敢面对孩子天真无邪、清澈透亮的眼睛。和孩子比起来，大人的世界有太多的顾虑。突然间，我觉得非常惭愧。

⑩　那颗荔枝，我一直攥在手里，舍不得吃。小小的荔枝，如同两个世界的缩影。成人的世界如同荔枝皮，坚硬、粗糙，常有顾虑；孩子的世界如同荔枝瓤，柔软、晶透，充满善意。我们的小包厢渐渐成了快乐的大家庭，美食共享，格外香甜。我把最好吃的都留给了小姑娘，还让她坐在我腿上，给她讲故事，把她原来松散的头发编成漂亮的小辫，拍了很多照片。那天夜里，她是在我怀里睡着的。

⑪　第三天清晨，越过上千里寸草不生的茫茫戈壁滩，终于看到了茂密的树林。"快看，天山！"人们指着远处峻拔高耸、白雪皑皑的群峰喊着。

⑫ 车停了。人们如潮水般从车身里漫出。<u>我抱着小姑娘，她爸爸帮我提着大行李箱。孩子紧紧搂着我的脖子，趴在我肩上。</u>出站了，外面人头攒动。要分别了，我依旧紧紧抱着孩子，我们脸贴脸。她父亲将她抱走的那一刻，她哭着大声喊："阿姨！"我心里如此不舍，背过身去……

⑬ 手机响了，收到朋友发来的短信："出门在外一定小心，不要轻易和陌生人说话，不要接受陌生人给你的食物和饮品。"我笑了笑，走进人海中……

摘自《人民日报》 图：佐夫

1. 选文第⑥段结尾句提到"我"没有拿零食给孩子们吃，请从文中找出原因。（2分）

2. 请结合选文内容，分析第②段和第⑧段中两个画线词的表达效果。（4分）

3. 选文第⑧段画线句子运用了哪些人物描写方法？有什么作用？（4分）

4. 结合选文，分析第⑫段画线句子不能删去的原因。（3分）

扫码看真题实战，作者解题有话说。

第六堂：给你一双慧眼。故事中有多处差错，你能找出来吗？比一比，看谁找得对、找得快。

寻找新居 @伯淮

这是一座才建成几年的村子，一位老人正坐在村口晒太阳。

一个风尘朴朴的年轻人驾着马车途经此地，他停下车来向老人打听："老先生，我正想找个地方安新家，这里的居民都是些怎样的人？"

老人看了年轻人一眼，说道："你先说说你原来住的地方都是些怎样的人吧。"

"别提有多糟了"！陌生人立马报怨了起来，"那里的人没有一点绅仕风度，既粗野又自私，让人忍无可忍。我之所以搬家，就是因为不肖与他们为邻。"

老人听后慢腾腾地说："哦，那真是遗憾。这里的居民一样，他们也是一群粗野无礼的人。"

年轻人哀声叹气地驾车就走。

没过多久，一个中年人骑着马来了。又是一个寻找新居的人，他也向老人打听村子的事情，问了一些类似的话。

"你先说说你原来住的地方都是些怎样的人吧。"老人提出了同样的要求。

"他们都热情友好，彬彬有理，大家心心相应，相处和睦。要不是因为换了工作的缘故，我真舍不得离开他们。我希望找到和他们一样的邻居。"中年人答道，脸上冲满了幸福的笑容。

"恭喜你，你已经找到了！这个村子的居民就是这样的。"老人也笑了，他热情地向中年人提议，"入驻此处吧，你会喜欢他们的，他们也会喜欢你的。"

摘自《咬文嚼字》

扫码看答案，和同学比比，谁的得分高？

变形记

@徐晟熙

这天，我和小伙伴们在公园里开心地捉迷藏，看到湖边有堆草，这么隐蔽的地方，一会儿肯定找不到我。随着小伙伴的数数声，我一个箭步冲了过去，蹲在草丛中一阵窃喜。突然，脚底一滑，我好像要掉到湖里了！

眼前一道白光闪过，等我睁开眼睛，天哪，我居然变成了一条小鱼！圆鼓鼓的眼睛、金灿灿的鱼鳞、枫叶似的尾鳍，我轻轻地摆动着尾巴，一会儿冒出水面吐个泡泡，一会儿沉到湖底到处看看，无比轻松地在水中穿梭着。身边还有一群五颜六色的小鱼，热情地和我打着招呼，有一条大眼睛的小黑鱼邀请我一起玩耍，我们围绕着摇摆的水藻一起嬉戏、打闹，开心极了。

玩了好久，肚子有些饿了，我们准备一起去觅食。小黑鱼告诉大家，靠近湖边的地方常有好多好吃的，我们便一起出发了。突然，有个什么东西扑向我们，大家慌忙四散，我随着鱼群被撞击到了一块石头上，等我缓过神来发现，刚才扑向我们的是一个渔网，我的好朋友小黑鱼已经被渔网捕捞走了，我伤心极了。大家提醒我，要赶紧离开这里，我担心着小黑鱼的去向，但又无可奈何地跟随着大家游向其他地方。旁边有条小金鱼一边流着眼泪一边说道："捕捞者太多了，我的爸爸妈妈就是在寻找食物时被他们抓走的。"大家忍不住都纷纷抱怨起来："不光捕捞，人类还在破坏我们的家园！湖边的垃圾，扔到湖里的瓜子皮、香蕉皮、废纸、垃圾袋，这些都破坏了我们的生存环境。""对呀，湖的另一边更没法住了，不知道哪里来的一根大管子，呼呼地往湖里排臭水。"大家你一言我一语地讲着，我越听越气愤，忍不住用力拍打着自己的腹鳍。

一个猛拍之后，眼前再次闪现一道白光，我突然发现自己站在湖边，环顾四周，还是熟悉的环境，但也看到了湖边的捕捞、湖里的垃圾，我便迫不及待地喊上小伙伴，一起去制止这些行为。

环境是我们每一个人的家园，我们要从身边的事情做起，让湖水变回清澈，让小鱼的家园变得美丽。

（作者系北京市朝阳区呼家楼中心小学柏阳分校六年级学生）

吴 艳
故事会校园版编辑
Wu Yan Stories Editor

陪你过年的人，
最值得珍惜

　　春节回家，与母亲在餐桌上争执起来，明明是享受年味的时刻，却因为一点琐事败坏了兴致。

　　回到房间，边落泪边胡乱地刷着小视频。无意中看到这样一段——

　　视频里，年轻女子下班回家，看见厨房满是狼藉，儿子手里、身上混杂着饺子皮、面粉。女子发现燃气灶开着，她赶紧关上，确认没有危险后才长舒了一口气。疲惫的女子勃然大怒，不断斥责只有四五岁的儿子，儿子号啕大哭，女子却不依不饶。

　　看到这夸张的剧情，我皱眉：孩子能懂什么？即使做错了事情也不该将情绪发泄在他身上啊！更何况，他看上去更像是想为母亲做顿饺子。

　　视频里，女子停了下来，似乎意识到自己情绪失当，她语气变缓，对儿子说："今天我们出去吃，过年总得吃点有年味的东西。"

　　两人来到热闹喜庆的街道，选定了一家面馆。女子付完钱，却发现儿子不见了。她四处寻找，心急如焚。终于在一家饺子店门前看到正往里面张望的儿子。女子跑过去，哭着说："你怎么跑了，想急死我吗？"儿子指了指店里的饺子说："饺子……你爱吃的，春节总要吃……饺子。"

　　女子愣住了，这时，视频画面开始旋转，儿子的脸庞逐渐变得苍老起来。原来——这不是一个母亲照顾年幼的儿子，而是一个女儿照顾心智只有四五岁的父亲。

　　女子想起父亲还年轻的时候，每年春节她总爱缠着父亲做饺子吃。可是岁月流逝，年迈的父亲如今只有小孩的智商。

　　一切都变得合理起来。因为，父母总能原谅孩子做的错事，但孩子对父母却有过高的要求——哪怕父母已经开始衰老。

　　我为什么难以宽容理解自己的母亲呢？能陪我过年的人，本应该最值得我珍惜。想到这里，我放下手机，走出自己的房间……

090
CONTENTS

2022
STORIES DIGEST
2月校园版

故事中国网：www.storychina.cn　邮发代号：4-900　国外代号：MO9178　定价：6.00元

社 长、主 编：夏一鸣

副社长：张 凯

副主编：高 健

本期责任编辑：吴 艳

发稿编辑：高 健 蔡美凤
　　　　　胡 捷 杨怡君

美术编辑：孙 娌

责编电话：021-53204043

邮编：201101

地址：上海市闵行区号景路 159 弄
　　　A 座 3 楼

主管：上海文艺出版总社

主办：上海文艺出版总社

出版单位：《故事会》编辑部

发行范围：公开

出版、发行电话：021-53204159

发行业务：021-53204165

发行经理：钮 颖

媒介合作：021-53204090

广告业务：021-53204161

新媒体广告：021-53204191

国外发行：中国图书贸易总公司

印刷：上海四维数字图文有限公司

发行：上海邮政报刊发行局

邮发代号：4-900

国外代号：MO9178

定价：6.00元

故事会公众号　故事会 App 下载二维码

故事会》微博：@ 故事会　　《故事会》微信：story63

故事会校园版欢迎投稿

稿件要求：来自最新的报刊、图书或网络，故事性强，文字明快，主题健康，视野开放，纪实或虚构均可，体现"新、知、情、巧、趣、智"的特点，同时欢迎第一手的翻译作品。推荐作品须注明原文出处、原作者姓名，确保转载不存在侵害版权的行为，并请留下推荐者真实姓名及通信地址。作品一经采用，即致推荐者 50 至 200 元推荐费，并向作品著作权人支付稿酬。

故事会 校园版 投稿信

wenzhaiban@126.com

故事中国网：www.storychina.cn

丸子的朋友圈

 丸子

Loading······1%······2%······3%······5%······5%······5%······作业加载失败，请教育局重新放假。

哲学系二师兄：你若军训，便是晴天。你若放假，便是雨天。你若发奋写作业，便是开学前一天。

 快递员小马

前天，算命先生对我说，我今年"命犯桃花"，会被一个忽然出现的女人伤得很深。他果然算得很准。

丸子：你找到对象了？
快递员小马回复丸子：不是，昨天，

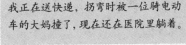
我正在送快递，拐弯时被一位骑电动车的大妈撞了，现在还在医院里躺着。

 金融小王子刘思聪

最近老板不知道怎么回事，特别注重时间，就算迟到五分钟也逃不过去，非得当着全办公室的人对他深鞠躬，诚恳地说："对不起，我来晚了。"大家都很生气，于是"整"了下他。

郭美眉：你们对他做了什么？我看他已经精神恍惚了一下午了。
金融小王子刘思聪回复郭美眉：大家约好一起迟到了五分钟，然后统一穿黑衣服，一脸凝重，在公司门口给等待的老板一鞠躬，然后说："老板，对不起，我们来晚了。"

郭美眉

今年情人节，回家路上看见卖甘蔗的，想吃就买了一根。到家碰见我妈出来遛狗，我妈说："人家姑娘都领个男朋友抱束花，你再看看你，拎着根金箍棒像只猴儿。"

王大脸真的不是女汉子：哪怕你不领个唐僧，换个猪八戒也行啊。

哲学系二师兄：楼上的，你是不把沙僧放在眼里吗？

哲学系二师兄

听说楼下的从中风险区回来了，现在居家隔离，好巧不巧，我晒的衣服掉在他家阳台上了。没办法，我将差点放进锅里的大闸蟹拿了出来，捆在绳子上往下放。运气不错，它居然真的用钳子将衣服夹上来了。

金融小王子刘思聪：表现不错，晚上多奖励它些蒜蓉和姜。

王大脸真的不是女汉子

看新闻上说，如果喜欢熊猫的话，虽然领养难以实现，但可以认养。你按时给动物园打钱送食物，这些钱会花到你认养的熊猫身上，食物也会喂给它。你就是它名义上的主人，可以定期看望它。这种方式超棒超温情，又环保又有爱心。

郭美眉：你也想认养一只？

王大脸真的不是女汉子回复郭美眉：不是，我的意思是，如果大家愿意的话，我也愿意接受认养。

大老板张富贵

和刘思聪一起吃夜宵，喝得差不多的时候他看了看表，放下酒杯说："哥几个喝着啊，我还约了朋友呢，先走了啊！"

然后摇摇晃晃上了出租车就走了，过了二十分钟他又回来了，坐在邻桌椅子上说："哥几个，我来了，刚跟几个朋友喝完。"

快递员小马：我以为他是逃单，原来是真的喝醉了。

牛大姐家乐事多

主要人物：牛大姐（妈妈）　牛大哥（爸爸）　牛小美（女儿）　牛小宝（儿子）

钱多多（牛小美的男朋友）　刘姥姥（牛小美的外婆）

※ 春节期间，牛大姐长胖了，她拉着牛大哥一起减肥。

一周后，两人上秤。牛大哥惊喜道："天啊！我瘦了两斤。"

牛大姐心想：两人的努力没白费。她也上了秤，大叫："天啊！我胖了两斤。"

牛大哥看牛大姐情绪低落，安慰道："别难过，好在是内部流动，咱肥水没流外人田！"

※ 牛大姐对牛大哥说："晚上超过 7 点钟吃饭，真的对身体不好，会导致很多疾病。"

牛大哥说："那我该怎么办？我还不是为了生计，每天回家就那么晚了。"

牛大姐："哦，我不是那个意思，我是想说，我们以后就不等你吃饭了。"

※ 牛小美辅导牛小宝，给他讲成语故事。

"楚国有个卖矛又卖盾的人，他先夸自己的盾很坚固，任何东西都刺不破它；然后又夸自己的矛很锐利，能把任何东西穿破。"牛小美顿了顿，问，"那你知道接下来旁边的人会怎么问他吗？"

牛小宝说："知道。旁边的

人会问他：'如果用你的矛去刺你的盾，举着能当成一把伞吗？马上要下雨了，如果行就这样来一把……'"

牛大哥听到后，点点头说："矛盾解决了。"

※ 牛小美高兴地问钱多多："看我新做的发型怎么样？"钱多多瞧了一眼后，摇了摇头，接着看手中的杂志。

牛小美想了想，说："没关系，那个发型师说不满意的话还可以免费为我再换一个。不过，如果更难看怎么办？"

钱多多听了放下杂志，仔细看了看，认真地说："我觉得很值得一搏。"

※ 吃饭的时候，牛小宝不小心把稀饭打翻了。

牛大姐本想冲他发火，但想起前不久在网上看到专家说，吃饭时骂孩子，会影响孩子身心健康，于是牛大姐平复了一下心情，让他再去盛一碗继续吃。

见此情景，牛小宝却紧张地说："妈妈，你不打我？也不骂我？要不我现在给你磕个头拜个晚年吧？免得你秋后算账！"

※ 牛大哥对牛大姐说："今天你怎么没戴项链？"

牛大姐直截了当地说："掉了！"

看到牛大哥要生气，牛大姐立刻又飞快地说道："你可别想着凶我，半个月前就掉了，开始还有点怕你骂我，现在不怕了！来来来，我们先讨论一下这半个月你有没有关心我，然后再说丢项链的事儿！"

牛大哥："……"

※ 牛大姐问牛大哥："你觉得我怎样？"

牛大哥看着牛大姐，意味深长地说："你就像我生命中的一盏明灯，还需要说吗？"

牛大姐满意地点点头走了，这时牛小美凑上来问："我妈对你这么重要？"

牛大哥说："她是红绿灯，我得听她指挥。"

※ 周末，牛小美在家躺了一天，很饿。她对牛大姐说："妈，我一天没吃东西了。"

牛大姐："哦，你昨天吃撑了？"

牛小美转向牛大哥，又说："爸，我一天没吃东西了。"

牛大哥："那你明天记得吃。"

72碗手擀面

@江志强

安装暖气

腊月二十八那天黄昏，家里来了九个小伙子，分别来自甘肃天水、湖南常德、浙江绍兴，集体给母亲拜早年来了。

这些小伙子穿着蓝色工装，上衣左侧印有"管道维修"的字样。他们拜年的方式很特别，先向母亲问好，然后从帆布工具袋里取出扳手、管钳等工具，把家里的四组暖气片以及输暖管道从头到尾进行了修整。

厨房里，正在擀面条的母亲似乎已经习惯了他们的热情。

母亲对我说，入冬以来，这些小伙子已经是第八次来家里了。

说着，母亲将擀好的面条下入锅里。很快，面条煮熟，出锅，浇上了西红柿木耳鸡蛋卤，依次摆到桌上。挑动着香喷喷的手擀面，小伙子们大口大口地吃着，很是惬意，像回到了家里。

那位名叫陈竹晓的小伙子带着一口绍兴口音说："阿姨，今年冬天，我们吃了您72碗手擀面，我们永远都会记得。等到开春，我们来邯郸找活干，就来看您。"

我家所在的生活小区，这个冬天要在入冬之前全部完成"三供一业"改造。其中，供暖最关键，要由气暖改为水暖。

在那个冷雨霏霏的下午，母亲遇到了陈竹晓等九个小伙子，请他们提前把家里的暖气处理好。

那天，母亲给小伙子们做了手擀面，这是母亲的"拿手饭"，劲道，耐嚼，味香。饭毕，小伙子们迅速拆完旧的暖气片、暖气管后，征询母亲的意见："暖气安装有两种方式，一种是串联，一种是并联，您需要安装哪一种？"

母亲说："我也不懂，你们觉得哪一种好，就选哪一种吧。"

于是，这些小伙子决定给母亲安装串联式暖气管道。等到打压结束，已是夜深人静。离开时，他们拿出一张施工项目交付表格，请母亲签了字。母亲觉得他们干得很辛苦，各路管线制作得很正规，也很美观。

负责到底

谁知，仅仅过了一个星期，母亲便后悔了。周边楼院所有住户暖气改造完成后，有几位邻居来我家造访，几乎所有人都认为我家的暖气管线安装得不对劲：第一，施工方为了加快进度、节省物料，使用了串联的方式；第二，其他用户的暖气片进出水管分别安装了两个阀门，而我家只有一个总阀门。一旦有一套暖气片出现漏水问题，势必要关闭总阀门，如此，家里就成了冰窖。

次日一早，母亲就给陈竹晓打电话。陈竹晓表示他们做不了

主。而且改造完成时，母亲已经在交付单上签了字，无特殊问题，很难更改，即便要重新安装，材料费、人工费由用户承担。母亲决定自己花钱购买材料，请他们帮忙重新安装。

陈竹晓又让母亲失望了，说自己已经离开了邯郸，到石家庄找活了。顿时，母亲觉得被那几个小伙子骗了。母亲不甘心，又给物业打电话。物业没发现问题，同时安慰母亲："谁也没有科学依据能够说明串联管道与并联管道的优劣，老人家您就安心吧。"

只是母亲无法释怀，她仍然想和邻居保持一致的取暖方式。

正式供暖前一天晚上，母亲正在灯下愁眉不展，三个陌生小伙子敲了门，将一捆PV管抬进家里，还有八套暖气片的阀门。

母亲怔住了。

三个小伙子自称是陈竹晓的朋友。陈竹晓在石家庄，来不了，委托他们帮母亲解决暖气问题。

母亲的心一下子软了。

那天，三个小伙子干到深夜。

天亮后，母亲给陈竹晓打电话，道不完感激之情。电话那头，陈竹晓和母亲讲起了一个故事。几年前，他的奶奶也遇到这类取

暖问题，明明没有任何问题，只是因为和邻居家的样式不一样而耿耿于怀，落下了心病，身体日渐萎靡。他理解母亲的想法，可石家庄那边的工作量很大，他本人没办法赶来，只能托朋友帮忙。

暖意年味

农历冬月初九晚上，陈竹晓他们来到我家。他们再次帮母亲检查暖气片，调整放气阀，调节温度，室内暖暖得像春天。

母亲心头所有的沟沟坎坎一下子被填平了。原来，供暖之后，母亲发现水暖不如气暖效果好，她很想给物业、给陈竹晓打电话，可又不好意思。现在，陈竹晓回来了，连夜帮助母亲解决了问题。母亲又给他们做了一顿热腾腾的手擀面。吃饭时，母亲取过他们的工作服，拿出针线，细心地帮他们缝补了上面的破洞。

从那天起，陈竹晓他们只要有时间，就来帮母亲干活，检查暖气管道、自来水管道，疏通下水道……每回过来，母亲都要给他们做手擀面。

腊月二十八那天晚上，我包了一辆车，把这些小伙子送到了邯郸东站。一路上，我给陈竹晓

他们点赞："你们视质量为生命，工作局面会越来越好的。"

陈竹晓说："哥，你只说对了一半。其实像我们这样流动性很强的工作，经常是吃了上顿忘了下顿。在给很多住户干活时，他们也会留我们在家吃饭，大多是快餐和外卖。这个冬天，阿姨给我们做了72碗手擀面，我们吃到了一种善意和亲情。"

听着陈竹晓的话，我心里暖洋洋的。回到家，我突然想起一个问题，连忙问母亲："那些小伙子给咱家多次检修暖气管道和生活设施，各种PV管和零部件，肯定花了不少钱吧？"

母亲一惊，用力地拍着脑门："我咋把这给忘记了……"

弟弟说："妈用72碗手擀面温暖了九颗出门在外年轻的心。"

母亲沉思着，说："邻居们都觉得这些四处揽活干的小伙子不靠谱，我可不这么想。人家不但靠谱，而且有情。这样的孩子不管走到哪儿，都能干成事儿。"

春节期间，母亲接到了九个拜年电话，是从甘肃、浙江、湖南等地打来的。

梁衍军摘自《博爱》

图：陈明贵

就是爱历史（二月篇）4.1899年2月3日，老舍诞生。

那年月，每年春天都闹饥荒，粮食根本不够吃。

东营是退海之地，属于黄河入海口，也称黄河口。我的家在黄河南岸，粮食来源主要靠河滩地。河滩地好，只是太少，社员忙活一年，只能维持个半饱，一到春天人们便发愁。

那时候，黄河口一带的河滩地种完小麦以后，夏季多种植大豆。秋收之后，人们除了留下换豆油、豆腐的豆子，多余的豆子就拿到鲁中或鲁南（东营属于鲁北），去换一些玉米或地瓜干儿来度过饥荒。

一开始，父亲要和三舅去换粮食。父亲有胃病，离不开药。我说："我长大了，让我去吧。"

父亲沉吟了一会儿，说："好吧，你去吧。路上要听你三舅的话，他让你干什么你就干什么。"

我的发小李晨和我同岁，他也要去。三舅又联系了四个人，加上我和李晨，一共七个人。

正月二十九，天还没有大亮，我们一行七人便推着七辆独轮车上路了。我推着两口袋大豆，走之前称过，有二百六十多斤，这是我家和我二大爷家，还有我姑家的全部希望，这个春天就靠这

那年春节后，地瓜干儿是香的，猪杂碎汤是香的，鸡蛋面却很咸……

十七岁那年的地瓜干儿

@ 李秋善

点儿豆子了。独轮车上除了豆子，还有被褥。李晨车上的豆子和我的几乎一样多。刚出门还不觉得累，我俩有说有笑地走在最前面。

一路向南，出了垦利县城，看到许多的"磕头机"（抽油机），那时候我还不知道这东西叫啥，只是觉得新鲜。再往前走又看到许多井架，后来我才知道，井架有作业井架和钻井井架。

路上，三舅不停地跟我们介绍："这里是'老试采'，这里是'井下'，这里是'钻井'……"我们听着这些陌生的地名，感觉又新鲜又好玩儿。那时胜利油田刚开发，还叫"923厂"，到处都是油田作业的特种车辆。

我们到了斗柯，才在大车店停下来休息。有人脚上起了泡，这才离家几十里，后面的路还长着。

我和李晨毕竟年轻，都没有感觉太累。晚上住在广饶供销社的大车店里，每人两毛钱。

我们都自己带了干粮，我带的干粮是豆面加玉米面的窝头，在家里是吃不上这么好的干粮的。大车店里给烧水馏干粮。睡觉是大通铺，土炕烧得热乎乎的。我们摊开自己带的被褥，我的左边是三舅，右边是李晨，那一晚大家都睡得很踏实。

第二天一大早，三舅便嚷嚷："赶紧吃饭赶路！"

吃完饭，我们向寿光赶去。

到了寿光五道口一打听，这里一斤豆子可以换二斤三两地瓜干儿。

三舅说："这里的地瓜干儿不面，要换好的地瓜干儿，还得到山区去。那里离我们家远，肯定更合适，再说地瓜干儿的品质也好，我们继续往昌乐、安丘走。"

有两个人说："不走了，合适不合适的在这儿换了得了，脚上都起泡了。"

于是那两个人留下了，剩下五个人继续赶路。

走到潍坊火车站，路边有朝天锅，锅里煮着猪杂碎。三舅和店主讲好价，每人五分钱一碗，可以续汤。我们把随身带的干粮掰到碗里，再舀上一勺杂碎汤，那叫一个香。

喝着杂碎汤，三舅问店家："这里豆子换地瓜干儿，怎么换？"

店家说："一斤豆子换二斤二两地瓜干儿。"

三舅一听傻眼了，我们也傻了，这不是越走换得越少了吗？

三舅说："继续走，安丘不行

去诸城，干粮不够的话，回来时煮地瓜干儿吃。"

又有两个人说："不走了，在这里换了得了。"

只剩下三舅、李晨和我三个人三辆手推车了。我们继续往南走，晓行夜宿。

终于，我们在诸城北，以一斤豆子换二斤六两地瓜干儿的换率换了。关键是诸城的地瓜干儿品质好，栗子味的。那地方每家也就能换我们三十斤、二十斤豆子，一个下午的时间才把三车豆子换完。

我换得了六百多斤地瓜干儿，车子比来时重了两倍还多，体积也膨胀了许多。

走到景芝东边的摩天岭，坡道又陡又长，要两个人一个拉着、一个推着才能上去。

到了稻田（地名）附近时，天已经黑了。前不着村、后不着店，三辆手推车围在一个路牌旁，摊开被褥，三个人在手推车底下睡了一夜。

走到广饶县城的时候，又遇到了五六级的西北风，还夹着雪粒子。我们是向北走，顶风，走不了了，只好在大车店里住下。这风一刮就是一天一夜。下半夜，

三舅注意到风停了，就喊我和李晨起来，说："风停了，我们可以赶路了。"

这一天，我们走了一百四十里路。晚上八点，赶到村口，天已经黑了。父亲在村口等着，看到我们回来很高兴。

三舅说："老哥，我把孩子给你安全带回来了。"

车子推进院子，父亲和我姑在卸车，他俩坚决不让我插手，说让我歇歇。

我到屋里，娘刚给我做好饭，手擀面里还卧了两个鸡蛋。我坐在锅台边吃面条，想起一路的艰辛，来回十三天，往返一千多里路，睡大车店是好的，有时要住在老乡家里……我的眼泪无声滚落，掉到我的碗里，面条顿时有了一股咸咸的味道。这一切母亲都看在眼里。

那一年我十七岁。

张秋伟摘自《百花园》　图：佐夫
···

【编者的话】 春节是中国人最喜庆的节日，而食物又赋予了春节美好的寓意。本期两篇故事里的一碗热面，不仅温暖了九颗在外漂泊的年轻人的心，也让一个刚满十七岁的少年懂得了生活的万种滋味。今年春节，让我们在充满爱与幸福的食物中，体会人间温情。

我只见过刘主任一面，中等个，胖胖的，见人不笑不说话，一笑两只眼睛就眯成一条缝儿……

钢笔

@邢庆杰

失踪的钢笔

20世纪80年代，我中学毕业后在一个村办小学当过几个月的代课老师。那是个比较偏僻的小村，校名来自村名，后屯小学。

那天刚上课，刘晓丽忽然带着哭腔站起来说，老师，我的钢笔不见了。我见过刘晓丽的这支钢笔，全金属外壳，应该是全班最好的一支钢笔。据同学们说，这是刘晓丽上学期期末考了全班第一名，在供销社当主任的爸爸奖励给她的，价值十二元。这个价格，是我这个代课老师一周的薪水。

那时，我正读《福尔摩斯探案》，自认为学到了很多破案的门道，对破获这个"案子"很有信心。经过一番深思熟虑，一个"破案"妙招在我的大脑中成形了。

我走上讲台，用黑板擦在桌子上重重地拍了一下，教室里顿时静了下来。我紧绷着脸皮，面无表情地说，同学们，谁拿了这支钢笔，我很快就能知道，主动坦白上交的，可以从轻处理！

几十双眼睛迷惑地望着我。

我目光威严地扫了大家一眼说，我数一二三，大家都闭上眼睛，拿了钢笔的同学，可以趁这个机会，将笔扔在地上。

我喊：一！二！三！

看到大家都紧紧闭上了眼睛，我也闭上了双眼，只是留了一条缝，悄悄观察着全班同学。同学们都闭着双眼，一动也不动，有的嘴角还挂着笑容。只有吴小天，他忽然将眼睛睁开，先看了看讲台上的我，又左右看了看，犹豫了一下，又把眼睛闭上了。

好了，大家睁开眼睛吧！

我叹了口气说，很遗憾，那位同学没有珍惜我给他创造的这次机会。

是偷的还是买的？

我让同学们都坐下后，把吴小天的同桌尹大兴叫了出来。

在教室外的一棵树下，我问尹大兴，你知道吴小天的家庭情况吗？尹大兴点了点头，把吴小天的家庭情况说了一下。

我说，好的，你回去，把赵长英叫出来……用了半个小时，我在教室外约谈了十位同学，内容都是了解吴小天的家庭情况。

我知道，这些同学回到教室后，都会盯着吴小天看。这会给吴小天的心理造成无形的压力。我对吴小天有了基本的了解：他的妈妈和爸爸离婚，改嫁到邻村，

爸爸再婚时，后妈是带着两个孩子嫁过来的，对吴小天不管不问。吴小天的亲妈有时会来看看他，但经常引起他后妈的不满……

最后，我约谈了吴小天。

吴小天又矮又瘦，头发像鸟窝，裤子的膝盖处打着补丁。他站在我面前，低着头。

吴小天，你把刘晓丽的钢笔交出来吧？我已经稳操胜券。

他吃惊地抬头看了我一眼，摇头，大声说，老师，俺没拿！

他的反应出乎我的预料，我耐着性子开导他：我会对同学们说，钢笔是我在外面捡到的……

老师，俺没拿！他又来了一句，斩钉截铁。

好！既然你不听老师的话，那就别怪我不给你留面子了！

我回到教室，让学生们同桌之间互相翻看书包和铅笔盒，我站在讲台上监督。

吴小天双手死抱住书包，不让尹大兴搜。尹大兴向我求救。

我冷笑了一声问，吴小天，你不是没拿吗？干吗还怕搜？

吴小天倔强地看了我一眼说，是俺自个儿买的！这种钢笔只许刘晓丽有，俺就不许有了？说着话，吴小天从书包内取出钢笔，

高高地举在手中。

全班同学都静了下来，目光集中在他手中的钢笔上。那支钢笔通体金黄，散发着微弱的光芒。

那你的家长知道吗？钱是从哪里来的？

吴小天慌了，紧张地摇了摇头，脸上溢满了汗水。

尘埃落定

尽管事情基本尘埃落定，但我还是想去吴小天家核实一下。我刚走到吴小天家所在的胡同口，吴小天就从后面追了上来。他拦住我说，老师，俺错了，求你别告诉俺爸妈，他们打得很疼。

我自然没去家访，我不想让这个倔强可怜的孩子雪上加霜。

周一早上，我刚到学校，刘晓丽就把我拉到门外说，老师，我们冤枉吴小天了，那天是我把笔落在家里了。说着话，她递给我两支一模一样的金黄色钢笔。

我一下子傻了。

刘晓丽说，吴小天很喜欢这支钢笔……我爸爸猜想，这一定是他亲妈悄悄给他买的，他不想让别人知道。

一种深深的愧疚油然而生。我几步走进教室，我要当着全班同学的面，向他道歉。可是，教室里没有吴小天的影子。我派尹大兴去他家里找，才得到消息：吴小天走了，他被舅舅收养了。

几天后，以前休产假的老师回来了，我的代课老师生涯也结束了。据说，那支钢笔吴小天一直没来拿。

多年后，我再次见到吴小天时，他已是一家建筑公司的老板。我终于有机会送上迟来的道歉。

已经年近不惑的吴小天笑着说，老师，当年你并没有错，那支钢笔，确实是我拿刘晓丽的……那时，我特别犟。说着话，他竟然脸红了。

我吃惊地睁大了眼睛问，不对吧？后来刘晓丽不是找到了自己的钢笔吗？

吴小天收起脸上的笑容，郑重地说，那是她爸——供销社刘主任为了保护我，又买了一支。

我心中的那个块垒，一瞬间融化了，一股暖意弥漫了全身。

那个刘主任我只见过一面，中等个，胖胖的，见人不笑不说话，一笑两只眼睛就眯成一条缝儿……

梁衍军摘自《光明日报》

图：佐夫

从做梦寻兄
到做梦破案

@ 谢志强

做梦寻兄

兄黄伯震出门的那天，正值梅季，下着毛毛细雨。他撑着伞，仿佛出去一下就会回来。

弟黄玺，字廷玺。弟给财主家放牛，每天傍晚回家路上，总想象兄长已归来，在门口迎他。好几次，在梦里，他看见兄长打着伞，阳光刺眼，兄长的面部模糊。他小时候，兄长常带他放风筝。梦里，一个风筝高悬在空中，他找不到线，就喊兄长。母亲说，你兄长出门做生意去了。

可是，十年过去，不见兄长的踪迹。

十年里，闹过水灾，家境贫困，父亲病逝。

十年里，黄玺一直不曾向母亲提起兄长。

母亲盼大儿子，望眼欲穿，以致缠绵病榻，双眼失明。黄玺托人到处打听，都毫无音讯。

母亲快撑不住了。黄玺对母亲说：我会把兄长找回来的。

母亲说：风筝的线断了，风那么大，怎么找？

黄玺说：兄长左不过在海内走动，他可以到达的地方，我定也能到达。母亲安心，儿子已经长大了。

给母亲送完葬，第二天，黄玺穿上草鞋，带上雨伞，关上院门。

天气晴好，阳光耀眼。有雨无雨，余姚人出门总带着伞。族里的人看见，就知道他去寻找兄长了。长兄为父。

有长辈劝他说：你不清楚兄长究竟在何处，东南西北，你去哪里寻找？岂不是大海捞针吗？

黄玺说：兄长出门做生意，经商的地方，必定是四通八达的大都城，我要一一走遍。兄长飞得再高再远，我也要把断了的风筝线接上。

> "
> 一上街，他却总喜欢关注男孩，一直没遇到过那梦中模样的男孩。

黄玺裁了数千张纸，拓印上村名、世系、年龄、相貌，沿途张贴，特别是寺庙、道观、街市等人群聚集的地方。他期望兄长能看到，又或许，认识他兄长的人能看到启事。

就这样，黄玺边乞讨边寻找，行程万里，足迹扩展到了獠、蛮等边远的南方少数民族居住区。

到了衡州，黄玺入南岳庙祈祷。井水中，他看见一张熟悉而又陌生的脸，满是胡须和皱纹，他喊了一声：兄长。可是，手一摸胡须，井水中也出现同样的动作。他叹息：就算见到兄长，他恐怕也认不出我了。

当晚，黄玺宿在庙里。他希望能在梦中遇见兄长。只是，寻找兄长的日子里，兄长像是有意在躲避，从不进入他的梦。

半夜，黄玺在梦中听见一个朗读的声音，分明是诗句：沉绵盗贼际，狼狈江汉行。小时候放牛，他听过书童背诗，听一遍就记住了。不过，梦中听见的诗句很陌生，他觉得是不祥之兆。

天亮，庙前来了一个看相占卦的人。黄玺去求卦，对占卦人说了梦中的诗句，以及寻找兄长的事。

占卦人说：这是杜甫的《春陵行》中的诗句，春陵，就是当今的道州，你到道州，便能得到兄长的消息。

黄玺急忙赶到道州，连续三日，在街上问询、张贴或出示寻人启事，没得到丝毫兄长的线索。

这日，黄玺不知吃了什么东西，坏了肚子。他寻了一个方便如厕的地方露宿。为防夜间风雨突然而至，他将随身带的伞撑开罩住头，以作权宜。

早晨，好太阳。黄玺醒来，径直如厕。待出来，就见一个人在端详他那把打开的伞。

他咳嗽了一声。

那人仍看着伞，嘴里喃喃道：这是我家乡的伞啊。

黄玺站在伞旁，怔怔瞅着那个人的脸，那是一张他在井水中看见过的熟悉而又陌生的脸。

那人俯身，念起伞柄上端的字"余姚黄廷玺记"，突然抬头，看向黄玺。

两人的目光相对片刻，相拥，大哭。黄玺说：兄长，愚弟找你找得好苦呀！

黄伯震当年出远门做生意，赔了本，无颜回乡。幸得遇上一个情投意合的女子，黄伯震入赘，继承了岳父家的田地，生了一对儿女。

黄伯震取出当年出门时带的那把伞，只剩伞骨。伞柄上刻有"余姚黄伯震记"。黄伯震泣言：我不孝。这些年，我梦里常常回老家。

黄玺泪目：母亲临走的时候，还让我拿出风筝看了看，那是兄长带我放过的风筝。

做梦破案

宁国府上下内外皆知知府胡东皋擅长判决诉讼案件，但是，极少有人知道他善于做梦的私密。

他仿佛生活在截然不同的两个世界：白天在现实中处理事务，地上走；夜晚在梦境中追寻物事，天上飞。甚至，前一晚的梦，能与多年前的梦天衣无缝地衔接。

胡东皋因此养成了一个习惯，早晨醒来，他不动弹，先回忆昨晚的梦，试图从梦中发现某种意义和启示。

若是预先读出梦中的启示，他会怎么处理现实中的事情呢？

胡东皋，字汝登。弘治十八年（1505）进士，被授予南京刑部主事，因不顺应、不投合位高权重的太监刘瑾，受了排挤，明升暗降，被派至安徽宁国府担任知府。

一到任，胡东皋就觉得宁国府似曾来过，格局、陈设都眼熟。终于，他想起在南京时曾做过的梦，宁国府就像是梦的翻版，仿佛是他从遥远的梦中转入了现实——这是他必来的地方。有点宿命的感觉。

上任不久，胡东皋就接了一桩杀人案。

池州有人状告妻子杀死丈夫。起诉人是那个丈夫生前的朋友。

池州的御史找不到证据和线索，就将此案托付给了胡东皋，他毕竟当过南京刑部主事。

胡东皋开堂审讯。那位妇人申诉说，自己被冤枉了，杀死丈夫的是夜间入室的盗贼。

夜色模糊了杀人者的模样，仅仅是个黑影，布还蒙着脸。

胡东皋看了现场，凶手没有留下蛛丝马迹。妇人也承认夫妻关系不够和谐，常为鸡毛蒜皮的事情发生口角。证据材料不足，无法定案，胡东皋决定择日再审。

胡东皋有个特别之处，白天越繁忙、越烦恼，他反倒能提前入寝，把疲惫和烦恼丢在现实，入梦逍遥去。缓解情绪，获得解脱——他的用人如是理解。

那天深夜，胡东皋梦见了一个小男孩，一个现实中从没见过的男孩。

阳光明媚。男孩独自玩耍，像是在做杂技表演：双脚各踩一段木头，两段木头来回滚动，男孩稳稳立着。胡东皋在旁边叫好，又替男孩担心，万一踩不稳木头呢？男孩置若罔闻，好像胡东皋不在场一样。

胡东皋一急，醒了。

窗外，月亮如圆镜。室内，夜色弥漫。

胡东皋躺着没动，琢磨梦中单纯的人和物，像儿时受的启蒙教育——看图写字。

小男孩即"童"，双木为"林"，童林，像一个人的名字。

胡东皋脑中突然灵光闪现，天一亮，就派遣衙役去查寻是否有叫"童林"的人。中午，衙役果然带回来一个叫童林的男子。然仅凭做梦抓人，不仅无据，且也无法服众。

胡东皋派人跟踪调查。据属下调查，童林其人，平时游手好闲，经常干一些偷鸡摸狗的勾当，近日染上赌博，欠了一屁股赌债。最终，他们从他的屋内搜查到蒙脸的布，这下铁证如山。

升了堂，童林供认、服罪。他摸清那对夫妻有些家底后，上门行窃，杀了来堵截的那个男人。

过后，那衙役有一次喝酒，吐露了对知府的敬佩：以梦破案。

胡东皋也没料到梦会如此神奇，他试图剥离那道光环，说这必是凑巧，瞎猫碰上了死耗子。一上街，他却总喜欢关注男孩，一直没遇到过那梦中模样的男孩。

摘自《小小说月刊》

图：恒兰

"抠门女神"的抠门之道

@千千蔚

我一直认为，"抠"的样子很猥琐，你想啊，"抠抠搜搜"在国人的认知里，就是贬义词，顶多算个中性词，可是在如意身上，这是个褒义词。

我的腰坏了，在家休息，如意要来我家拿份资料，得知我中饭没吃她顺便带过来。她对我还不错，"抠门女神"——月入五位数，消费不超三位数——竟然带来一束鲜花、一只四喜丸子，还有一饮料瓶鸡蛋汤，我感动得眼圈发红。她说都是刚从她闺密婚礼上抄来的，因为疫情，不让聚餐，饭打包了，花也是顺的；来时的路费也没花，搭的新娘亲戚的车。

我就服如意，省钱的契机一抓一大把。

问如意年休去哪儿？"我哪儿都不去，去哪儿都得花钱。有人说买个地球仪，想去哪儿就转到哪儿，我连地球仪都不买，手机上看地图不香吗？"事实上，她去的地方很多，她的单位外事活动多，她特积极，以学习之名，以开会之名，走了不少地方，有朋友圈为证。这是光明正大的省。

如意快三十了，不恋爱，恋爱要花钱，得用高级化妆品吧，得穿好看衣服吧，得拜访对方家长吧。历史经验告诉她，越结识有钱的花费就越大，无恋爱，不花钱。若消费一通，恋爱没谈成，就赔本了，这本赔了还找补不回来，赔钱的买卖她可绝对不干。还别说，真有苦口婆心的媒婆追着给她介绍，追她的男人也很多，条件还蛮好，如果她乐意，分分钟可以约会。如意用事实证明，"抠"不影响人生大事。

如意把娘家的"老破小"换成了纯商品房小洋房，还两套，父母只交出了"老破小"的房本，剩下的都是她补贴，贴了多少，至今是个谜。她的意思是，挣钱多少不是事，一辈子置点什么才是关键。她是我心中的小富婆。

每次我"月光"找如意救济的时候，她手指头一边划拉着转账一边白眼翻我："败家。"她看不上我对钱上的酸涩样，都什么年代了还羞于谈钱。可是，让我那么抠，我真学不会。

"我教你，现场教学。"如意她哥发过来一个链接，要给她侄子打印材料。如意就启动了我家的打印机，同时微信里让她哥给她发二十块钱，她说打印彩色的，够贵。她哥真给转过来二十，她立马转给我，说："不要白不要，到哪儿打也得花钱。"说着她还给我转了一笔，上次帮我买的书，

我翻了翻没意思，她拿走退了，理由是："反正不喜欢，留着你也不看。"就这么一会儿，我卡里多了七十多，我能不服吗？我客气地说我不能要她哥的钱，她说我无意义地穷大方。

下午如意陪我去按摩，她让我把车停在了一个事业单位的停车位上，是对外开放的，免费。全身按摩一百四，办会员，六天，每天一百二，可我顶多去两次，她愣拉了一个顾客和我拼了一个两天的会员，省了四十。按摩店老板说："从来没见过这么充会员费的。"如意说："开开眼吧。"如意的名言："只要你想抠，处处是缝隙，那是钱露出来的地方。"

按摩店里有盐袋，一百一个，我想要买，如意让我还价，我哪儿好意思呀。如意就跟我聊天，聊我们共同的一个朋友在盐库上班，那儿也有盐袋，一会儿又说网上买才多少钱……我俩的话一来一去，按摩店老板全听进去了，竟然七十卖给我一个，这过程我可一句都没说"打个折吧"，是老板主动的。还别说，"抠"真挺实惠，我都算不清这一天我"抠"出了多少钱。

慕吉摘自《北京青年报》 图：小黑孩

被咬了一口的苹果最完美

@ 梁岁岁

缺陷

在苹果手机还没有流行的年代，念念的头发一直遮住脸，走在学校里，活像恐怖片中的长发女鬼，整个人散发出"生人勿扰"的气质。

在她的左脸颊上，有个褐色的胎记，形状类似于被咬了一口的苹果。这让念念陷入自卑，她时常想，白雪公主吃了巫婆送来的毒苹果陷入沉睡，对她来说，脸上的胎记也是一个毒苹果。

她从不举手回答问题，不高声说话，永远低着头。只有一次，她忍不住在作文里提起胎记的事，讲述自己的痛苦，想通过文字找到突破口。当然，那些只是青春期的迷惘，她并不指望能得到回应，可作为语文老师的班主任看完文章，立刻找到念念，安慰了她一番。

班主任是个喜欢穿长裙、留长发的女生，刚刚大学毕业，说话轻声细语，每次出现在吵闹的

教室门口时，便犹如一根定海神针，同学们习惯性地安静下来——因为她很温柔、够细心，大家都信服她。班主任对念念说，自己会跟其他老师解释她的长发，让

她不要介意。念念点头，闻着老师身上好闻的香水味，心里有丝放松。果然，其他老师再没有过问念念的沉默，他们都在守护这女孩柔软敏感的心思。

逃避

从此，念念用功读书，特别是语文课，她看到老师便觉得亲切。虽然念念仍然不喜欢在大家面前表现，但每次写作文、答卷，她都会以诚挚的心态去写字。

学校举行作文比赛，班主任首先找到念念，问她愿不愿意参加。念念低头看向自己的鞋尖，眼珠来回晃悠了一会儿，鼓足莫大的勇气说自己想去。班主任笑了，拉起念念的手，冰凉细腻的触感让她的心怦怦直跳，她从没有想过，向来不惹人注意的自己也能得到老师的青睐。

那次比赛，念念进入前十名，其间班主任在全班面前夸赞念念好几次。同学们的目光落在念念身上，她埋头看书，有些不自在，却又莫名享受这一刻。

可惜，最后出了点问题。

决赛前，班主任告诉念念，决赛需要每个作者上台分享自己的心得，问她是否介意。念念只

是想象自己站在讲台上说话的画面，就觉得窘迫，她不想被人看到脸上的胎记。最后，念念小声告诉老师，她不想参加了。班主任没多说什么，只是微笑着拍了拍念念，让她回去上课。

念念觉得很气馁，认为自己辜负了班主任的期望，晚上回家的路上，掉了一地眼泪。

祸不单行，那周美术课看完电影，美术老师说下周大家写生需要模特，他看来看去，最终居然选中了念念。念念推辞，却被老师爽朗的笑声给盖住。下课铃响，同学们窃窃私语，念念则盘算着下次美术课该怎么请假。

那真是煎熬的一个星期，因为作文比赛的事，念念不好意思告诉班主任，自己如坐针毡，害怕真的要做模特。直到第二周，念念也没想出办法逃避，只好借口自己肚子痛，不去美术教室。可谁也没想到，美术老师居然找来，确认念念没生病后，拉着她去上课。

不完美之美

这件事被在办公室的班主任知道，她赶紧跑向美术教室，后悔自己没跟新来的美术老师说明情况。当她来到美术教室外，美术老

师已经拿着皮筋束起念念的头发。

只见念念绝望地闭上眼，旁边的同学们鸦雀无声。班主任看到这一切，心中一紧，不知如何安慰念念。可很快，美术老师欢快的声音打破了这片安静。

"哇，这位同学脸上有一个苹果的logo。"

美术老师也是刚大学毕业，见同学们不明白，便掏出自己的手机说："你们知道吗？我的手机上也有这个图案。"

同学们的注意力被吸引过去，听美术老师介绍苹果公司、乔布斯，才知道那缺了口的苹果logo，是经过严密的计算才绘制出来的，而计算机之父图灵，是吃毒苹果死的，还有砸中牛顿的那个苹果，直接影响了万有引力定律的诞生。说到激动处，美术老师搜索出断臂维纳斯的图片，向学生们普及美学里常提到的不完美之美。

念念也听得入神了，原来在美学的世界里，苹果胎记并非一无是处，甚至拥有很多美。

这时候，老师的话锋一转，开始夸赞念念的侧脸好看，颈部纤长，皮肤白皙。同学们循着介绍看去，纷纷表示赞同，他们终于发现，念念的确生得很美——

淡淡的褐色胎记让她别有一番风韵，在阳光下，她的皮肤如同瓷器般细嫩。

那天，念念在美术老师的调整下，自信地仰起头，做了一节课的模特。窗边的班主任默默等到下课，等到同学们都离去，才看到飘飘然的念念走出教室，她什么也没说，走上前拉了拉念念的手，轻轻揉了下她的头发。

第二天，念念再到学校上课时，居然用皮筋把头发高高地束起，不再畏惧别人的眼神。奇怪的是，好像大家都不太在意她脸上的胎记，不住地夸赞她的皮肤、眼睛以及神态。

后来，念念考上自己喜欢的高中和大学，毕业后她成为一名插画师，遨游在美的世界里。中学毕业七周年，她回母校看望班主任，在等待的间隙，见角落里有棵苹果树，纤细的枝丫没有结果，她心生柔软，猜想某天这棵树也会长出苹果。

不知道，那颗苹果又会产生什么影响呢？

忽然，念念听到班主任在叫她，转过头，她看到班主任挽着美术老师的手，向自己走来。

高广平摘自《哲思2.0》 图：豆薇

药引子

@戴智生

浮梁出茶，唐朝已富盛名，白居易有诗为证，"商人重利轻别离，前月浮梁买茶去"。而浮梁产红茶，却是清朝同治光绪年间，"发轫于北乡磻溪"。

磻溪是个村名，原先叫潘村，一直是潘氏人家居住，后有汪姓人落脚，"八山一水半分田，还有半分宅基地"是这里的概貌，许是环境使然，潘氏迁了出去，汪姓人改名磻溪村。

偏是漫山遍野的野茶树，成就了汪姓人。纯属偶然，留守的汪姓人采摘野茶树的"仙枝"，竟创制出一个新品种——磻溪茶。他们一代一代传承，担着磻溪茶走南闯北，在上海、九江、汉口等市场占得一席之地，于是，狭窄的磻溪村街道，林立起二十四家茶号，诞生了富有影响的十大茶商。

汪宗义从小跟着父亲学制茶，没机会入私塾，成家之后也想"立业"做贸易。他闲时在茶号打杂，接触各地商人，手勤脚勤眼勤嘴勤，老板另眼相看，汪宗义把自己的想法如实相告，老板也支持，授他不少生意经。

一切准备停当，那年清明节后，汪宗义收集二十担茶叶，择吉日，拜路神，就近租板船运至景德镇昌北码头，再改装大帆船，目的地是广州。广州是前人未至之地，他不想去有族人的市场讨扰。

昌北码头撑篙离岸，忽然冒出一位老人央求搭船。老人五十岁光景，纤瘦羸弱，下巴一撮山羊胡，肩挂简便褡裢，颇有点孤独疲惫的样子。汪宗义动了恻隐心，也想到"与人方便与己方便"，便同船家商量，同意了。

船先驶向鄱阳湖，恰逢平水顺风，一百八十里水路，朝发夕至。鄱阳湖至赣江，航程就远了，风高浪急，百舸争流，扬帆二十天。到达南岭山麓，转走陆上驿道，货物由挑夫肩扛担挑，汪宗义坐上两人抬的小轿。

且说搭乘的老人，上了船进舱倒头就睡，开饭时喊他，也不客气，吃了又睡。从老人三言两语中，听出他是浮梁高岭人，游方郎中，回家奔丧完事，重出江湖。

汪宗义坐轿，本是想学做老板的派头，眼睁着跟在后面的老人举步维艰，屁股还没坐热，轿子就让给了老人。

翻过南岭，复走水路，沿珠江南下，广州便不远了。老人这时活络了许多，脸上有了红润，话也多起来。他主动找汪宗义结算一路的伙食费。汪宗义不收，便菜便饭添双筷子而已，同舟是缘分，何况老人给了他此行更多的信心。

老人介绍广州码头的情况，也介绍广州的饮食习惯，这与他的行当有关。广州气候炎热潮湿，水质火气大，温热之邪易袭人体，喉咙不适，所以，广州人喝凉茶，症状严重者，喝"十八清上汤"，芳香化浊，降火润肺清燥。他们平时喜饮乌龙茶、红茶或普洱，很少喝绿茶。

汪宗义抓把茶叶请老人品尝，磻溪茶外形条索紧细，色泽乌润，冲泡后，茶汤红浓，香气醇厚。老人抿一口，眯上眼，顿感通体舒畅，芬芳馥郁持久，略有甜香。

老人捋了捋胡须，问："怎么还有一股独特的香味儿？"

汪宗义说："磻溪山上生长一种野兰花，叫九节兰，喜欢同茶树挨在一起，而且到了采茶季节，九节兰开放最盛，所以茶叶有九节兰的香味吧。"

老人说："真是好茶！如果人家识货，一定有好销路。"

船抵终点，老人告辞先行。他踏过跳板，又折回身，嘱咐汪宗义："你设摊摆点挂面旗幡，上写'磻溪茶'三字，自有妙处。"

汪宗义没有太在意，他一直处在忙乱中。卸货物，落客栈，他只想尽快开张做生意。翌日，闹市寻好摊位，摆出样茶，岂料一整天过去，少人问津。汪宗义好生郁闷，夜里辗转反侧，猛然想起老人的话，连忙找块白布，请客栈老板写上三个字。

新的一天开始，汪宗义把布条挂在摊位上，生意依然迟迟不得开张。晌午时分，蓦地有人在摊位前惊呼："找到了！找到了！"说着就要称茶叶。量不多，一两五钱。怪的是，这样的人越来越多。

原来，他们手上都握一张处方，去药店抓药，所有药店独缺一味药引：磻溪茶五钱。一张处方抓三帖，正好一两五钱。

意外的是，药店也派人来批发。不难想象，磻溪茶在码头迅速传出名头，汪宗义立住了脚跟。

图：小栗子

室友不该看的东西
被无意间看到后……

@ 乔维里

大二某天，我在阳台晾衣服，不经意间看到室友枕头下有一张写满字的纸，朦胧中，我以为是"情书"，凑近一看，发现上面写的是"遗书"。

我一惊，又害怕对方发现有人动了他的遗书，便趴在床板看。遗书大意是虽然没有发生什么不好的事，但感受不到活着的意义，想死，希望家人朋友不要怪他。

结合最近他说想一个人去厦门散散心，且已经办好请假手续了，我顿时觉得后背发凉。

那天下午，留下遗书的室友在图书馆看书，我召集了其他四个室友，大家聚在操场上，我将事情说了出来，希望大家能想出个对策。

"赶紧告诉辅导员，千万别准他的假。"有人说。

"防得了这次防不了下次。"有人反驳。

"那……告诉他父母，先把他接回家好好看着他。"

"不行，人会越关越抑郁。"

提议再次被反驳。

数个轮回后，仍无结果。最后，我们宿舍的老大哥说："他是不是我们兄弟？"

我们点头说："是。"

"那兄弟的命，我们自己救，我们是平时和他待得最久的人。"

于是，我们先去确认他是否真的去厦门。我们打开了他的电脑（由于关系很熟，密码室友们都互相知道），进入他的高铁订票网站，密码也相同，果然是厦门。

接着，我们五个人买了同一趟去厦门的高铁。当晚的"卧谈会"，提及室友的请假和去厦门，我们开始聊想出去玩、想去看海、想去吃东西这类话题。

老大哥虎躯一振，说："要不咱们都去吧！"

我们忙附和："好啊好啊！"

室友没有说话，算是默许了。

去厦门的途中，我们一路上观察他的动向，不给他和我们掉队的机会。虽然室友一路上无精打采的，但因为始终和我们在一起，也没有表现出异样。

有惊无险的旅游结束后，我们回到学校，开始定期背着他"开小会"，大家会交换一下最近他的情绪波动情况，我们还把所有人的课表拿出来对一对，保证每节课有人和他一起上，每顿饭有人和他一起吃。可总是如此"照看"也不是个办法，随着时间推移，我们有些力不从心，于是大家寻求心理辅导老师的帮助。

心理辅导老师对我们建议："人对生活感受不到意义的时候，得多去帮助别人，从帮助别人中得到给予的满足感。"

于是我们从紧盯他、陪伴他的阶段转变成"需要"他的阶段。

当时我们整天求他帮忙上分、求带个饭。谁遇到什么情感问题、学习问题都要去找他商量，他成了我们宿舍的"小忙人"。

大家只要一回到宿舍就会大喊："×××回来了不，×××！快帮我看看这个！"

我们五个人还在定期"开小会"，只是频次在降低，当时老大哥要我们每个人都学会一句话："×××没有你我可怎么办呢！"

老大哥强调："要注意频次，每人每天不要说太多，也不要都说，这句话很重要。"

过了大约半学期，他基本上从萎靡不振的状态中恢复过来，甚至比我们想象的更活泼。

某天我们宿舍里打游戏，留遗书的室友也和我们一起打。

一次团战因为他的操作失误，我们输得很惨。另一位室友抱怨说："×××你也太菜了吧！你怎么不去死！"他说完这句话后意识到不对了，我们也愣了。只有留遗书的室友没察觉，还跟他对骂："哈哈，你也很菜！哪次开团你不是怂到后面，你也去死！"

这时我们才发现，他对于"死"已经没有多余的想法了，我们悄悄对视一眼，会心一笑。

毕业宿舍吃散伙饭那天，我们都喝到很晚。校舍后面有一片小湖泊，是我们每天的必经之路，月光照在上面很透亮。路过的时候，留遗书的室友醉醺醺地跟我说："知道吗？我之前好长一段时间都想跳下去。"我拍拍他的肩膀说："没事的，都过去了。"他说："其实我都知道的，谢谢你们。""大家都陪着你。"我说。

那天月光下，原本看上去凄冷的湖泊竟变得有些柔和。

慕吉摘自微信公众号知乎日报

三十岁，你就完了吗

@林特特

十几年前，在家乡，他做一名汽车修理工。

一天之中，最惬意的事，莫过于，收了工，躺在床上，拧开半导体的开关，在一把把好声音中，展开无垠的想象。

他也有一把好声音。

如果不是初中毕业就开始工作，他大概会一路读上去，最后考上大学，学播音，最终坐在主播台前，对着话筒，向听众；隔着透明玻璃窗，向导播——

这些，也是他每天晚上乘着想象的翅膀，终会抵达的地方。

一天清晨，他在空地练声。

说是练声，其实，没有专人指导，也没有专业的理论知识。

他只是凭着自己朦朦胧胧认为正确的方式，找张报纸或找本杂志，挑些喜欢的文章去读。他确实读得很好，这一天，空地边的电台有人上早班，路过，他停下来，听他读，直至问："小伙子，你要不要来我们电台试一试？"

"但没有钱。"对方感到抱歉。

而他已忙不迭地答应。

为此，他必须起得更早。

早点儿去修车，下午三点前就要结束一天的工作。

也睡得更晚。

做了一段时间兼职，小城电台便给他一个时段，还是没有钱，但他开始有了自己的听众。

"即便在新疆，晚上十二点到一点，也很晚了。"他对我说。

一次，他在这档夜间节目中提到，白天的他，满手油污，与汽车零件为伍，还透露了他修车的地儿。

第二天，竟真的有人来找他，而他，真的正满手油污。

很长一段时间，他做两份工作，分裂成两个人，处理得很好。

除了一次，他听说，邻市有一个短期的播音培训班，为时一周。请不下假，他便豁出去，当月的奖金不要了，旷工去参加，待走进教室，他发现，他是求学者中，年龄最大的。

那时，他，二十六岁，在小城，大部分人已结婚、生子，而他还裹着一块热石头般"不切实际"的主播梦。

忽然，他发了一笔"财"。

企业倒闭，十六岁就上班的他，算算已有十年工龄，被买断，拿到三万六千元的补偿。他的工友们，一些人拿着钱买房，一些人做生意，他则买了一张车票，目标明确、目的地明确：学播音、去北京。

他仍是年龄最大的。无论在广院的进修班，还是之后，他考进一所女子大学。是的，女子大学，只有这所大学肯招他，读播音系的成人大专。

"你知道当时我是怎么准备成人高考的吗？"他问，轮到我摇头。

"很多年没上学了，别说考试，阅读都有障碍，于是，我每天四点多钟起，在路灯下读英语，那是北京冬天的早晨，路灯外，一片漆黑。

"我再用一整天的时间做数学题，抽空练声。

"下午就在食堂上自习，这样，晚饭才能抢到最便宜的菜。

"室友们都劝我：'考上又如何？''况且，考的是成人大专，毕业，你已经三十岁了，又能如何？'

"可我顾不了那么多，我就想坐在主播台。我有一把好嗓子，但不能只有它，我想好好学播音，哪怕三十岁才开始，三十岁未必不能开始。"

他坐在透明玻璃窗前，和我说这些时，导播在一旁调试设备，九点节目开始，此刻八点半，我们还没进演播室。

这是中央人民广播电台的演播室。

他坚守在此地，已经十三个年头了，眼下主持一档读书类节目——《品味书香》，今天，我是他的嘉宾。

大家都喊他"小马哥"，他的微博、微信名均是"小马DJ"。

他告诉我，从进台起，他就被称为"哥"，因为同批人中，那一年参加招聘的一千五百人中，最后留下来的八个人中，"我年龄最大"，"当时已经三十岁了"。

我好奇："你年龄最大，学历最低，主考官看中了你什么？"

"我的声音、经历，我求学期间不断兼职、四处配音的练习，"他顿一顿，"它们，代表我适合这份工作、热爱这份工作。事实上，那八个人中，现在还坚持做主播的，只有我一个。"

呵，他不解释，我也明白了，他的名字总绑定"DJ"，因为，这身份，他最珍惜，来之不易。

他坐上主播台，清嗓子。提醒我把手机收起来，提示我离话筒近点儿："你的声音有点小。"

他的面孔很严肃。

但片头音乐响起，他的表情瞬间生动，嘴角含笑，仿佛理想的听众就在他面前。

只有我在他面前。

"今天，我们来分享林特特的新书《仅记住所有快乐》。我们的话题也是这本书的主题：走过的岁月中，你坚持了什么？放弃了什么？为什么？"

我有种错觉，他在问自己。

问，十几年前的夜里，躺在床上，收听广播，展开无垠想象的他；一个个清晨在家乡空地上朗读、练声的他；洗净满手油污，赶场去电台做一份无薪兼职的他；以及四点多钟起来读英语，做数学题，只为得到正规的播音教育，哪怕三十岁才开始的他。

我们说了一些话。

他读了一些听众留言。

节目尾声，他总结——

"只要坚持，终究会有些不同。功名，或许从来都眷顾愿意付出的人。"

他是在对曾经的自己说吗？

当然，也是对那些和自己一样，普普通通，却默默坚持，循着陌生的芬芳，捂着胸口一块热石头，出演各自波澜壮阔、人生大戏的人说。

心香一瓣摘自《祝想吃的都梦到》

江苏凤凰文艺出版社　图：佐夫

天朝小吃二三事

@ 天朝小吃二三事

陷入"姜"局

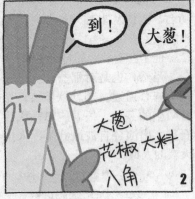

老油条

花卷馒头相亲记

原作：邓一鸣

画师：集繁视觉设计

设计监修：徐申如

项目经理：窦传玲

新媒体运营：杨畅

摘自新浪微博小吃二三事

长大后我就成了你

@陈 宇

牛所长下基层蹲点，入住我大伯家那年，我十岁。

牛所长一到，全村准保没一个人能睡成懒觉。天刚放鱼肚白，他就运足丹田之气，一个人在运河堤上一边跑步，一边声如洪钟：一二一，提高警惕，保卫祖国……那响亮的声音顶风能听二里地。浑身发汗之后的他，又在门前的石碾上练起了硬功夫。断一块砖，脖子上的青筋条条暴出，常常要连劈三四掌，再配几声高叫，那块砖头方可断开。因此，他的硬功夫在我心里是大打折扣的。

大伯常说他的风凉话，不喊不叫，谁知道你是牛所长？不把手掌打出血珠子，有谁知道你在朝鲜战场掌劈美国鬼子？牛所长并不生气，宽容地一摆手说，这功夫叫心理震慑。是对那些心思不正、内心蠢蠢欲动、想破坏治安的坏分子的震慑……大伯没有听下去，赶紧摆棋子，他要在出工前扳回昨夜输的那盘棋。

牛所长居住大伯家的日子，是我和大伯最高兴的日子，大伯每天能棋逢对手；我呢，能逮住机会摸摸他腰间的那支枪盒子。

那晚，月光穿透树隙，照在桌面上，他俩打了个平手。

我特想把他腰间的那支枪抽出来看一看、玩一玩。可他好似浑身长着眼，每当我抬手想摸他的枪时，他的右手总是提前护住枪盒，告诫我：别动，小心走火！

他收我为徒，是因为我替他破了压在他心头两天的小案子。

事情经过是这样的，王双喜家后宅有棵大榆树，树上有个咕咕窝。前天中午，老咕咕正在窝里痴呆地孵蛋，我轻轻地爬到鸟窝下。此时，只要我猛一出手，头顶上孵蛋的那只咕咕就逃不掉了。可恰在此时，刘三愣经过了王双喜家门前的菜园子，他见左右无人，迅疾伸出手去，把王双喜妹妹挂在园子上的那双直贡呢布鞋揣到怀里去了。我一愣，树枝一晃，头顶上"啪啦啦"一声响动，咕咕飞远了。我懊恼地滑下树来，远远地跟在了刘三愣的身后……

王双喜妹妹报了案。

那是午间休息时作的案，案子只有我亲眼所见，牛所长一点破案线索都没有。下棋时，他哑巴着嘴，一连输给了伯父三盘棋。伯父有些兴趣索然，他把棋子举在半空，定定地盯在牛所长脸上，然后无奈地低下头埋怨道：一双鞋的事，你就咋养老母猪筛细糠！我看你，一辈子就是个烦心的命！

牛所长忧虑地说，这是个隐患啊！

我拍了拍他的枪盒说，我能帮你，信不？收我做徒弟吧？！

他笑了笑，用手拍了我屁股一下，说，好，苗子不错！

我们大步流星，一脚跨进刘三愣家的土院子。牛所长二话没说，拿过一块条砖，运足丹田之气，一掌下去，那块砖竟然纹丝没动。站在墙边脸色发白的刘三愣嘴角现出一丝冷笑。牛所长再次发力，这才一掌断砖。牛所长似乎觉着在不法分子面前威力不足，他用手摸了摸腰间的那支枪，还是没有拔出来，反身一个箭步冲上去，老鹰擒小鸡一般，一把拎起刘三愣，把他扔到了面前不远处的那口倒扣着的破缸前，说：刘三愣，头顶上的这片朗朗晴空由我守着，你还想泛起一丝黑云？做梦！晴空下到处都是我的眼睛。

早已缩成一团的刘三愣，老实实地从破缸口下掏出了那双布鞋。

当时牛所长也瞥见刘三愣嘴角的那丝笑纹，于是他对刘三愣，又像对我说，你以为我一掌没断砖，功夫没到家？告诉你，那第一掌是内功，第二掌才是外功！

多年过去，牛所长下基层那些年，家家大白天从不关门，夜不闭户，也不会丢失一根绳子。成年后，我和牛所长的这段经历，早成了脑海里一段美好的回忆！

我考上警校的那天，退休后的牛所长从送行的人群中挤到我的面前，双目溢满了惊喜。显然，他对我的未来充满着无限的希望。他望着我，苍老的目光中流露出童真的微笑，他弯了腰，从手提包里慢慢掏出当年那支带盒的手枪，既温情又自嘲地说，别学我，当年的硬功不到家，这个也是假的，当个玩具玩。我十分珍爱地接过它，装进了我随行的帆布包中。他望望我，小声说：做了警察，就要擎起头上的那片蓝天！保一方平安，工作的最高境界是消除隐患……

汽车开动了，我回头望着他那立在晨光中目送的身影，心里涌出许多说不出的滋味来。

临上轿子时，黄知州拍拍陶梦庵的肩膀说，梦庵，你桃洲上任，一年之内没有乡民生事，明年就是清江通判了，咱兄弟俩在官位上也就平起平坐啦。

陶梦庵上任，桃洲县衙，三天大门紧闭，第四天贴出告示。告示首条警示：乡民一律禁写状书，民间凡有冤屈之事，概由乡里主簿一统报上。且有乡民持状进衙者，立捕书状者治罪。

吕先生是陶梦庵的启蒙老师，陶梦庵儿时家境贫困，读不起四书五经，吕先生不收分文，厚资助学。这份如父子的情分，他一生铭刻在心。

忽一日，堂前鼓响，钱阿愣替父喊冤，说是家父判入死牢，实属冤枉。新任大老爷不理此案，他要以死告到州府。

陶梦庵拿来此案的卷宗，一看是黄知州亲判。根据案情描述，很可能是一桩错判的移尸案。

案情这样描述：辛丑八月十七，月色西斜，朱盗克生，伏于钱家猪墙之上，圈猪大咳，乃啸之。户主钱三猛手持钩镰，猛砍其背致死。死者颈之紫痕，属猪墙栅栏所致。

案情漏洞百出，陶梦庵不好深究。

一日，陶梦庵巡查至恩师吕

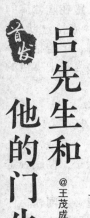

先生乡里，大轿刚出县衙，又见钱阿愣挡轿喊冤，陶梦庵暂不理会。钱阿愣跌跌撞撞奔在轿后大骂，狗官，你当官不理民冤，何为官！

公务之后，拜见恩师于茅屋，已是午后。吕先生问陶梦庵，梦庵，放着堂堂正正的老爷大堂不坐，你怎整日步涉于乡野？

陶梦庵哈哈大笑说，受恩师的教诲，我扎根在乡里。学生就地办事，图的是一个"省"字，省精力、省费用；乡民方便，我也方便啊！

吕先生大受感动，问，来桃洲理事数月，可遇到棘手之事？

陶梦庵让左右退下，对先生说，据学生判断，钱三猛的那桩命案，很有可能是一桩移尸案，元凶先勒死朱克生，然后移尸至钱三猛的猪圈，凶手利用钱三猛的莽撞，让他顶罪。

吕先生说，你何不把钱阿愣软禁起来，欲加之罪，何患无辞？

陶梦庵说，难服人心啊，且钱阿愣无辜。

吕先生明白了，这个门生，为官多年，心善手软本性未变。这样为官，难成大器啊！

连日来，天气闷热，坐在书案前平心静气，也止不住汗流浃背，丫头春灵不时给陶大人递上凉汗巾。

午后，忽一阵乌云席卷大地，天气凉爽起来，陶梦庵按计划带着丫头春灵一起下乡了。

陶梦庵来到一个叫新里的小村庄，轿子刚刚落下，乡民纷纷下跪，给知县老爷请安，唯一个穿着绸缎锦袍的富家子弟，手摇折扇，带着五六个随从立在柳树下，笑嘻嘻地立而不跪。春灵感到奇怪，秋波荡漾的眼睛一转，就见那位富家子弟正用不轨的眼神在上下打量着自己，春灵心里一哆嗦，赶快收回了眼波。

人群忽一阵大乱，钱阿愣头顶状纸撞开人群，跪在陶梦庵的轿前。无奈，陶梦庵接过状纸，眼睛匆匆扫了一遍。字若枯零茅草，文理不通，勉强能把事情的来龙去脉表述明白。

状纸何人所书？

槐树庄的吕先生。

陶梦庵打了一个冷战，他又上下打量了几眼状子，彻底否定了钱阿愣。

他厉声斥责道：钱阿愣，你可知道，诬陷是重罪？

钱阿愣磕头如捣蒜，前天正午写的状子，小人亲眼看见。

一派胡言！带吕先生，我要当面对质！

吕先生怒目圆睁，你是何人，为何诬陷我？

钱阿愣惊诧地瞪大双眼，指着吕先生，前晌正午，你浑身棉袍大褂，还冷得打抖，屋心烧了一堆柴火。你写一行字，就要去火堆上烤一烤手……

话没说完，引来一片笑声。

住口，信口雌黄，这样的天气，岂有烤火、穿棉袍大褂之理？验笔迹！

吕先生正书小楷，只把状子抄至一半，验书官就皱眉说，原告是疯癫之人，此状绝非吕先生所书。

陶大人一拍桌案，把这疯癫之人收监，等候发落。

那富家子弟，和几个随从连连击掌叫好。

前来拜见的人，一时纷纷走开，陶梦庵心里如戳了一根刺。

那富家子弟嬉皮笑脸，凑到陶梦庵身边小声说，陶大人可到府上一叙？敝人舅舅黄知州交代过。说着，就捏起春灵胸前的一粒串坠说，嘿嘿，小姐的串子真美也！

主簿柳生一把攥住他的手腕，怒斥道：放肆！

一年转瞬即逝。一封急文，陶梦庵将即刻启程，升任清江通判。陶梦庵独自来见恩师，吕先生急切地问，钱阿愣……

陶梦庵一笑，唉，冤民岂能下狱？日食三餐，发与银两，让其日扫后厨，静等案情大白。不过他胆大妄为……

吕先生一扬手掌笑道：哈哈，我不来这一招，你岂能忍心拿他？

两杯茶饮，陶梦庵说，钱三猛一案，死者朱克生现在算是那富家子弟薛玉来的岳丈。朱克生死后，薛玉来纳了他的小女为妾。据暗访，朱克生死前父女二人宁死不肯。薛玉来系酒色之徒，此案他必有嫌疑……新任桃洲县令现染病休养，两月之后方可到任，其间事务，州府全权委派主簿柳生代理。柳生为人刚直，办事果断，他曾两次建议我治罪于薛玉来。我走之后，有人会把春灵送来，恩师您假装染病，春灵前来伺候。不几日，薛玉来必会前来纠缠春灵，到时候，捕快捉住，送到县衙，柳生必会让他皮开肉绽，不怕他不说出钱三猛一案的真相。

吕先生半开着一张嘴，望着自己的学生，一动不动。

图：小栗子

亮嫁

@叶敬之

　　大地主黄熙要亮嫁，还放出话来："哪个能挑出一件缺少的陪嫁，给予他等值的奖励！"

　　所谓亮嫁，是黄圩一个风俗。女孩出嫁之前，一个月左右，娘家挑个黄道吉日，把女儿的陪嫁，手捧着，车推着，肩挑着，牛马拉着，走街串巷，向人们展示一番。其实，这个风俗，仅限于有钱人家；穷人的女儿，哪来什么陪嫁？躲都躲不迭呢，哪里敢亮给人看！

　　黄熙只有一个女儿，自己又是全县有名的大地主，财产数一数二。他早就发誓，要让女儿的陪嫁在本县空前绝后，更要超过刘兴旺——这人也是个大地主，邻县的，当年他给女儿的陪嫁，让人们羡慕了半个世纪，传讲了半个世纪！

　　正是冲着黄熙放出的话，方圆十几里的人，都放下手里的活计，赶来碰一碰运气，开一开眼界。于是，十里八乡，通向黄圩街的路上，行人就一串一串的，脚跟捱着脚跟。

　　上午不到八点，打谷场上，就聚了一场人。从上面看下来，一个一个脑袋，就像起网时的鱼，攒动不已。嗡嗡的声浪，像风里的纱帐，这边凹了，那边凸起来。一颗颗眼珠子放着光，贼亮贼亮的。

南边的几千人，是普通的乡下人；北边的几十人，是黄熙特意邀请的嘉宾。黄熙放话，给人奖励，不仅要造个声势，他是真的希望有人能够指出来，他给女儿的陪嫁缺少什么，他好补上。而真正能给他女儿的嫁妆挑毛病的，还是这些特邀嘉宾，毕竟他们都是本县头面人物，或家财万贯，或官居七品，都是走南闯北，见过大世面的！

九点整，亮嫁开始。打头一面大铜锣："哐！哐！哐！"不紧不慢，节奏鲜明。敲一下，敲锣人的胳膊画一个圈。行话讲，这叫"敲大圈"，铜锣大，拉的架势也大，是办大事才用的礼节。

随后就是嫁妆：一长溜手拿的，一长溜挑担的，一长溜推车的，一长溜牛车的，一长溜马车的。嫁妆里有吃的：桃酥饼干鸡蛋糕；有用的：镜子梳子篦子；有穿的：绫罗绸缎，夏衫冬袄；有玩的：猫，狗，蛐蛐笼，蝈蝈笼……

场子南边的穷人，伸长了脖子，瞪大了眼睛，屏住了呼吸，

嘴里不住赞叹："啧啧！啧啧！"此时此刻，他们都忘记了自己是来干什么的；只觉得，能看到这么风光的亮嫁，也不枉此生了。

嫁妆眼看过尽了，场子北，财主张大樵哈哈笑道："老黄啊，没看到你们家陪地啊。"县长范恒江也附和道："嗯，也没看到房子。"

黄熙微笑着，拍了拍手，管家赶忙小跑过来。黄熙道："地契、房契拿过来！"

两个捧着大牌子的人，跟着管家，来到众人面前。两个牌子上，分别是地契、房契的放大版：土地120亩，宅基地3亩，房屋25间。

张大樵笑道："我们要看真的。"

管家手里早就捧着一个包袱。此时走上前来，将包袱伸到黄熙面前。黄熙一层层揭开包袱皮，地契、房契，赫然在目，持有人都是黄婉君——黄熙的女儿。以往，土地可陪嫁，房屋不在陪嫁之列，范恒江随口说说而已，没想到还真的有！

张大樵、范恒江连连拱手："得罪得罪！"

此时，从场子南端，颤颤巍巍地走过来一个老妇人，头发花白，牙齿残缺，左胳膊挎一只破篾篮，右手持一把倒了口的镰刀。

篮子里有几棵蔫了的野菜。

为嘉宾端茶倒水的长工，对着老妇人挥手道："去去去！你来干什么？"

黄熙喝住了长工，弯腰对老妇人和蔼地问道："老人家，有什么事情吗？"

老妇人抬起右手，揉了揉眼睛道："嗯，就是，你们家的嫁妆里，少了一个东西！"

黄熙打量了老妇人一眼，感到意外。嘉宾们也被老妇人的话震住了，大家都不说话，眼睛盯住老妇人，满是不屑，心里在说："喊！你个老妇人知道缺什么，难道我们都是吃干饭的吗？"

黄熙追问："少个什么东西？"

老妇人缓缓道："少一对砸核桃的小银锤！"

"砸核桃的小银锤？"嘉宾们不解。吃核桃而已，也用特制的锤子吗？还是银子做的！

黄熙转脸问管家："有吗？"

管家摇摇头："没有！"

黄熙重又打量老妇人："你怎么知道我们少这个？"

老妇人眨巴眨巴眼，眼睛里放出光来："我当年的陪嫁里，就有一对砸核桃的小银锤！"

黄熙听了，心脏紧缩一下，盯住老妇人问："你是谁？"

老妇人轻轻地说："我是刘兴旺的女儿。"

像是平地一声雷，坐着的嘉宾们都离开了座位，向老妇人围拢过来。

铜锣声已经停止，游行完了的亮嫁队伍，从打谷场中央，向两头道路绵延，煞是壮观。天上，虽是艳阳高照，但凉爽的北风，已然吹了过来。身边的大柳树，叶子渐黄，有枯叶落地，翻了几个身，嗖嗖地响。

黄熙向亮嫁队伍挥了挥手："撤走！"

若干年以后，黄熙已经不在人世。某年清明节，他的墓前来了一对老夫妇，带着十来个儿孙后代。老妇人举止娴雅，衣着华贵。她跪在墓碑前，抚摸墓碑上黄熙的名字。随后，她的手掌落在了立碑人上面：黄婉君。正是这位老妇人的名字。

她的脸颊上，流淌下两行泪。

图：陈明贵

震慑·心机·比阔

@ 侯德云

　　三篇作品，各有关键词，如标题所示，是震慑、心机和比阔。

　　《长大后我就成了你》用了两种道具，一是砖，二是枪。叙事艺术有个基本的组织规则，在前边强调了某种道具，情节进入高潮时，一定要用到它。牛所长在捉拿小偷之前，行为变形，不是直接冲上去，而是先断砖后摸枪。砖断得不利索，枪只是摸摸。在现实生活中他用不着这样，是叙事艺术让他必须这样。结尾，谜底被揭开，那支枪是假的。作者用戏谑的语调来叙事，像轻喜剧，但主题很严肃："做了警察，就要擎起头上的那片蓝天！"

　　《吕先生和他的门生》写心机，吕先生的和陶梦庵的心机。陶是新任桃洲知县，上任伊始，便遇到一件看起来很棘手的事。乡民喊冤，旧案有明显疑点，陶梦庵碍于旧案是老上级亲自办理的，选择了不作为。吕先生建议他拘了那个喊冤的钱阿愣，被他拒绝。吕先生先动心机，让钱自陷囹圄；陶则顺水推舟，把案件留给为人刚直的县衙主簿柳生来办理，既让真相大白，又不得罪老上级。这是典型的中国式取巧。直到今天，还有很多国人，误把心机当智慧，专在这方面下功夫。

　　《亮嫁》写比阔。大地主黄熙要借"亮嫁"这一风俗，与半个世纪前的大地主刘兴旺比阔，口出狂言："哪个能挑出一件缺少的陪嫁，给予他等值的奖励！"这话让我想到，一定会有人给他挑出来，作品的看点就在这。而挑出问题的竟是一个乞丐般的老妇人，且是半个世纪前被刘兴旺风风光光嫁出去的女儿，这一情节设计，很有震撼力。

　　三篇作品都采用封闭结构。我认为，若是把《亮嫁》的最后两段删掉，变成开放式结构，可能效果更好。结尾在暗示读者，女儿子嗣兴旺跟黄熙撤回陪嫁有某种关系。我不这样看，家道盛衰跟女主的陪嫁不成正比，也不成反比，而是井水与河水的关系。

作者系中国作家协会会员，
大连市作家协会副主席。

非物质文化遗产，是指各族人民世代相传并视为其文化遗产组成部分的各种传统文化表现形式，以及与传统文化表现形式相关的实物和场所。传统口头文学以及作为其载体的语言、传统美术等，都是其重要的内容。从本期起，我们将陆续刊发这方面的经典作品。

王羲之写春联

@ 纽约客 编

王羲之系东晋书法家，有一年他从山东老家移居浙江绍兴，正值年终岁尾，于是书写了一副春联，让家人贴在大门两侧。对联是：

春风春雨春色
新年新岁新景

由于王羲之的字为时人景仰，此联贴出来后，当夜就被人揭走。家人告诉王羲之，王羲之也不生气，又提笔写了一副，让家人再贴出去。这次写的是：

莺啼北星
燕语南郊

谁知天明一看，又被人揭走了。可这天已是除夕，第二天就是大年初一，眼看左邻右舍家家户户门上都贴上了春联，唯独自己家两扇大门空空落落，急得王夫人愁眉不展，一个劲催王羲之想办法。

王羲之想了想，微微一笑，又提笔写了一副。写完后，让家人先将对联剪去一截，然后把上半截张贴于门上。于是，这副对联便成了：

福无双至
祸不单行

夜间，果然又有人来偷揭对联。可来人一见这几个字，心想，这也太不吉利了，谁敢贴上去啊！只好叹口气，趁着夜色溜走了。

大年初一天刚亮，王羲之亲自出门将昨天剪下的下半截对联分别贴好。此时已有不少人围观，大家一看，对联已变成了：

福无双至今朝至
祸不单行昨夜行

众人看了，齐声喝彩，拍掌称妙。

22.1982年2月15日，我国公布首批历史文化名城。

一只鸡的素质教育

@ 王小柔

爱看老大爷下棋的公鸡王大花因为重情重义，愣是在楚河汉界的棋盘上守了三天，等待它的棋友，可是那位爷爷再也来不了了。我不知道这样的悲伤在一只鸡的心里会有多长的记忆，但作为人，特别服这种"仁义"，小区里再没有人欺负它。只是没法选它进业主委员会，要是能，估计得全票通过。为了表达人对一只鸡的喜爱，一位大爷居然给王大花介绍了个对象！

一个艳阳高照的上午，王大花的对象被穿白背心的大爷拎着俩膀子就给带过来了，大爷很真挚地说："花花仁义，大家都喜欢它，我们家有一只母鸡，比它大一岁，看花花能看得上吗？"我大惊，连忙说："实在不能再养了。"可是大爷把王大花的对象顺手抱进怀里，用手抚摸着它的毛："我觉得挺般配的，让它们处处吧。"我怎么忽然觉得回到旧社会了呢。

王大花成天跟个知识分子似的，哪受得了这种封建思想，对象刚被放地上，膀子还没抻开呢，它就跑过来呼扇着翅膀啄人家，打算把上门的姑娘直接给轰走。可是白背心大爷已经放心地走了，连点陪嫁都没留下，满心觉得闺女跟王大花毛色一样就能一见钟情。一公一母俩鸡追着这通跑啊！

王大花觉得，你占了我的地盘；对象朵朵认为，我就跟定你了。尽管我敞着门，但俩鸡非进行场地赛，哪见过这么谈恋爱的，我打地上捡了三根毛，也不知道谁掉的。

第一天，把王大花和对象朵朵各关一个笼子，摆一块儿，让彼此看着熟悉熟悉长相。本来打算第二天退婚，把母鸡还回去，可是，朵朵为了留下来，愣一早就下了个蛋！多好的姑娘啊，立刻对它好感倍增，有正经柴鸡蛋吃了。

要不说"女不强大天不容"呢，朵朵靠自己的死皮赖脸和勤劳本分赢得了男主的心，第二天王大花居然开始带着对象在小区里转。我以为它会主要给女朋友介绍一下自己看棋的地方，以及那个让人心碎的故事，可是王大花直接把对象领到了垃圾箱，还主动捯着两条腿在那刨。女孩子倒也不矜持，比王大花刨得还快。鸡的青春期来得太早，王大花也就才一岁，没见过女的。本来性情特别温和，谁都愿意摸摸它，可是自打有了对象，看见扔垃圾的熟人，离两米呢，就要啄人家，吓得小区里的人只能跟扔手雷似的

把垃圾袋往垃圾箱里扔，哪都能扔那么准呢！俩鸡又开始了垃圾分拣工作。

当你拿着棍子赶走它们，王大花带着对象又到了洗浴中心，也就是树下一个阴凉处，有点儿沙土，王大花平时都在那洗澡。这回行了，带个女的来。重情义的王大花大概觉得土少，一使眼色，先尽着对象洗。朵朵在那暴土扬长洗尽铅华，王大花则在不远处观察着周边，只要有人敢这时候调戏它对象，准冲上去就咬。

俩鸡就算好上了。每天王大花在前面走，朵朵在后面跟着，举案齐眉那个劲儿啊，够拍言情片的。

朵朵是个有眼力见儿的好闺女，别看人家谈着恋爱，一点儿不耽误一天一个蛋。穿白背心的大爷听闻此事甚是高兴，又问："我们家还有二十多只小鸡，你要吗？"我赶紧推了，王大花才一岁怎么当继父啊，带领那么多鸡再把整个垃圾箱搬家里来。不敢想。我打算跟王大花商量商量，能先不要孩子吗？我可没工夫伺候月子。

——米阳光摘自《幺蛾子》人民文学出版社

图：小黑孩

狼嚎意味着什么

@蝌蚪君

自然界的动物们都有着自己的独特习性，狼也不例外。狼是肉食动物，大多时候喜欢捕捉兔子、野鸡等小动物，有时也会伤人。它们的食量很大，一次可以吃下数十斤肉；当然忍耐饥饿的能力也超强，一顿吃得饱，数周不用愁。

狼群喜欢在夜间展开猎杀时刻，过了傍晚，饥饿的狼群便会出门捕猎，边走边发出低嚎。众所周知，大部分动物的叫声是联系彼此的通信讯号，而在不同情况下，狼也会发出不同的叫声。

最常见的狼群夜晚嚎叫，一般目的是呼唤伙伴。

比如母狼常常通过嚎叫来呼唤小狼；幼狼在饥饿时也会发出尖细的叫声来呼唤母狼；公狼会呼唤母狼集合，然后外出猎食；繁殖期，狼也会通过嚎叫来找寻心仪的配偶。

许多文学作品中喜欢这样描写荒原夜景："在天气晴朗、星光明亮的夜晚，皓月当空，山坡上，一只狼仰头长嚎，仿佛是孤独的象征。"事实上，这仅仅是人们的浪漫想象。很大可能，是头狼在驱逐踏入自己领地的陌生孤狼。

多年来，研究者们一直致力于研究狼嚎的那些事儿。有圈养狼群的研究者惊奇地发现，狼嚎的模式与狼群的大小、头狼是否在场有着剪不断理还乱的关系。研究者大胆猜测，也许狼嚎并不是简单的信息交流。

2008年，维也纳兽医大学的认知行为学家兰杰在狼科学所亲手饲养了九只狼。这些从未经历过大自然"毒打"的狼崽子们压根不会捕猎手段，但仍会不分场合地开嗓嚎叫。

小狼六星期大时，兰杰带它们出去散步。每带走一只，剩下的小狼就会开始嚎叫。究其原因，是圈养的狼没有天然家庭，所以自发组建了带有等级制的狼群，每只狼都有一个能在一起玩、相互理毛、一起睡觉的"偏爱对象"。

为了验证自己的想法，接下来的几个星期，兰杰把每只狼都带走过。每一只都是散步前随机挑选出来的，每次小狼离开不到20分钟，狼群就开始骚动，但被带走的那只大多数情况下都不做回应。

后来他们发现，当头狼离开时，狼群嚎叫得最多；而当某只狼的"偏爱对象"离开时，它叫得更欢。以此，兰杰认为狼嚎间接反映了狼群之间的社会关系。

这时有人提出疑问，这嚎叫会不会是焦虑导致的？于是兰杰收集了狼的唾液，测量了其表皮激素的浓度，发现焦虑和嚎叫并非总能挂钩。虽然头狼离开时，从数值看来狼群会十分焦虑，但配偶离开时却并非如此。虽然它们嚎叫不停，但显然没有十分焦虑。

所以不难看出，狼的嚎叫并非无脑冲动，而是有计划性的。它们在试图通过嚎叫来联系上重要的狼群角色，让狼群聚到一起。

这与1996年明尼苏达大学的狼生物学家戴夫·梅克的观点十分契合。观察了狼群后，他曾提出观点："狼嚎的主要原因确实是猎杀后聚拢狼群。"当时他在野外追踪了15只狼，发现它们可以通过嚎叫将猎杀结束时松散的队形，瞬间整合聚集。

但滑铁卢大学的约翰·塞伯格却指出，以圈养动物行为推算野外生存的动物行为是不科学的。野狼可以靠着气味追踪狼群成员，所以野外的嚎叫可能还有其他作用。

时至当下，狼为何嚎叫，还有很多可探寻之处。

动物神奇的技能演化与种群秘密是人类多年以来不断探寻的课题，或许在不久的将来，研究者们能够成功破题，带领我们窥见真理一隅。

李金锋摘自微信公众号蝌蚪五线谱　图：恒兰

没能赛下去的凡尔赛

@庄 苑

住同一个单元的街坊，通常也很难见上一面。

这不，得有小半年没碰到牛阿姨了，今天娟子下班回家和牛阿姨在单元的电梯间相遇了。

牛阿姨好像在等什么人，娟子在等电梯上楼。牛阿姨的外孙女和娟子的女儿是同年，今年同时参加高考。每次见面，两人自然会简单问一下各自孩子的学习情况。等电梯的当儿，娟子主动和牛阿姨打招呼："真是好久没碰到您啦，您外孙女考上哪个大学了？"

牛阿姨喜不自禁地说："我家外孙女读的是翻译专业，就是毕业后要到外交部工作的那种。"

娟子："能保证将来分到外交部工作，那可真不错呀。"

牛阿姨的骄傲溢于言表："是呀，这专业很不容易才考上的呢。"

娟子说："真不错。孩子读的是外交学院吧？"

牛阿姨说："是城市学院……"

见娟子愣住了，牛阿姨马上补充："学外语的，就是毕业后要去外交部工作的那种……"

娟子还是没说话。

牛阿姨问："你闺女考哪个大学了？"

娟子心里盼着电梯快点到一层，脸上洋溢着自豪的神情，嘴上却故意谦虚地说："我们呀，大学考到了一所藤校。"

牛阿姨略带鄙夷的惊讶："藤校？是植物学校吗？还是学农？"

电梯终于到一层了，娟子一步跨进电梯，笑着回答："美国的常春藤大学。"

牛阿姨说："哦，到美国读植物学校？"

娟子刚要解释说："您知道北大清华吗……"电梯门自动关闭，把两个人分隔开来。

大彬摘自《北京青年报》 图：小黑孩

"先打客户的电话联系，门开后再次确认，然后交接，你们的程序就是这样吧？"穿好外卖套装，聂华向身旁的外卖小哥确认。

中午时分，路上只有少数几个行人，太阳太大了，没人注意到，就在小区大门旁边，有个中年人在和快递小哥换装，旁边还有两个青年。

"不是的不是的，少了最关键的一项，一定要记得提醒客户给

好　评

@董　刚

好评！你要是不提醒一下，客户肯定不会给好评。"外卖小哥也是第一次遇到这种情况，不知道该怎么表达，说话的时候脸一下就红了。看得出，他很在意自己的服务能不能得到"好评"。

中年人是刑警队的队长聂华，新警小方和小谭跟着队长出来执行任务。见队长要化装侦查，两个年轻人都觉得有些不像。

"聂队，看你也不像是外卖小哥，还是我们来吧。"两个年轻人抢着说。"你们别跟我抢，我见过罗子，你们见过吗？万一抓错了人怎么办？"聂华说。

其实大家心里都明白，见过对方便于第一时间识别只是一个因素，关键是这个涉嫌贩卖毒品的罗子以前练过武。三天前，罗子在郊区交易时被巡逻民警发现，罗子见势不妙转身就跑掉了。从抓获的嫌疑人口中得知，罗子逃脱的时候身上可能带着凶器。聂华是队长，他要保护好兄弟们。

化装成外卖小哥也是没办法的事。昨天，聂华带领的抓捕小组接到线索，罗子

52　就是爱历史（二月篇）25.1936 年 2 月 17 日，中国工农红军东征抗日。

就躲在这个小区，但具体躲在哪里，他们并不知道。这对干了十多年刑警的聂华来说不是难事，不知道具体地点，守在门口就行了。这个老旧小区只有一个进出口，肯定能等到，除非罗子不出来。可大家守了一整天，目标人物罗子始终没有出现。

聂华知道必须马上改变侦查方式。可面对居住着近500户人家的小区，如何才能用最短时间发现并抓获目标人物呢？善于观察的聂华发现了一个机会，罗子躲在这里肯定不敢出来吃饭，小区不断有外卖小哥进出，这其中说不定就有罗子点的餐。

想到就做，聂华马上和两个新警拦下一位准备进小区送餐的外卖小哥，表明了自己的身份和换装的要求，外卖小哥答应配合。

换好装，提着外卖，聂华按照程序拨打了电话，很快找到订单上留下的地址。门开了，一个女孩伸手接过快递，聂华迅速将屋内情况扫视了一遍，没有外人，他转身离开，不拖泥带水。回到大门口，外卖小哥哭丧着脸说："你肯定没提醒给好评，我这儿都有显示。"聂华一拍头，连声说对不起。

又来了一位外卖小哥，拦下后又是一番解释，聂华又换上外卖工装。同样，这个外卖小哥也是要好评的，聂华说："我保证一定提醒，放心！"聂华提着外卖再次进入小区。

这一次，客户电话里说他就在楼下等着，让聂华快一点。离得老远，一个男人出现在聂华眼前。"是罗子！"聂华心下一惊，但神情依旧很正常，提着外卖朝罗子走过去。倒是罗子觉得不妙，一个转身，朝楼道旁的几个玩耍的孩子那边跑去。

"危险！"聂华来不及招呼小方和小谭，顾不上罗子可能带着凶器，他猛地扑了过去。就在两人身体接触的一瞬间，聂华感到自己腰部一阵刺痛。

聂华醒过来已是第二天了，一大群同事守在病床前，聂华还看到那位外卖小哥。聂华有些不好意思，声音沙哑地说："真对不起，我又忘了说请给好评。"

这时，小方和小谭举着手机带着哭腔说："聂队，昨天有群众拍下你抓罗子的视频，网上点赞都十几万了。网友说，这是最好的好评。"

金卫东摘自《人民公安报》

图：豆薇

我与板栗的战争

@ 姜铭昊

第一次与爷爷上山摘板栗，是在我读二年级的时候。爷爷挑着箩筐，我扛着长长的竹竿，去山上。那些刚刚成熟的板栗像一只只小刺猬，趴在树枝上。

爷爷挥动竹竿，打得板栗掉下来，打得树叶在空中飞舞，我感觉很好玩，抬头往树上望着，结果，一个板栗球落下来，砸在我的额头上，我痛得跳起来，没站稳，一屁股坐到地上，被掉落的板栗扎了屁股，哇哇大哭。

第二年我与爷爷上山摘板栗时，我不敢再站在树底下，躲得远远的。但是，捡板栗的时候，我的手指还是被扎出了血。爷爷让我戴上手套，但手套还是挡不住尖刺，我的手指肿了一个星期。

从此之后，我就害怕摘板栗。

秋天来了，今年的板栗又成熟了，爷爷又来叫我："铭昊，星期六跟我上山摘板栗去。"我吓得连连摇头，我怕板栗。爷爷却教育我："你是你们班的班长呢，怎么能被困难给吓倒？你不能怕板栗，你要把它当作敌人，打败它。"

爷爷不断鼓励我，我知道爷爷并不是真的要我上山干活，山上没人，他是需要我给他做个伴。没办法，我只能咬咬牙答应了。

虽然答应了，我心里还是怕。我上网搜"怎样摘板栗不被刺扎"，找到了一个视频：一个妇女在视频里教人制作摘板栗神器，在竹竿顶端安一个铁丝圈，再在圈底下缝一个布袋子。我照着视频做，布袋子我不会缝，奶奶来帮我，她将旧裤子剪下一截裤腿，缝成了一个装板栗的袋子。

星期六那天，我扛着摘板栗神器和爷爷一起上山。我心中还有些不安，不知道这工具有没有用。结果，爷爷举着竹竿，用竹竿顶端的铁丝圈套住一颗板栗，往下一拉，板栗就离开枝头掉进下面的布袋里，很好用。我也忍不住试了一下，一套一拉，板栗就掉进布袋里，布袋满了，再倒进箩里，手根本不用碰板栗。

这一天，我和爷爷谁也没被扎过，很快就摘了满满一担板栗。三年了，我总算打赢了与板栗的战争。这一切得益于学习别人的经验。学习，能使人变得聪明。

作者系湖北省黄梅县停前镇中心小学四年级学生

指导老师：王慧芬 洪彩

26.1294年2月18日，元世祖忽必烈去世。

没有用上的演讲稿

@赵淑萍

一大早起来，她换上新买的套裙，然后用女儿的化妆品化了一层淡妆。丈夫新奇地看着她，好像不认识似的。她第一次这么认真地打量镜中的自己，皮肤细腻，皱纹不多，似乎并不显老。化妆之后，脸上更添了一番神韵。她想到即将来临的发言，心又怦怦直跳起来。

她是一个失败的老师，当年师范毕业后被分到这所小学，在一群女教师中极不起眼，除了相貌平平，站在讲台上也不自信。她讲课总离不开课本，不然就会"卡壳"。那些调皮捣蛋的男生经常为难她，让她手足无措，好几次都被气哭了。她先教语文，然后改教副课，最后学校干脆叫她去管图书室。

这么一来，倒是解脱了。她给每本图书贴上标签，登记入册，书架收拾得整整齐齐。偌大的图书室，经常就她一个人，她环视周围的图书，犹如园丁坐拥满园鲜花。当然，也有难受的时候。看着同事们评上职称，成为教坛新秀、名师，在台上介绍成功经验，她就黯然神伤。后来，她也想开了，一到学校，就一头扎进图书室。她爱看书，也喜欢爱看书的人，悄悄记录着每位师生所借图书的类型，然后根据他们的兴趣爱好予以推荐。学生跟她很亲，中午去餐厅的路上碰到，大老远就打招呼。同事们有需要的书籍和资料，打一个电话，她就用心帮助寻找。

随着阅读量的增加，她慢慢觉得心里有了底气。其实，她是多么喜欢孩子、热爱上课啊。可是，她快退休了，哪里还有机会回到讲台呢？

去年，一位老教师退休，学校按惯例让他上台发言，然后校方再总结几句，热热闹闹开了个欢送会。那时候她就想，接下来该轮到自己了。

为此她早早准备起了发言稿，写好读，读后改。这发言，不能太长，时间得控制在五分钟内；语言既要平实又要精练；不能照稿子念，要讲得自然、得体；讲的时候，前鼻音、后鼻音、翘舌音、平舌音一定要分清楚，否则，年轻老师会想，怪不得她没当成老师，原来，普通话都没过关呢。

没人的时候，她在图书室一遍遍地"试讲"。她在这个学校干了四十年，除了工作头几年给学生上过课，以后不论哪种场合，再没上台说过话。这最后一次，她一定要好好珍惜。

一切准备妥当，激动人心的一刻终于到来。

校长让人关了灯，拉上会议室窗帘，先播放了一个短片。整个片子，她是主角：她在登记借阅，她在整理图书，她在打扫卫生；然后亮出了一块块学校颁发的奖牌，每一次图书室测评，都是满分；最后，师生代表、领导谈对她的印象。短片的解说词，写得情真意切，文采斐然。

整个会场鸦雀无声，有的老师开始偷偷抹泪。片子结束，灯光亮起，两位新入职的老师捧着鲜花来到她面前，献花。校领导走下台，和她一起在会议室中央合影，所有老师拿出手机拍照。为了这个片子，大家几个月前就忙开了，参与的有老师有学生。被评上省特级教师的黄老师还专门送上了祝贺的录音。这一切，都是偷偷进行的，她本人被蒙在鼓里。

她回到家，老伴问她："今天上台发言了吗？"她说："可以说上了，也可以说没上。"老伴不明白意思，愣了半晌。

看到自己改了又改的讲稿，刹那间，她心里五味杂陈，忍不住抽泣起来。

扬灵摘自《宁波日报》

图：豆薇

汉朝那只兔子

@ 张爱国

六月天，太阳一跃过光秃秃的山顶，就像坐上了人的头顶。没有风，连一丝绿也难见。马喘着粗气，人大张着嘴喘息。

"大汗，山脚下歇一会儿吧。"有人喊道。

"不！马邑城近在眼前。"军臣单于一马当先，声震云霄，"诸位草原之子，马邑城藏尽天下粮食、丝绸、牲畜和美人。诸位长鞭勿停，今夜吃睡马邑城，尽享大汉之美！"

"尽享大汉之美！"十万匈奴大军精神一振，长鞭当空，哨声连天。山谷间，黄尘漫天。

一股黑云不知道从哪冒出，瞬间遮蔽了太阳，又翻过近旁一座山头，直砸进山谷里。转眼间，黑风席卷，暴雨如注。

"谢天神，赐我好雨！"军臣单于大笑。十万人马大叫、嘶鸣。

像来时一样，转瞬间云空雨去，太阳又坐回头顶上，山谷间却有了绿意，牛羊也三三两两地冒出来，吃草、撒欢。军臣单于突然勒住马，手搭凉棚，四下张望，犹疑渐渐写上眉宇。

"大汗，有异样？"身边的人问道。

"看，那些牛羊。"军臣单于站到马背上，"放牧人何在？"

众兵士也站上马背望去，远远近近，虽有牛羊，却不见一个放牧人，连一个路人也不见。

"大汗，太阳神如此发威，汉人懦弱，不敢出来吧？"

"不！"军臣单于坐回马背，"左贤王，将马邑城传回的消息再细细说一遍！"

"大汗，一切尽在事先谋划之中！"左贤王策马上前，"昨日晚间，汉人聂壹领我三十强兵潜入马邑城，当夜又潜入县令家中，聂壹亲手杀死县令，我匈奴军士又亲手将其头颅悬在马邑城头。大汗放心，马邑此时有兵无将，待大汗一到，聂壹即开门献城，我等即可尽享汉人之美！"

"汉人奸诈，不可不防！"军臣单于鹰隼一样的眼睛继续四下搜索，还是不见一个人。

"大汗，不必犹疑。商人好利，大汗答应那商人聂壹，计成后，南草原的市场均由其经营，他无理由使诈；他又亲手杀死县令，

已无退路。"左贤王很焦急，恳请道，"大汗，聂壹杀死县令已过半日，汉人不久定然获报，调遣兵将固守马邑。那时，攻城必将难上加难。"

"嗯，有理！"军臣单于点点头，正要命令大军继续向马邑进发，却见远处有一个人影在向南跑动。军臣单于飞马而去，身边的十几人也跟上。

军臣单于将到跟前，那跑的人却全然不知——他虽然疲惫不堪，跑得很慢，但每跑几步，身子就向前倾扑一下，又直立起来，继续跑，继续倾扑。军臣单于不愧为草原之鹰，相隔二三百步就看出那人是在追一只兔子，而且兔子左后腿有伤。军臣单于心里一笑，感谢这只受伤的兔子，要

不然，好好的兔子早就跑得没了影子，这汉人还哪里去追？他不追，又如何能被发现？

"啾！"军臣单于一鞭甩去，兔子就吊在鞭子上，被送到那汉人面前。汉人哈哈一笑，双手紧紧地掐住兔子："跑！还跑……"

"哈哈，什么人？"军臣单于一探身，一把将汉人提起来。汉人这才意识到异常，回头一看，脸色大变："汉、汉人……"

"知道是汉人。"军臣单于将汉人往地上一丢，汉人急忙跪下，浑身颤抖："尉史，尉史，马邑尉史……"

"哦，尉史，汉人最小的官吧？"军臣单于淡淡一笑，"为何到此？"

"办差，办差。途中遇雨，亭下避雨。雨停，见兔，追赶到此。"

"所办何差？汉人近日是否向马邑调遣人马？你是否参与？"军臣单于两只鹰隼一样的眼睛突然一瞪。

"大汗饶命！"汉尉史吓得想磕头都磕不成了，"小人未曾参与，小人只是奉命布告百姓，离家避让。"

"避让何事？"军臣单于笑了笑。

"小人不知，小人只听百姓私下传说，说朝廷有令，匈奴大汗不日率大军前来马邑，百姓须入山避让。"汉尉史终于平静了一些，恭恭敬敬地给军臣单于磕了几个头，"小人今晨奉马邑县令之命，出城布告百姓务必人人入山，但牲畜务必开栏外放，说是为了迷惑……"

"如此说来，此处直到马邑，都埋有伏兵？"军臣单于不由得倒吸一口凉气。

"大汗，小人官小，无从知道。"汉尉史不停地磕头，"不过小人以为，大汗所说应当不错……"

"好！你为草原立有大功，本汗接纳你为草原之子！"军臣单于将汉尉史提上马背，调转马头，一声令下，"汉人奸诈，设有伏兵，快撤！"

——公元前133年（汉武帝元光二年），匈奴军臣单于率十万大军即将钻入汉武帝精心谋划的"口袋"，却因一名小小的汉朝尉史，抑或一只受伤的兔子，而功亏一篑。史称：马邑之谋。

小祺摘自《小说月刊》

图：小栗子

《马邑之谋》到底讲了什么？扫描二维码，即可知晓。

印度有个"保镖村"

@beebee

印度德里南部郊外，有个名为 Fatehpur Beri 的偏远村落，村里的男性从小不爱学习，只爱肌肉。

这个村上下齐心，每个醉心肌肉的男人都立志要当保镖，笃信那是一份口袋里收入体面、外表看起来更体面的工作。

这个村子又名保镖村，不管路人挑什么时候进村，这里的男人总是在训练。

夜场老板需要没有犯罪记录的健壮男子，而从 Beri 出来的乡村肌肉男简直是最理想的保镖。高度自律，没有不良嗜好，身体强壮，没有额外的关系纠葛，没有一个老板能拒绝这样的保镖。

"我们是战士的后裔，基因给了我们强壮的身体，让我们保护妇女，维护和平。"

时代更迭，如今不需要守卫堡垒，夜店酒吧成了新的城堡。但不变的是他们从祖先那继承的力量。面对门内的声色犬马，Beri 的男性能坚守岗位，不为所动。

娱乐场所是保镖最大需求商，Beri 村基本包办了城市里的保镖工作，完全实现了肌肉供应商的美名。在娱乐场所饱和以后，Beri 的男人也会去应聘私立学校、医院以及高档酒店的保镖。

年龄在 18 至 55 岁之间的人，

约有 90% 的人找到了他们的梦想工作，平均月收入 3 万到 5 万卢比，远远高出印度村庄的收入水平。

他们的生计全靠身体素质，肌肉练得越醒目，拿到的报酬也相应地越醒目。

健康的饮食习惯是肌肉增长的保障，但辛勤的锻炼才能促进肌肉发达。Beri 的健身房每天凌晨 4 点开门，直到晚上 10 点才关门。这让健身房成了当地最重要的社交场合，大概村里重要的会议都是直接在健身房召开的。

Beri 肌肉男只认准保镖这个工作，是因为十几年前，村里的摔跤运动员错失了参加奥运会的机会。他不想白白浪费自己一身腱子肉，因此找了个保镖的工作。

随后尝到甜头的他，把保镖这个工种介绍给村民，大家都认为这是完美利用他们强健力量的工作。既能保持健康的生活习惯，又能拿到不错的报酬，保镖由此成了 Beri 村的"官方指定职业"。

而 Beri 出产的保镖名声大振，则源于一次斗殴。

2011 年 8 月，某家酒吧的醉汉殴打了来自 Beri 的年轻人，因为醉汉彻底失控无法冷静，导致双方不断"摇人"，最后 Beri 的 18 名保镖男孩打赢了对面几十上百的混混。这一战役，彻底打响了 Beri 的名头，许多酒吧老板闻讯赶来，硬要让村里的男孩当保镖。

除了为夜店培养高素质的保镖人才，Beri 也为电影提供了不少肌肉猛男，他们可能成为演员替身，也可能当个小配角，为印度电影银幕的威猛先生添砖加瓦。

Beri 还有保镖队服务，由 50 个精壮小伙组成，不过这是面向大单子的，一般是给大型活动提供安全保障。

保镖也是吃青春饭的，年龄大了就退休开个健身房，身兼健身教练，用技术和经验培训未来的保镖。

Beri 村的保镖情结，有着让人感动的传承性质。男人终会慢慢老去，肌肉会慢慢松弛，但保镖永不离岗，精神的传递总是承前启后。

别的地方聊子承父业，都是说资产和关系网，而这里很纯粹，父亲传给儿子的是刻在基因里的力量以及名为保镖的职业规划。

赤诚之心，不过如此。

月亮狗摘自微信公众号 beebee 星球

图：佐夫

无名烈士

@ 刘永飞

第19届中国微型小说年度奖获奖作品

　　他不止一次听父亲刘昌林说起新中国成立前的那个午夜……

　　那日，刘昌林正"打摆子"，身体忽冷忽热，上吐下泻，他觉得自己撑不过这场病了。此刻，村前的运粮河畔突然响起噼里啪啦的枪声。刘昌林的后背像被人踹了一脚，腾地坐起身来。他想下床，却一头栽了下来。

　　老伴帮刘昌林包好头，把他扶到床上后不久，敲门声响起，两快两慢，再两慢两快，这是自己人。刘昌林示意老伴开门，进来的是气喘如牛的"老五"以及背上那个血肉模糊的战士。"老五"放下悄无声息的战士，当他看到刘昌林病恹恹的样子，又看了一眼已经无法辨认出模样的战士，眼泪流了下来。他紧紧握住刘昌林的手不放，带着哭腔说："昌林，你不要紧吧？"刘昌林用尽了最后一丝力气说："没事，说，需要我做些什么？"

　　这时的"老五"噌地直起腰，抹了一把眼泪说："昌林，我有万分火急的情报要送出去，他的后事就交给你了！""老五"说完，转身来到战士跟前，当看到战士被打烂的头部还在流血，他脱掉外衣，把战友的头轻轻地裹上，然后朝他敬了一个礼，又看了看刘昌林，欲言又止，最后消失在浓浓夜色之中。

　　在处理战士的后事时，刘昌林想给战士擦擦身子，可是，解开战士头上的衣服时，他发现衣服已和战士的血肉粘在一起。于是，刘昌林抽出身下的一领苇席

裹紧，扎牢，把战士葬在了村后的空地上。

新中国成立后，刘昌林就在葬战士的地方起了个坟，节日烧纸，清明添土，从不间断。同时，他一直在等待"老五"的出现，他期待"老五"能带着战士的家人来，或把坟迁走，或问清姓名就地给孩子立块碑。然而，自那晚后，"老五"再也没有出现过。

1990年，一个老板打算给村里捐建一所希望小学，老板请来风水先生选址，看中了村后的一块土地，只是在迁坟时，出了乱子，只见年过八旬的刘昌林手握菜刀，立在战士坟前，他说："谁要动这坟，我就要谁的命！"

从村里到镇上，甚至县上的领导，都来做思想工作，他们表达的都是一层意思，那就是："娃儿们的教育远比一座无名的坟重要！"刘昌林不为所动，直到村主任与刘昌林谈了一个晚上。

第二年，希望小学建了起来，学校里，有一块红色教育基地，里面赫然出现了无名烈士的坟墓和其抗战事迹。每当刘昌林看到来来往往的村民、学生为无名烈士献花、敬礼，他就会想起怀抱战士的那个午夜。战士少说也有二十岁吧，身子那样轻，甚至隔着席子都能感觉到他的瘦骨嶙峋。想来，他的父母也该像自己这样等待和寻找孩子吧！

1995年，已过九十的刘昌林溘然长逝。去世的前夜，他叫醒了熟睡的小儿子广盛，叮嘱他要继续寻找大儿子广济，活要见人，死要见坟，还要照料好无名烈士，逢节烧纸，清明添土，他说："如果广济真的牺牲了，在某个地方一定会有像我们这样的人为他守坟！"

1999年，村里来了个陌生人，要找刘昌林，村人这才知道，他是"老五"的后人。来人告诉刘广盛，"老五"只是个代号，他父亲原名吴庆春，是当年地下交通站的负责人。去年，一个村子拆除一间旧祠堂时，在一堵墙里发现了老五的遗物。原来，他父亲老五一直有记日记的习惯，只是他记完最后一篇就牺牲了。

说到这，陌生人把一个发黄的本子翻到一页，神情凝重地交给刘广盛，本子上只有一句话："我被敌人追赶，凶多吉少，若有人见到此书，请告知刘塔司的刘昌林，那天，我背进来的战士就是他的大儿子刘广济！"

摘自《广西文学》 图：杨宏富

古代也有"口香糖" @ 安迪斯晨风

古人除口臭有妙物

东汉桓帝当政的时候，有一位老臣不注意口腔卫生，有严重的口臭。有一次，皇帝被他臭到怀疑人生，就送给他几根钉子形状的"鸡舌香"，让他拿回家以后放嘴里嚼一嚼。老先生拿回家以后，放一根到嘴里尝了尝，一股辛辣苦涩的气息使他感到超级难受，以为皇帝要赐他毒药。幸好这时有一位朋友告诉他，这只是一种香料而已，嘴里含一根，能让口气变得芬芳。

很长一段时间里，古人都不会刷牙，他们是怎么克服口臭的呢？这就轮到刚才提到的鸡舌香上场了。这种东西也叫丁香或者钉子香，是一种热带出产的香料，早在一千八百多年前的东汉时期，就流传到了我国，成了当时流行的"口香糖"。据东汉儒学家应劭所写的《汉官仪》记载，东汉朝廷里面有专门的"口香糖"制度，凡是在皇帝跟前上奏的官员们，必须在嘴里含一根鸡舌香，这样才不至于因为口臭而污染环境。

丁香是种什么花

东汉人嘴里嚼的鸡舌香，其实是原产自东南亚印尼和马六甲海峡岛屿上一种植物的花蕾，经过干制脱水加工做成的。宋代的医书《开宝本草》中说，南方广州那边有一种丁香树，长得又高又大，它的花蕾长得像钉子一样，可以入药。可见，这种丁香树是高大的乔木，而且只在热带地区生长。

丁香树是雌雄同体的植物，丁香这种香料倒有公母之分，这是怎么回事呢？

原来，所谓的公丁香，就是用青绿色花蕾晒干制成的，干透了以后，就变成了香料中常见的紫红色丁香。如果不采摘下来，丁香花就会开放、授粉，然后结出椭圆形的紫红色果实，在这种果实还没干掉之前采摘，如法炮制，得到的就是所谓的母丁香了。

一般来说，公丁香有一种很霸气的香气，拿来嚼一下就会感到一股极为辛辣刺激的味道撞向脑门。不过等辛辣过后，又会感受到一种芬芳的甜香。相比之下，母丁香的味道要稍微柔和一点，带点甜味，但是香气质感却一点也不差。

当然，丁香更重要的作用还是做调味品。我们生活中常见的调料无论是五香粉，还是十三香，里面都少不了丁香。

曹操与丁香的渊源

三国时期，曹操曾经给自己的对手诸葛亮写过一封短信，里面说："今奉鸡舌香五斤，以表微意。"他送给诸葛亮的东西正是鸡舌香。那么他的目的是什么呢？

在当时来说，鸡舌香是古代皇帝近臣们专用的口香糖，所以曹操实际上是邀请诸葛亮也来到皇帝身边当尚书郎，这样嘴里嚼根鸡舌香才有意义嘛。当然了，对于挟天子以令诸侯的曹操来说，来到皇帝身边也就是到他的阵营中来了。

鸡舌香这种东西在当时并不多见，曹操一口气拿出五斤也算是大手笔了。不过作为一个理想主义者，诸葛亮并没有因为曹操许下的高官厚禄而动摇。

这个典故流传到了后来，就让"鸡舌香"变成了在皇帝身边

当官的代名词。

比如说晚唐诗人刘禹锡在被贬黜到外地之后，给朋友写了一首《朗州窦员外见示与澧州元郎中郡斋赠答长句二篇》，诗里面有两句吐槽："新恩共理犬牙地，昨日同含鸡舌香。"意思是说，昨天我们还在朝堂上好好当官，今天居然就来到了这么个蛮荒之地。

林冬冬摘自《一本不正经的博物志》

百花文艺出版社 图：恒兰

不能遗忘的过去

@申平

如果有人给我们讲述过去的事，或许，故事的走向就是另一个方向了。

军马场里的老马

20世纪60年代，我家住在草原上的军马场附近。军马场，多么神秘的地方！在一座高墙大院之内，最多时养着上千匹军马。每到马儿出场的时候，首先会听到一阵雷鸣般的声响，然后是一阵烟尘腾起，成百上千匹军马在十几个马倌儿的押解下奔涌而出，气势磅礴，人喊马嘶，那场面极为壮观，简直惊心动魄。

这个场面结束后，就会有一个瘸子牵着一匹老马走出来了。瘸子的年纪也很大了，就那么一瘸一拐地走在老马一侧。他腿脚不好，可是从来不见他骑马。那匹老马，是枣红色的，身架高大，隐约可以看出它年轻时的风采。但是现在它显老了，行动有点迟缓，总是低着头默默地走着。这个场面，至今还清晰地印在我的脑子里。

那时我十三四岁，对军马场那些军马充满好奇，而且，我还着魔一般想骑马。看见那些马倌儿威风凛凛地骑在马上，我简直羡慕得要死，夜里做梦经常骑在马背上飞驰。但是那些军马一匹匹生龙活虎的，我哪里敢碰，我的目光最后落在了那匹老马身上。

老马发威

那两年学校都停课了，我和伙伴们整天无所事事。那日看见瘸子又在山下放马，便凑了过去。

大叔，这马，让我们骑下呗？

瘸子抬头看了我们一眼，脸上瞬间写满不屑，他的嘴唇抖动了半天才吐出几个字来：就就……你们几个……还想骑它？知知……道它是什么……马吗？

哈，原来还是个结巴！我们心里发笑，嘴上却专挑好听的说。但是他的头却一直摇得如同拨浪鼓。软的不行就来硬的：我们扑上去抢他手里的马缰绳，硬往马背上爬。他一着急，嘴唇干动弹却说不出一个字来。

正在这时，忽听得"咴咴"一声马嘶，却见那匹老马突然暴跳起来。它身体一抖，脑袋一摆，就把我们这几个小屁孩甩得滚的滚爬的爬。随即它身子一横，扫帚般的尾巴又抽了过来。

我们落荒而逃。跑出好远还听见瘸子在吼：这这……回知……

知道厉害了吧？告……告诉你们，这……是一匹……军功马，它……还有军功章呢！

但是我们不甘心失败。军功马有什么了不起的！我们开始挖空心思想起歪点子来。

先是起哄。每天瘸子牵着老马一出来，我们立即尾随，在后面学狼嚎鬼叫，又学瘸子走路，学他说话，编顺口溜骂他。几天之后，发现这招根本不灵，因为瘸子每天为老马选好草场之后，就坐下来抽烟。对我们的叫嚣，他根本置若罔闻。老马呢，只管低头吃草，当然更不搭理我们。

接着是攻击。我们每人头上戴一个树杈圈儿，手里拿根树棍，提前在他们的必经之路旁埋伏好，等他们走近了突然冲出，口中高叫"冲啊""杀啊"，又学机关枪、手榴弹的响声，一口气冲到老马跟前，对着它就是一通乱打。就听见瘸子撕心裂肺一声大叫，冲过来拼死护住老马，我们的棍子打到他身上他也不在乎。头两回，老马只是被动地挨打，可是那天，它突然又发起威来。

那天我们的冲锋才开始，没想到老马又是一声嘶鸣，它挣脱缰绳，高昂起头颅，瞪着两只铜

铃般的眼睛，挺尾竖鬃，迎着我们就冲了过来。我们先是被吓傻了，接着掉头就跑。老马却不依不饶，继续追赶。它大概看出我是领头的，就紧盯住我追赶，虽然跑得并不快，但到底还是把我追上了，一口叼住我的后衣领，就那么让我悬空着，一直把我叼到瘸子跟前扔下。它大口大口地喘着气。一副累坏了的模样。

我在地上哭喊、求饶，我听见瘸子在结结巴巴地教训我，直到他们走开我才爬起来。我看到老马这时回头看了我一眼，它的目光很奇特，宛如大人对犯错孩子的警告。

它是一匹军功马

不过老马最后还是被我算计了，我用在电影里学会的一招报复了它。我们在路上挖坑，然后放上树杈，用土盖好，还脱下鞋来在上面印上脚印，伪装得就像路面一样。那天，瘸子和老马走过来了，它们走过来了。我们藏在树林里，远远地看着。就见那匹老马忽然一头栽倒了，接着就传来了瘸子的哭喊声。

我们几个坏小子，正在树林里欢呼雀跃，猛然，我们听见了一种声音响起。那声音是那么高亢，那么悲愤，还带着英雄迟暮的无奈。哦，那是老马的嘶鸣声。它的声音在草原上回荡，一声接一声，穿云裂帛，震撼心灵。我们一时间都被镇住了，世界也一下变得安静起来，仿佛一切都瞬间凝固了一般……

多年以后，我重回故里，赫然发现，当年的军马场早已不复存在，那地方却矗立着一座马的雕像。那马，高扬前蹄，鬃毛竖立，一副冲锋陷阵的姿态。我读到了后面的铭文：红云，军功马，勇敢聪慧，极通人性。战争期间为部队运送弹药，能自己卧倒隐蔽，躲避枪弹。后去河中运水，能自己侧卧灌水，送往火线。荣立二等功，部队终生养护，1967年因崴断前腿去世，终年30岁。

如烟往事在眼前闪过，我深深忏悔，同时在想，如果当年有人给我们讲下军功马的故事，也许悲剧就不会发生了吧。

摘自《文艺报》 图：杨宏富

"红色故事"专栏长期征稿，欢迎投寄反映中华民族恢宏历史进程中，每个时代节点动人的历史瞬间、典型人物、难忘故事。投稿邮箱 wenzhaiban@126.com，投稿时请标注"红色故事"字样。

一句话小说，最短，却耐品（9）

@ 牧羊焱焱 等

> 生活中，那些充满想象的故事，那些难以言尽的情感，那些难以传达的哲思，却被微型小说作家一语道破。

@ 牧羊焱焱　开盘时他奋力争得一房，入住后整栋却只有一户。

@ 月霜木珏　分手后，他说："故事那么长……"她打断："我做结尾可好？"

@ 镜收眼底　她抱着宠物小狗，奶奶跟在后面艰难地前行。

@ 黎夏　父亲去医院做完检查后要卖房，孩子们急了。

@ 李彦儒　哥，你没抓住的毒贩我来抓。

@ 孟宪华　张爷爷家门上写着：路过的人请敲敲我的门。

@ 杨振平　老人想念当兵的儿子，后来很多人都喊他爸爸。

@ 赵艳宅　一声枪响，猎人空手而归，山中再无枪声。

@ 李新宇　寄了俩耳光给你，请向咱年迈的老师道歉。

@007　医院，老爷爷为看病的老奶奶买了一串冰糖葫芦。

@Lycandle　他深情地看着她，慢慢拿出带有毒针的钻戒。

《故事会》校园版征集一句话小说，要求不超过20字，有人物，有故事，有韵味，题材不限。

收稿邮箱：wenzhaiban@126.com，投稿请在主题栏注明"一句话小说"。

过年，他享受了"豪华"旅行

@徐 源

没有亲人的病人

在协和神经外科实习时，病房里躺着一个脑水肿的老爷子。他是在马路上突然晕倒的，派出所把他送到了医院。送来时脑水肿得很厉害，随时都有生命危险，因此尽管他昏迷着，又联系不上亲属，我们还是给他做了手术。

直到半个月后他脱离了生命危险，派出所才查明他的身份。原来他曾经坐过牢，刚出狱没几天。他具体犯过什么事，警察也没告诉我们，只说他没有妻儿，唯一可以联系的是一个远房亲戚，却言明了不管他，所以只能任由他躺在医院里。不过令人欣喜的是，在医院垫付了十多万元治疗费用后，他终于恢复了一些有限的意识，虽然还不能说话，但是能听懂别人说话并做出微小的反应。

护士老师时不时地问他："老姜，醒醒，认得我是谁吗？现在是春天还是夏天呀？"诸如此类问题，虽然简单，但也是他每天为数不多的与他人交流的机会了。每每这时，他会眼睛睁开一条小缝，眼珠稍稍动两下，似乎是表示"我听到了"。

这时春节快要到了，病房里张灯结彩，红色的大灯笼和各式各样的剪纸，给病房增添了活泼的气氛。病人们也少了一些痛苦的神色，多了一些喜庆。

查房时，领导对我说："小徐，你下午推着轮椅带老姜逛逛吧，让他感受一下过年的氛围！"

我说："好！"

领导走后，住院大夫们七嘴八舌起来。

有的说，你千万别让人家看合家团圆的场面，他没有亲人……

有的说，你千万别让人家看别人吃好喝好，他只能输营养液……

有的说，你千万别让人家看别人康复得差不多了很快要出院，他天天戴着监护插着尿管……

本来我想推着他在医院四处逛逛，但听大家这么说，虽是胡扯，也踌躇了一番，要是离病房太远了，路上出了事可不好。于是思来想去，我规划出了这样的遛弯路线：

从病房的这头，

遛到那头，

再遛回来，

再遛回去……

旅行前期的准备

下午三点多，我借来了轮椅，准备推他走。因为他全身插着不少管子，连着不少监测设备，有的可以暂时拔掉，有的则需要随身带着，因此需要请护士老师帮忙。

我对不远处一位护士老师说："老师，我们想带老姜出去逛逛。"

说这话时我内心很犹豫，毕竟正值下午三点，是护士老师比较忙碌的时刻，而帮我带老姜出去逛逛，并非她们的日常工作，更何况我只是一个小小的实习生，平时都是听护士老师指导，可从来没"指挥"过护士老师。

谁知她看了一眼轮椅，便说："嗯，他也应该出去看看。"然后立刻忙碌了起来。她叫来两三个帮手，拆管子、放尿袋、夹指氧、充氧气枕，然后齐心协力把他抬到轮椅上。

抬动好后，护士老师说："你看，他的裤带没系好，你拿个枕头遮挡一下。"

我这就推着老姜出发了。刚推了没多远，我发现，他全身上下没有一点力气，脖子耷拉着，身子也坐不住，感觉时时刻刻会从轮椅上滑下去。

于是我叫来另一位同学帮忙。她虽然不是我们组的，但也听说过这个病人，因此我一提出请求，她也放下了手中的活儿，过来帮忙。

于是，老姜的旅行就开始了。

总有人会关心他

我们便一人扶着他，不让他滑下来，一人推着轮椅，费了好大精力，才把他推到病房的一头。那头是一扇大落地窗，正对着一条马路。我们想，让他透过病房的窗户，看外面的大楼和车流，也是很有趣的。也许他坐牢久了，也没有见过大楼和车子。

他的眼睛睁开一条小缝，不说话，也不知道他看到了没有。

同学开心地对他说：

"老姜，车子，要过年啦！"

"老姜，大楼，要过年啦！"

"老姜，那是王府井，要过年啦！"

我一面扶着他的脑袋，一面给他擦不断流出来的口水。同学突然说："你看，他笑了！"

我不信。

"真的笑了，不信你看。哎呀，迟了。"

我这才低下头去看他，他眼睛刚才的那条小小的缝儿，都合上了，似乎是睡着了。

我拍了拍他，问道："老姜，你想回去吗？想的话就眨眼睛。"

我只是说了试试，没想到他的眼睛真的眨了两下。

> 这也许只是她们繁忙工作的一点点缩影，但这些对生命的尊重，却让我肃然起敬。

惊喜下，我又问："你想再看会儿吗？想的话就眨眼睛。"

他的眼睛又眨了两下。

我还想再问，他又睡着了……于是我们决定把他推回病房。

回病房时，护士们不免又是一阵忙碌：通上氧气，接上引流管，挂好尿袋，贴好心电监护……弄好后，又细心地抹平床单的皱褶。她们神色平常，似乎只是极普通的一件事，但我心下不免有些感动。

在这个匆忙的世界上，除了这位似睡非睡的老姜，还有谁会注意到，有几位护士，为了能让他多看一眼外面的风景，忙碌了这么多呢？这也许只是她们繁忙工作的一点点缩影，但这些对生命的尊重，却让我肃然起敬。

老奢摘自《医生你好：协和八的温暖医学故事》

人民卫生出版社　图：豆薇

牙科医生

@[美国] ㄥ·杰克

闻春国 译

一个名叫罗伯特的人匆匆忙忙去参加一个晚宴。按照预先的安排，他要在晚宴上做一个主旨发言。当他赶到宴会厅，落座于主宾席之后，他才意识到自己忘了戴上假牙套。于是，他情不自禁地对旁边的一位先生说道："哎呀，糟糕！我忘记戴假牙套了。"

"没问题。"这位先生安慰道。说着，他伸手从口袋里掏出了一副假牙。"试一试这个。"

罗伯特安上那副假牙试了试。"太松了。"他说道。

这位先生接着说道："没问题，我这里还有一副……你再试试这个。"

罗伯特戴上另一副假牙又试了试。"太紧了。"他说道。

这位先生并没有感到奇怪。他接着说道："没问题，我还有一副假牙……你可以再试一试。"

"嗨，这一副非常合适。"罗伯特兴奋地说道。

说着，他吃完饭，就开始做主旨发言。晚宴结束后，罗伯特走到那位先生面前，对他的热心帮助表达了一番感激之意。

"我要谢谢您的及时帮助。请问您的诊所在哪儿？我一直想找一个好的牙科医生。"

"哦，我不是牙科医生，我是本地殡仪馆的整容师。"这位先生答道。

郝景田摘自作者新浪博客 图：小黑孩

挚友

@ 卢天怡

我有一位朋友，叫曹思亦，我常常亲昵地唤她的小名——水晶。水晶人如其名，水汪汪的大眼睛惹人喜爱，闪耀着温柔的光泽，显出浓郁书香的气质，宛若能将人吸引进去一般。

我们相遇是因为两位妈妈，她们将友谊的绳线传给了我们。第一次相遇，是在遥远朦胧的一岁，在苏州，她的城市。听妈妈们回忆，那时候的我俩安安静静地坐在小推车里，目光呆呆的却目不转睛地望着互相陌生的小脸。突然，我伸出一只白嫩肥胖的小爪子，轻轻地挠了挠她，她也毫不示弱，"眼疾手快"地挠了回来，两人争先恐后，都倔强地不认输。最后，我们不约而同地将清澈无比的大眼睛眯成两条弯弯的弧线，朝着对方大笑，笑颜上漾出淡淡的红晕。

霎时间，我俩的距离无限拉近，仿佛是有缘分使我们熟悉一般，轻轻地互相牵起肉嘟嘟的小手，依偎在一起。

城市之间的距离，并没有使我们疏离。有时候，她来上海，和我相约去童话般的迪士尼游玩；有时候，我去苏州，与她一起欣赏梦幻烂漫的水上烟花。不知从什么时候开始，她隐隐约约成为我生命中十分珍视的人，无法割舍。我们常常沉浸在自己的世界里，创造了与现实世界"隔绝"的童话乐园——一个洋溢着仙境意蕴与奇思妙想的"小孩国"，令我们摆脱现实烦扰，在美好的幻想与友情中徜徉。

小学三年级时，我们在皇家马术场第一次骑马。我刚刚骑上一匹小马驹，脑海里就浮现出自己从马背上掉落下来的画面，我微微地打着哆嗦，满脑子都是后悔和逃离的想法。我紧闭着双眼，将身体使劲地蜷缩成一小团，抓着缰绳的手，也已经攥出了汗。可是旅途已经开始，无法折返，我们这个"骑马小队"开始绕着绿茵茵的草坪慢跑了起来。

水晶满脸写着担忧，她频频回头，一遍又一遍不厌其烦地对我说："上坡时身体要往前倾，下坡时身体要向后仰……"

我紧皱双眉，随着速度逐渐加快，一层薄薄的泪雾蒙上了我的双眼，绝望像一只恐怖的怪兽，从这片无垠草坪的四面八方吞噬着我。

细心的水晶发觉了，她用轻轻的声音温柔地说："天天，没关系的，放轻松，其实就像在小孩国的云朵上飞翔一般，不要紧张哇！这是我们的小孩国呀。"

我的心弦仿佛被微微触动：真的吗？我攥紧缰绳，鼓足勇气睁开双眼。原来不知不觉间，我已经和水晶一起顺利地穿过整片大草坪和许多障碍物了。

我情不自禁地笑了，我第一次骑马竟然骑完了全程！在水晶的安慰和鼓励下，恐惧、犹豫、孤寂……所有的担忧全都没啦！

水晶是我的挚友，我们牵着手一起走过山巅河畔，走过街头巷角，走过春夏秋冬，走向我们的"小孩国"，一步一步，都仿佛具有强力的魔法一般。脚下绽放出色彩斑斓的花朵，而头顶上，友谊宛若黑暗浩瀚的夜空中最璀璨的星，照耀着我们的漫漫前路。

作者系上海市建平中学西校预备 16 班学生

又到期末了，
是时候露两手了

@ 林帝浣

区区一个期末考试，
你怕什么，

它就考什么。

每次考完英语听力，
都深深地领悟到，
有些话，只说给懂的人听。

有人考试靠实力，
有人靠视力，
而我是靠想象力。

一过新年你就许愿，
然后剩下的365天都在摸鱼，
让我觉得，
你的愿望就是天天摸鱼。

小祺摘自微信公众号小林

必死之人

@[美国] 乔纳森·克雷格　姚人杰 译

他对报纸上照片中的男子深恶痛绝。他闭上双眼，用力合紧眼睑，用意志驱使自己控制住内心的愤恨。再度睁开眼时，他看着男子照片旁的合影，注视着笑容甜美的女人和她左右两个长相俊美的孩子，他的眼里噙满了泪

水，那张合影照渐渐变得模糊。

他听到身后科里太太发出的沉重脚步声，于是放下报纸，搁到桌上，下意识地将报纸边沿与桌子边沿准确地对齐。

科里太太这时站到他身旁。"先生，你早餐碰都没碰，"她开口说道，"你一直没吃东西，从那时起——"

"科里太太。"他说到这儿就停住了。

"怎么了，先生？"科里太太问。他回想起来，她对他从未有过别的称呼，每次向别人提到他时，她总是尊称他为"先生"。

"科里太太，"他说，"看一下报上照片中的男子，你看见了什么？"

"先生，你问我看见什么？"

"是的——看见。说明文字称他是阿瑟·G.哈灵顿法官。尊敬的阿瑟·G.哈灵顿法官。这篇报道讲述他所犯下的谋杀，却称他是杰出人才，备受尊敬，还有许多其他好评。科里太太，你

看着他的照片，是否看到一位可敬的、广受尊重的正义伸张者？"

"先生，我没……我不明白你是什么意思。"

"我会告诉你，你都看见了什么。你看见一个冷血的杀人凶手，科里太太，你看见一个谋杀了一名女子和她两个孩子的禽兽。"说着，他左手合拢成拳，遽然下落砸向报纸上男子的面庞，"他谋杀了女人和孩子，几乎就像他抢起斧子将他们劈死一样。"

科里太太忐忑不安地移动双脚："这——这是一场意外。"

"意外？这名男子喝醉酒，导致车祸，害得三人死于车祸——这是意外？"

"报纸上没有说——"

"是的，报纸上没有说他喝醉酒。报纸刊发真相，但并非所有真相，科里太太。"

"先生，你应该试着吃点东西。我会再用水煮些——"

"科里太太，我妻子死了，我的两个孩子也死了。十天前，这座房子里还充满了他们的欢声笑语。因为有他们，这儿才有幸福和爱。"他感觉泪水再次让眼前模糊起来，"杀人凶手理应去死，科里太太。他理应去死。"

"你别再折磨自己了，先生。"科里太太一边说，一边紧张不安地抹平身上裙子的一处褶皱，"你不吃不睡，而且你——"

"今天上午，"他边说边从桌旁站起身，"今天上午，科里太太，没时间拖延了。"

"先生，可否再讲一遍？"

"我要去杀了他，"他说，"我要去除掉杀害我妻子和孩子的凶手。就在今天上午，科里太太——就在一小时后。"

"先生？"科里太太震惊地睁大眼睛，"哦，你不是说真的吧？先生！"

他朝她微微一笑："你记得我哪回说我要干某件事却没有实施过吗？"

"是没有，先生。但——"

他转身迈步走向大门，说道："再见，科里太太。"

他走下门阶时，一辆出租车恰好驶近，他挥手叫车。

"送我去最近的运动用品商店（美国运动用品商店也出售枪支——译者注）。"他吩咐司机。

"那便是多诺万商店了。"司机说。

出租车在多诺万商店外等候的工夫，他买了一把左轮手枪和一盒子弹。店员惊愕地看着他取出六发子弹装入弹仓，把装有余下子弹的盒子放在柜台上。

"这些子弹我就不需要了。"他说。

"但是，先生——"店员开口道。

"谢谢你的帮助，"他说，"再会。"说完走出了商店。

他回到出租车里，仰靠在座位上，一只手插在夹克口袋里，指尖抚摸着冰冷的枪柄。"送我去法院。"他说。

那位尊敬的正义伸张者，害死女人和孩子的凶手，正是在那处压抑的灰色花岗岩建筑里对那么多罪犯宣判了死刑。如果他自己的极刑也在那儿执行的话，该是多么公平公正！

"天气很好，对吧？"司机说道，"实际上，很美好。"

"是的，"他说道，"很美好。"他的妻子和孩子遇害正是在这样一个美好的日子里。现在出租车路过了公园，双胞胎年幼时，玛格丽特常带着比利和邦妮到这个公园玩。

车子顺着那条街再行驶一两个街区后，就到了玛格丽特最爱光顾的商店。而现在，前面就是明年9月双胞胎本应就读的初级中学。

"哎，看来咱们到了。"司机边说边将车子停在路边。

他付了车费，登上宽阔的石阶，走向青铜大门，进入法院。从那一刻起，他既不看向任何人，别人与他搭话时也不应声。他隐约听见别人迷惑的闲话、充满好奇的耳语，这些杂音一路跟着他，但他始终目视前方，大步流星地走向廊道尽头的对开门——也就是那位最受尊敬的法官阿瑟·G.哈灵顿任职的法庭。

他关上门，两扇宽大的门在空无一人的法庭内发出空洞的回声，而他沿着通道径直走向法官座席。他走到法官座席后面，向右转身；往前走出十英尺后，再向左转，走向位于法官座席正后方的那个房间大门；门背后便是阿瑟·G.哈灵顿法官的办公室。

他驻足片刻，一只手握住大门的球形把手，另一只手紧握着口袋里的左轮手枪。

然后，他走了进去，在办公桌后面的那把高靠背皮革椅上坐下，将左轮手枪的枪口抵住自己的右侧太阳穴，扣动了扳机。

梁衍军摘自《译林》

要学会自学 @华罗庚

华罗庚（1910—1985），著名数学家，"中国解析数论学派"创始人，被誉为"中国现代数学之父""人民数学家"。

关键词 华罗庚，自学，从厚到薄

　　青年同学们从小学而中学而大学，读书都读了十多年了，而我现在还是首先提出"要学会读书"，这岂不奇怪？其实，并不奇怪。学会读书，并不简单。而我个人在这方面也还是处于不断摸索不断改进的过程之中。切不要以为"会背会默，滚瓜烂熟"便是读懂书了。如果不逐步提高，不深入领会，那又与和尚念经有何差异呢！

　　我认为，同学们在校学习期间，学会读书与学得必要的专业知识是同等重要的。学会读书不但保证我们在校学习好，而且保证我们将来能够永远不断地提高。我们的一生从事工作的时间总是比在校学习时间长些，而且长得多。一个青年即使他没有大学毕业或中学毕业，但如果他有了自学的习惯，他将来在工作上的成就就不会比大学毕业的人差。与此相反，如果一个青年即使读到了大学毕业，甚至出过洋，拜过名师，得过博士，如果他没有学会自己学习，自己钻研，则一定

还是在老师所划定的圈子里团团转，知识领域不能扩大，更不要说科学研究上有所创造发明了。

　　应该怎样学会读书呢？我觉得，在学习书本上的每一个问题、每一章节的时候，首先应该不只看到书面上，而且还要看到书背后的东西。这就是说，对书本的某些原理、定律、公式，我们在学习的时候，不仅应该记住它的结论，懂得它的道理，而且还应该设想一下人家是怎样想出来的，经过多少曲折，攻破多少关键，才得出这个结论的。而且还不妨进一步设想一下，如果书本上还没有作出结论，我自己设身处地，应该怎样去得出这个结论？恩格斯曾经说过：我们所需要的，与其说是赤裸裸的结果，不如说是研究；如果离开引向这个结果的发展来把握结果，那就等于没有结果。我们只有了解结论是怎样得来的，才能真正懂得结论。只有不仅知其然，而且还知其所以然，才能够对问题有透彻的了解。而要做到这点，

就要求我们对书本中的每一个问题，一天没有学懂，就要再研习一天，一章没懂，就不要轻易去学第二章。这样学虽然慢些，但却能收到实效。我在年轻时，看书就犯过急躁的毛病，手拿一本书几下就看完了。最初看来似乎有成绩，而一旦应用时，却是一锅夹生饭，不能运用自如了。好在我当时仅有很少的几本书，我接受了教训，又将原书不断深入地学习（注意，并不是"简单地重复"），才真正有所进益。

如果说前一步的工作可以叫作"支解"的工作，那么，第二步我们就需要作"综合"的工作。这就是说，在对书中每一个问题都经过细嚼慢咽、真正懂得之后，就需要进一步把全书各部分内容连串起来理解，加以融会贯通，从而弄清楚什么是书中的主要问题，以及各个问题之间的关联。这样我们就能抓住统率全书的基本线索，贯串全书的精神实质。我常常把这种读书过程，叫做"从厚到薄"的过程。大家也许都有过这样的感觉：一本书，当未读之前，你会感到，书是那么厚，在读的过程中，如果你对各章各节又作深入的探讨，在每页上加

添注解，补充参考材料，那就会觉得更厚了。但是，当我们对书的内容真正有了透彻的了解，抓住了全书的要点，掌握了全书的精神实质以后，就会感到书本变薄了。愈是懂得透彻，就愈有薄的感觉。这是每个科学家都要经历的过程。这样，并不是学得的知识变少了，而是把知识消化了。青年同学读书要学会消化。我常见有些同学在考试前要求老师指出重点，这就反映了他们读书还没有抓住重点，还没有消化。靠老师指出重点不是好办法，主要的应当是自己抓重点。

我们在读一本书时，还要把它和我们过去学到的知识去作比较，想一想这一本书给我添了些什么新的东西。每当看一本新书时，对自己原来已懂的部分，就可以比较快地看过去；要紧的，是对重点的钻研；对自己来说是新的东西用的力量也应当更大些。在看完一本书后，并不是说要把整本书都装进脑子里去，而仅仅是添上几点前所不知的新方法新内容。这样做印象反而深刻，记忆反而牢固。并且，学得越多，懂得的东西越多，知识基础越厚，读书进度也就可以大大加快。

34 个省级行政区总遗忘，地理学霸教你记。在学地理时，如果你有特别的方法：巧记、口诀、编曲……那么，欢迎你来"露一手"。投稿请发至：wenzhaiban@126.com，并标注"学习方法故事"字样。好的作品会有登上杂志的机会哦！

故事大课堂

"故事大课堂"开讲啦!

第一堂:时事报告。近段时间都有哪些热点新闻?我们给你梳理了一份时事简报。"秀才"不出门,天下事尽知。

* 2021年12月28日,国家网信办等十三部门联合修订发布《网络安全审查办法》,自2022年2月15日起施行。办法明确,掌握超过100万用户个人信息的网络平台运营者赴国外上市必须向网络安全审查办公室申报网络安全审查。

* 新版国家医保药品目录1月1日起实施。这意味着此前谈判成功的94个药品正式进入医保,患者在医疗机构开出这些药品的经济负担降低。

* 1月1日,我国第二台华龙一号核电机组并网发电。

* 1月3日,中国、俄罗斯、美国、英国、法国五个核武器国家领导人共同发表《关于防止核战争与避免军备竞赛的联合声明》。

* 1月9日,中国选手谷爱凌在自由式滑雪U型场地世界杯美国猛犸山站夺冠。

* 1月10日,教育部印发《普通高中学校办学质量评价指南》。内容强调遵循教育规律和人才成长规律,加快建立以发展素质教育为导向的普通高中学校办学质量评价体系,切实扭转不科学的教育评价导向。

* 1月17日,我国用长征二号丁运载火箭,成功将试验十三号卫星发射升空,卫星顺利进入预定轨道,发射任务获得圆满成功。

* 火山喷发"撕裂"岛屿,在汤中国人安危牵动人心。1月18日,位于汤加首都努库阿洛法以北约65公里处的洪阿哈阿帕伊火山近日连续喷发,导致汤加与外界通信和网络中断,多国发布海啸警告。中方将根据灾情和汤方需要进一步提供力所能及的帮助。

(本刊综合人民网、新华网、《半月谈》等媒体消息)

第二堂:不一样的写作课。 好作品是改出来的。为什么要这样改而不是那样改?
文末附有核心提示。反复揣摩,必有收获。

我的设计之旅①

@郭 烨

原 稿

青春是个耐人寻味的词汇,青春是道人生亮丽的风景线,青春的路上我们有太多梦想,我的梦想就是当一名设计师。

我家买了一套新房,三室两厅,还是复式的呢,我的房间在楼上,②爸爸说老家的房子一砖一瓦都是他上大学时利用课余时间设计的,这次让我自己动手设计自己的房间,我高兴得蹦了起来。

话不多说,我拿出图纸,正要画平面图,爸爸却叫我先查资料。我一脸不屑道:"像我这样的天才是不需要查资料的!"我手一挥,根本没把爸爸的话放心上。

骄傲自大的我,不一会儿就得到教训,不是线条斜了,就是尺寸不对。"像你这样的天才……"爸爸带着讽刺意味地说。"哼,我懒得理你!"我依然我行我素,

修改稿

我家买了一套新房。爸爸说,老家房子的一砖一瓦,都是他上大学时利用课余时间设计的,这次让我自己动手设计自己的房间。我高兴得蹦了起来。

你知道,我的梦想就是当一名设计师。

话不多说。我拿出图纸,就要画设计图。爸爸拦住了我,叫我先查资料。我一脸不屑地说道:"像我这样的天才,还需要查资料吗?"我手一挥,根本没把爸爸的话放心上。

可很快,我就尝到苦头了,设计图不是线条斜了,就是尺寸不对。"像你这样的天才……"爸爸语带讽刺地说。"哼,我懒得理你!"虽然嘴很硬,身体却很诚实。印象中旧报纸的"家居篇",有很多装饰设计的信息。于是就偷偷

不情愿地翻起了旧报纸：《新闻晚报》的家居篇。在这个栏目里有很多房屋设计的信息。瞧，内容真丰富，装潢技巧、名家设计、装潢建议……我草草地看了一下就又开始将图纸画起来了。可是看似简单，做起来难，不一会儿工夫，废纸篓多了一大堆鸟窝状的废纸。③

我只好向爸爸求救。爸爸耐心地接过直尺和稿纸，告诉我装修首要考虑的是质量保证，其次是装饰风格，另外还有安全环保。大方向把控好后，家里插座一定要够用。很多人装修的时候没有想到预留电源插座数量的问题，觉得不需要预留太多，影响美观又不一定能用到。但其实错了，电源插座尽量多装，要不然后期使用的时候排插会放得满屋都是，更影响使用和美观。卫浴间防水高度不低于1.8米，从防潮的角度来说，卫浴间应该整个墙面都做防水，这样才能有更好的防水效果！家里装修铺地砖、贴墙砖都要勾缝。你的房间门要设计成双向推拉门，方便你打开。用玻璃材质的门可以透过光线进入和补充其他空间的光线。推拉门安置纱帘，增加室内的轻柔感觉，整体看起来会

翻阅起来。哇！名家设计，装潢技巧，装潢建议，应有尽有……我贪婪地看了一篇又一篇，然后铺开图纸，画了起来。

然而看似简单，做起来难。不一会儿工夫，废纸篓多了一大堆鸟窝状的废纸。等我好不容易设计好一面墙，爸爸过来，问我电源插座在哪。我想了想，信手涂了个圆圈。"就一个？"爸爸眉毛皱了起来，"电源插座大有学问。这样吧，下午你跟爸爸去趟家居城，实地体验一把。"

来到家居城，真是大开眼界，我发现斗室之内，竟高低有序分布了四五处插座，既有两眼的，又有三眼的；既有圆口，又有方口，还有手机充电接口。爸爸说："插座一定要够用。很多人装修时，觉得不需要预留太多，影响美观又不一定能用到。但其实错了，电源插座尽量多装，要不然以后满地都是拖线板，更影响使用和美观。"

我若有所思地点了点头。爸爸又带我看了房门的设计，说道："你的房间门可设计成双向推拉门，方便打开。用玻璃材质的门，可以透过光线进入和补充其他空间的光线。推拉门安置纱帘，增加室内的轻柔感觉，看起来会比

比较宽敞的。在天花板上面安装一个上下移动的电动卷帘。平时你睡觉或者要独立写作业、看书的时候就可以把它拉下来，灵活分隔两个空间，以后暑假小表妹过来做客，你们学习也互不打扰。一起玩游戏的时候，把它拉上去，不会阻碍地方。天花板承重的接口处可以做一些装饰，贴海绵泡泡球，美化遮盖五金螺丝的接口，增加童趣装饰性。④

听到爸爸对装修见解侃侃而谈，我睁大了眼猛点着头，激动地说道："爸爸你真棒，这是我喜欢的风格！"说完后爸爸便一丝不苟地画图，做起了设计方案。

那夜我失眠了，我深知知识才能成就梦想，实践是知识的母亲，知识是生活的明灯，我的梦想还是需要靠知识的积累和实践来成就，也暗下决心好好学习。⑤

较宽敞。"我一看，果然是这样。

这时，我注意到一个儿童房被巧妙地分成两个空间，想到常来做客的小表妹，思考如何将这样的设计添加到我的设计图中。

爸爸看出了我的心思，说："你的房间没有两扇窗户，不能这么设计。"说着，他突然停了下来，"你看，是不是可以在天花板上安装一个电动卷帘？这样，小表妹过来做客，学习、休息时，就把它拉下来，互不打扰；一起玩游戏时，再把它拉上去。天花板承重的接口处，可贴上海绵泡泡球，增加童趣装饰性。怎么样？"

听到这里，我睁大眼睛，激动地说："爸爸你真棒，这是我喜欢的风格！"

那夜我失眠了。像走马灯似的，我的脑海中翻过一帧帧美丽的设计图景……

（作者系上海市松江区洞泾学校四年级学生；
指导老师：冯芷薇）

故事大课堂

首席编辑核心提示

一、题解

修改稿与原稿字数差不多，叙事路径也没有大的变化，但为什么读起来感觉不一样？主要原因是，原稿有一段讲装修知识，见物不见人。而修改稿通过场景设置、对话等方式，化静为动，既见物又见人。读起来也就更加生动、有趣了。

二、修改思路

① 原标题"我的青春我的梦"范围太大，修改时使之更加具体、具象。同时，文中有关"设计"的元素，要有所呼应。

②关于房间大小、样式等，后文没有涉及，属冗余信息，故删。

③简写设计之初的两次失利。

④这段修改是重点。其一，实地考察，增强了设计的针对性与在场感。其二，注意叙述的层次感。设计内容突出重点即可，不必面面俱到。其三，删除了卫浴间的装修科普。此内容与设计自己房间的主旨无关。

⑤结尾有些说教的味道，故删。

（本栏目欢迎学生投稿，来稿请发至：wenzhaiban@126.com，投稿时请标注"故事大课堂"字样。）

第三堂：讲出你的精彩。 看完故事，自己先讲一遍。讲不好不要怕，看视频是怎么讲的。故事大王告诉你哪些才是关键点。好口才就是这样练成的。

新疆喀什地区叶城县第四小学：吴泽 绘

难忘的一课

@田 野

抗日战争胜利以后，我在台湾一家航业公司的轮船上工作。

有一次，我们的船停泊在高雄港口。我上了岸，穿过市区，向郊外走去。不记得走了多远，看到前面有一所乡村小学，白色的围墙，门外栽着一排树。

校园里很静，我走近一间教室，站在窗外，见一位年轻的台湾教师正在教孩子们学习祖国的文字。他用粉笔在黑板上一笔一画地写着：

"我是中国人，我爱中国。"

他写得很认真，也很吃力。台湾"光复"不久，不少教师也是重新学习祖国文字的。

接着，他先用闽南语，然后又用还不大熟练的国语，带着孩子们一遍一遍地读。老师和孩子们都显得那么严肃认真，又那么富有感情。好像每个字音都发自他火热而真挚的心。

我被这动人的情景吸引住了。怀着崇高的敬意，我悄悄地从后门走进教室，在最后一排的空位上坐下，和孩子们一起，跟着那位教师，大声地、整齐地、一遍又一遍朗读着：

"我是中国人，我爱中国。"

老师和孩子们发现了我，但是，好像谁也没有感到意外。从那一双双

眼睛里，可以看出对我是欢迎的。课在继续，大家读得更起劲了。

下课了，孩子们把我围了起来。

老师也走了过来。他热情地和我握了握手，说："我的国语讲得不好，是初学的。你知道，在日本统治时期，我们上的都是日本人办的学校，讲国语是不准许的。"

"我觉得，你今天这一课上得好极了！你教得很有感情，孩子们学得也很有感情。"

接着，这位老师一定要领我去看一看他们的小礼堂。

说是礼堂，不过是一间比较宽敞的屋子。

这位老师指着礼堂两面墙上新画的几幅中国历代伟人像，说："这里原来画的都是日本人，现在'光复'了，画上了我们中国自己的伟人。"我看到上面有孔子，有诸葛亮，有郑成功，还有孙中山。看着看着，我的眼睛不觉湿润了。这是多么强烈的民族精神，多么深厚的爱国情意啊！

我紧紧地握着这位年轻的台湾教师的手，激动地重复着他刚才教给孩子们的那句话："我是中国人，我爱中国。"还有什么别的比这句最简单的话，更能表达我此时的全部感情呢？

上海故事家协会秘书长丁娴瑶点评：《难忘的一课》一文，讲述的是作者在台湾一所乡村小学的所见所闻。作品情感浓烈，极易引起读者共鸣。彭孜鸣小朋友讲述时从容大方、精神饱满、口齿清晰、音色悦耳，作品讲演的完成度很高。

在讲述偏重情感一类的故事作品时，搭配适当的背景音乐，能够烘托气氛，增加感染力。不过，要尽量避免被多媒体辅助手段"牵着鼻子走"，不然会搅乱讲故事的节奏。视频开头，背景音乐播放延迟了，讲述者在等待音乐，此处的停顿会让听众略感突兀。这样的情况，通常有两种应对方式：一种是忽略背景音乐，以原有的节奏开始讲述故事；另一种则是临场发挥，加几句开场白，或是和听众现场互动一下。这种方法对初学者，尤其是小朋友而言是有难度的，需要通过更多的训练才行。要知道，现场的应变能力与听众的互动能力，也是故事员必须掌握的技能哦！

扫码看彭孜鸣小朋友的精彩讲演，"码"上体验云端故事会，你也可以成为小小故事员！

（本栏目欢迎学生投稿故事讲演，来稿请以视频的形式发至：wenzhaiban@126.com，投稿时请标注"故事大课堂"字样。）

第四堂：与作家一起散步。为你提供的是现代文阅读题。有几道考试真题，答对了吗？不要急，有请作家本人给你支招。

一汤陈

@ 王琼华

2019 年湖南省岳阳市中考试题

图：陈明贵

　　裕后街有一句口头禅：吃遍整条街，不如喝口汤。这一口汤还得上一汤陈去喝。

　　一汤陈是一间馆子的店名。店子原来叫陈八碗，老板姓陈。俗称陈八碗，还是源于祖上传承下来的八碗菜。因花了心思，俗菜也做出了几分特色。陈八碗接手馆子时，裕后街吃饭的地方越来越多，他的店子被逼得半死不活了，陈八碗只得把几个小工辞了。

　　一个月后，一天没两桌客，掌勺师傅也走了。陈八碗只得自己掌勺洗碗了。

　　这天傍晚，有个瓜脸女子上门，问：老板，要小工吗？刚好整个一天没半个客人来吃饭，陈八碗便脱口说：你是老板，你要小工吧。瓜脸女子一噎，露齿道：老板开玩笑呐。开啥玩笑？我这个狗屁老板今天都没饭吃了。

　　瓜脸女子知道怎么一回事后，便往店门走去。她走了几步，又转过身子，跟陈八碗说：老板，点菜！你，你吃饭？陈八碗有点意外。瓜脸女子点点头。陈八碗说：看见了吧，你才是我的老板。我第一次上馆子，好让老板你今天开个张吧。

　　原来瓜脸女子想帮自己！陈八碗心里不由一热。瓜脸女子点了一份青椒炒肉，<u>他多抓了一把五花肉扔进锅里</u>。炒好后，瓜脸女子说打包，拿回

去给儿子吃。原来，瓜脸女子进城陪儿子读书，家底又不厚实，便想来裕后街找份小工做一做。陈八碗一吁：都不容易呵。就在此时，八九个吃饭的客人嚷嚷闹闹走了进来。瓜脸女子马上跟陈八碗进了厨房，帮他洗菜，切菜，端菜上桌。陈八碗见她做事利落，一张笑脸，嘴巴爽甜，便跟她说：你是一个带财来的人。行，就在我店子做点事吧。不过，工钱只能拿人家店子的一半。等生意好了，我再给你加点。好好好，谢谢老板！第二天，瓜脸女子便来上班了。

但接连几天的生意又不太好了。这天好容易才来了三四个客人，瓜脸女子在他们点菜时建议说：我们店子的汤更是一绝，不妨点一个汤。什么汤？有个胖男子问道。鱼头汤。鱼头汤也算你店子一绝？哪个店子没鱼头汤？这汤你们喝了觉得一般般，算我请客呗。

陈八碗听到瓜脸女子这么一说，吃了一惊。客人倒是很乐意听到瓜脸女子这般说话，马上加了一份鱼头汤。不过客人结账时也没说什么，直接便把鱼头汤的账也给结了。

客人走后，陈八碗跟瓜脸女子说：做生意可不能这么说话。你今天算运气好。遇到一个不好说话的角色，这碗汤我得扣你的工资。瓜脸女子笑道：该扣就扣。

第二天中午，又来了十几个客人。带头的就是昨晚来吃饭的那个胖男子。他跟朋友说：今天，我请你们喝鱼头汤。如果这鱼头汤算不上是裕后街最好喝的鱼头汤，我今天就把盆里的鱼骨头统统吞下去！陈八碗一惊，又来了一个乱说话的人！

但他感到意外的是，一碗鱼头汤让客人们喝得连声叫好，还追加了一大盆，很快，店子里的生意好了起来。每拨客人第一个菜就是点鱼头汤。陈八碗有点莫名其妙，这鱼头汤自己熬了那么多年，怎么突然招人喜欢上了？他尝了一口汤，惊呆了。这汤怎么比以前的好喝了？鲜而不腻，回味无穷。呵，看来自己要走运了吧。

很快，他跟瓜脸女子加工钱了。瓜脸女子笑道：老板，您是个好人，好人有好报。

第二年，陈八碗把店招牌换了，取名叫一汤陈。这牌子一亮，店子的生意更加火爆。

这年冬，陈八碗上街买鱼头时滑了一跤，屁股上的骨头全裂开了，店子只好交给儿子打理。小老板走马上任的第一天，就把瓜脸女子辞了，理由就一个，瓜脸女子年龄大了一点，有损店面形象。他又花大价钱找了几个如花似玉的姑娘来当服务员。陈八碗唏嘘，这店子他做不了主啦。

几年后，瓜脸女子来找一汤陈店子，结果发现，店子不知什么时候倒闭了。她敲了半天门，才见陈八碗撑着拐杖把门打开。瓜脸女子称，她儿子刚考进北京城里读书，便想上门答谢老板前几年的帮助，又问：怎么馆子不开了？妹子，你不晓得，我儿子一接手，生意就越做越差。你说奇怪不奇怪，你走后，这鱼头汤就没人喝了。我尝了一口，是不好喝。我都把熬鱼头汤的方法一五一十传给了儿子，怎么汤就是不好喝呢？

老板，您还蒙在鼓里吧？瓜脸女子说，现在，我不瞒您了。在您做的鱼头汤里我偷偷地加了两味中药粉，鱼汤才特别好喝。放心好了，我奶奶传给了我一个秘方，不仅好喝，还补身子。奶奶说过，帮人便是帮自己。天呐，原来是这样！陈八碗才明白一切。

没多久，一汤陈又开张了，老板换了，瓜脸女子做老板，不过，店名并没换，因为女老板也姓陈。她把陈八碗请来坐收银台，还开了很高的工钱。陈八碗说：这行不行呢？瓜脸女子爽朗地说：有啥不行的？当年我最艰苦时，您收留了我。

女老板在鱼头汤里放了两味什么中药，至今仍是让街坊们津津乐道的一个谜。

1. 瓜脸女子是个怎样的人？结合选文中的具体描写谈谈你的理解。（3分）
2. 从刻画人物方法的角度来说，第⑥段画线句"他多抓了一把五花肉扔进锅里"属于什么描写？反映了陈八碗当时怎样的心理？（2分）
3. 小说标题"一汤陈"有什么含义？（2分）
4. 瓜脸女子在鱼头汤里放中药粉末的情节，被移至小说快要结尾才补叙，作者这样安排叙事有什么作用？（2分）
5. 这篇小说是以隐身的第三人称角度来叙述故事的，这样的叙事视角有什么效果？（3分）

扫码看真题实战，作者解题有话说。

第五堂课：经典悦读。 经典文学作品需要经常阅读、反复揣摩。我们为你提供经典作品中的经典片段，几分钟的阅读体验带你领略文学的魅力。

《繁花》节选

@金宇澄

　　阿宝十岁，邻居蓓蒂六岁。两个人从假三层爬上屋顶，瓦片温热，眼里是半个卢湾区，前面香山路，东面复兴公园，东面偏北，看见祖父独幢洋房一角，西面后方，皋兰路尼古拉斯东正教堂，三十年代俄侨建立，据说是纪念苏维埃处决的沙皇，尼古拉二世。打雷闪电阶段，阴森可惧，太阳底下，比较养眼。

　　蓓蒂拉紧阿宝，小身体靠紧，头发飞舞。东南风一劲，听见黄浦江船鸣，圆号宽广的嗡嗡声，抚慰少年人胸怀。阿宝对蓓蒂说，乖囡，下去吧，绍兴阿婆讲了，不许爬屋顶。蓓蒂拉紧阿宝说，让我再看看呀，绍兴阿婆最坏。阿宝说，嗯。蓓蒂说，我乖吧。阿宝摸摸蓓蒂的头说，下去吧，去弹琴。蓓蒂说，晓得了。这一段对话，是阿宝永远的记忆。

　　此地，是阿宝父母解放前就租的房子，蓓蒂住底楼，同样是三间，大间摆钢琴。帮佣的绍兴阿婆，吃长素，荤菜烧得好，油镬前面，不试咸淡。

　　阿婆喜欢蓓蒂。每次蓓蒂不开心，阿婆就说，我来讲故事。蓓蒂说，不要听，不要听。阿婆说，比如老早底，有一个大老爷。蓓蒂说，又是大老爷。阿婆说，大老爷一不当心，坏人就来了，偷了大老爷的心，大老爷根本不晓得，到市面上荡马路，看见一个老女人卖菜。蓓蒂笑笑，接口说，大老爷停下来就问了，有啥小菜呀。老女人讲，老爷，此地样样式式，全部有。阿婆接口说，大老爷问，这是啥菜呢。老女人讲，无心菜。大老爷讲，菜无心，哪里会活，缠七缠八。老女人讲，老爷是寿头，菜无心，可以活，人无心，马上就死。老爷一听，胸口忽然痛了，七孔流血，当场翘了辫子。

摘自《繁花》上海文艺出版社

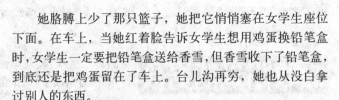

　　她胳膊上少了那只篮子，她把它悄悄塞在女学生座位下面。在车上，当她红着脸告诉女学生想用鸡蛋换铅笔盒时，女学生一定要把铅笔盒送给香雪，但香雪收下了铅笔盒，到底还是把鸡蛋留在了车上。台儿沟再穷，她也从没白拿过别人的东西。

　　一轮满月升起来了，照亮了寂静的山谷，灰白的小路，照亮了秋日的败草，粗糙的树干，还有一丛丛荆棘、怪石，还有漫山遍野那树的队伍，还有香雪手中那只闪闪发光的小盒子，她这才想到把它举起来仔细端详。她看清了它是淡绿色的，盒盖上有两朵洁白的马蹄莲。她打开盒盖，觉得应该立刻装点东西进去。她从兜里摸出一只盛擦脸油的小盒放进去，又合上了盖子。只有这时，她才觉得这铅笔盒真属于她了，真的。

　　她站了起来，忽然感到心里很满，风也柔和了许多，她发现月亮是这样明净，群山被月光笼罩着，像母亲庄严、神圣的胸脯；那秋风吹干的一树树核桃叶，卷起来像一树树金铃铛。她在枕木上跨着大步，一直朝前走去，台儿沟一定会是"这样的"，那时台儿沟的姑娘不再央求别人，也用不着回答人家的再三盘问。火车上的漂亮小伙子都会求上门来，火车也会停得久一些，也许三分、四分，也许十分、八分。它会向台儿沟打开所有的门窗，要是再碰上今晚这种情况，谁都能从从容容地下车。

　　台儿沟在哪儿？香雪向前望去，她看见迎面有一颗颗黑点在铁轨上蠕动；再近一些她才看清，那是台儿沟的姐妹们。香雪忽然觉得心头一紧，不知怎么的就哭了起来，那是欢乐的泪水，满足的泪水。面对严峻而又温厚的大山，她心中升起一种从未有过的骄傲。她举起铅笔盒，迎着对面的人群跑去。

摘自《青年文学》

哦，香雪》节选　@铁凝

第六堂：给你一双慧眼。故事中有多处差错，你能找出来吗？比一比，看谁找得对、找得快。

吸收阳光的男孩

@ 李丹崖

正值大好春光的时侯，我因重感冒住进了医院，一天清晨，阳光正好，我走出病房，来到了住院部楼前的草地上。

那是一片翠色的草地，草地的四周错落有置地安放着几个长凳，供走累了的人歇脚，草地上坐满了人，我不爱热闹，所以往草地的边缘走去，在一个长凳上，我望见了一个奇怪的小男孩，他约莫七八岁，赤裸着上身，衣服都放在了长凳上，眼睛紧闭，一动不动地站在那里，像一座碉塑。

要知道，此时虽然是暮春，但是，天气仍有些许寒冷，孩子这样做，确实令人想不通。

我带着疑问上前搭讪："孩子，赶紧穿上衣服吧，小心冻着。"

"不，我不穿！我不怕冷。"男孩斩丁截铁地说。

"那是小伙伴欺负你了吗？"我小心地于回着探问。

"不是，我的人缘可好了，他们都挺喜欢我。"男孩一脸兴奋。

"是不是妈妈批评你了？"我继续问道。

"不是，妈妈从来不批评我。"男孩一脸委屈，"爸爸不要妈妈了，妈妈病了，医生说，妈妈太消极，要多留心身边阳光的事物。"孩子说着，几乎要掉下泪来。

"那你也没有必要光着上身站在这里啊？"我仍感到不懈。

"因为我想让自己多吸收点阳光，让妈妈看到我，就象看到太阳一样，能够尽快好起来。"男孩说着，几棵豆大的泪珠终于掉了下来。

我不禁一怔，这才发现男孩站立的长凳旁，正是阳光最好的地方，阳光下，男孩的影子渡上了一层金辉，被拉的老长，一直延伸到我的心灵深处……

我坚信，有男孩这样一个小小的太阳在身边，再忧郁的妈妈也能尽快走出悲伤。

离萧天摘自《快乐是生命的花朵》金城出版社

扫码看答案，和同学比比，谁的得分高？

民防小知识 4. 留意宿舍楼内的消防器材放置地点和使用方法。

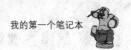

第七堂：我的第一个笔记本。在平时的阅读活动中，你是不是常常被那些美妙的语言所打动？它们可能是金句、格言，也可能是好的开头、结尾，还可能是精彩的题记……现在我们整理了一部分内容，希望能充实、丰富你的笔记本。倘若你也有好句子，不要忘了与大家一起分享哦。

1. 从前，在梦想可以变成现实的年代。——格林《格林童话》
2. 在人生的中途，我发现已经迷失了道路，走进了一座幽暗的森林。——但丁《神曲》
3. K 抵达的时候，夜色已深，村子被大雪覆盖着。城堡屹立在山冈上，在浓雾和黑暗的笼罩下，什么也看不见。——卡夫卡《城堡》
4. 江声浩荡，自屋后上升。雨水整天地打在窗上。一层水雾沿着玻璃的裂痕蜿蜒流下。昏黄的天色黑下来了。——罗曼·罗兰《约翰·克利斯朵夫》
5. 妈妈说："人生就像是一盒巧克力，你永远不知道下一块是什么滋味。"——温斯顿《阿甘正传》

1. 他立即被海浪带走了，消失在远方的黑暗里。——玛丽·雪莱《弗兰肯斯坦》
2. 使我们失去视觉的那种光明，对于我们是黑暗。只有我们睁开眼睛醒过来的那一天，天才亮了。天亮的日子多着呢。太阳不过是一个晓星。——亨利·梭罗《瓦尔登湖》
3. 这个人也许永远不回来了，也许明天回来。——沈从文《边城》
4. 在大路另一头老人的窝棚里，他又睡着了。他依旧脸朝下躺着，孩子坐在他身边，守着他。老人正梦见狮子。——海明威《老人与海》
5. 我知道黄昏正在转瞬即逝，黑夜从天而降了。我看到广阔的土地袒露着结实的胸膛，那是召唤的姿态，就像女人召唤着她们的儿女，土地召唤着黑夜来临。——余华《活着》
6. 三十年前的月亮早已沉了下去，三十年前的人也死了，然而三十年前的故事还没完——完不了。——张爱玲《金锁记》

故事大课堂

第八堂：少儿图书借阅榜。想知道别的同学正在读什么书吗？这里是来自上海图书馆的借阅书单。你关注的就是好书！

上海图书馆少儿图书借阅榜

书 名	著译者	出版社	图书分类
秦汉寻踪	杨红樱 主编	明天出版社	历史、地理
揭秘建筑	[英]阿妮塔·盖恩瑞，[英]克里斯·奥克雷德 文，[英]丹尼尔·朗 图，王旭华 译	未来出版社	工业技术
长颈鹿日记	张辰亮 著，星星鱼 绘	北京科学技术出版社	生物科学
奇境森林：动物和植物的天堂	[德]安妮特·哈克巴斯 著，张依妮 译	长江少年儿童出版社	农业科学
橡皮泥科学实验室	[俄]柳德米拉·先绍娃·奥莉加·奇塔克 著，吴佳雯 译	北京理工大学出版社	自然科学总论
小学生心理学漫画2：自信力	小禾心理研究所 著	江苏凤凰文艺出版社	哲学
我不会走丢	[德]达柯玛尔·盖斯勒 图，康萍萍 译	辽宁人民出版社	环境科学
奇怪的市场与价格	纸上魔方 编绘	北方妇女儿童出版社	经济
我要变成时间管理超人	[日]株式会社旺文社 著，乔蕾 译	新世纪出版社	社会科学总论
习近平讲故事	人民日报评论部 著	中国少年儿童出版社	政治、法律

民防小知识 5. 电源接线板不应放床上，电线不与金属物接触。（上海市民防办供稿）